Dieter Bromund

Stirb nicht in Schottland

LEDA

Dieter Bromund
Stirb nicht in Schottland
Inselkrimi

1. Auflage 2007
ISBN 13: 978-3-934927-98-8

Leda-Verlag, Kolonistenweg 24, D-26789 Leer
info@leda-verlag.de
www.leda-verlag.de

Lektorat: Maeve Carels
Titelillustrationen: Carsten Tiemeßen
Druck und Gesamtherstellung: Aalexx Druck GmbH, Großburgwedel

Dieter Bromund

Stirb nicht in Schottland

Inselkrimi

LEDA

Personen und Handlung dieses Romans sind frei erfunden. Jede Ähnlichkeit mit lebenden oder toten Personen wäre rein zufällig.

1.

Ich sehe noch heute Katrins entsetztes Gesicht über dem Rand der Heide am Loch Seaforth oben auf Lewis in Schottland. Sie hielt mit beiden Händen einen Revolver – sie, die nichts von Gewalt wissen wollte. Und dann ballerte sie drauflos, zweimal, dreimal. Danach war lange nichts mehr – denn eine gewaltige Faust hatte mich durch die Luft geschleudert. Ich trank Salzwasser, erbrach mich. Hörte ihre Stimme rufen: „Skipper!"

Und zog mich schließlich benommen in ein Schlauchboot.

Katrin hob meinen Kopf hoch.

Und da sah ich, dass ihr Tränen über das Gesicht strömten.

Doch ich fange mit meinem Bericht besser ganz vorne an.

2.

Seekrank bis in die Seele brüllte mir das Nelkchen ins Cockpit hoch, was sie in dem Getöse unter Deck am Funkgerät verstanden hatte: „Gerd liegt im Sterben, Ute ist verschwunden, die *Opa Reimer* trieb leck im Atlantik."

Ich konnte nur die Hand heben als Zeichen, dass ich ihre Worte verstanden hatte. Das Erschrecken kam viel später. Denn auf der Yacht, die ich führte, war bei acht Beaufort gerade die Vorstag gebrochen.

Alles hatte ich erwartet, nur das nicht.

„Vor den Wind!"

Rosalie wirbelte die *Dutchman* durch den Wind.

Nicht schlecht!

Ohne Vorstag liefen wir jetzt nach Ost auf die schwedische Küste zu. Der zunehmende Westwind würde den Mast nach vorn drücken – die Vorstag hätte selbst heil keine Funktion mehr. Platt vor dem Laken würden wir irgendwo Schutz zwischen den schwedischen Schären finden. Aber die Seen hatten den Wind noch längst nicht angenommen. Ich spürte es.

Doch Herz, die Tapfere, versuchte noch mal, zur Vorstag zu gelangen. Von den fünf Weibern hätte sie so in etwa die Rolle des Skippers gehabt, wenn ich nicht gewesen wäre. Sie turnte nach vorn – und da passierte es unter dem Licht der Salings. So langsam wie in einem Slow-Motion-Film.

Herz lief auf der alten Luv-Kante nach vorn. Sie hätte sich niedrig halten müssen, hätte sich ducken müssen. Ein Mann der See hat einen tiefliegenden Hintern. Herz, dieses Superweib, war langbeinig – und das schmiss sie um.

Um dreiundzwanzig Uhr war es selbst nördlich von Skagen im hohen Sommer schon dunkel. Es ist keine Schande, im Vorschiff auszurutschen, weil man nichts sehen kann.

Herz stürzte. Sie hob ihren linken Arm, um sich zu fangen. Doch in dieser See gegen den Wind, die eine Lache Öl über das Vordeck trieb, hatte Herz keine Chance. Ich sah zu und konnte den Unfall nicht verhindern.

Sie rutschte nach links und schlug mit der Wange auf die Relingstütze. Eine vorbeirollende See nahm ihre Pudelmütze mit.

Ohne ihre Lifeline wäre Herz verloren gewesen, wäre nach außenbords gerollt, und wir – mit der gebrochenen Vorstag – hätten sie nicht mehr binnenbords holen können. Dank der Lifeline blieb Herz hängen. Ich turnte selbst nach vorn, Lisbeth kam hinterher und drei Minuten später dieses winzige Weib, die Julia. Wir schafften es zu dritt, Herz nach unten zu schleppen. Aus ihrer Wange strömte Blut.

„Kurs halten!“

Rosalie nickte.

Ich ließ die beiden Weiber unten neben dem seekranken, röchelnden Nelkchen und der verletzten Herz und kümmerte mich um die Yacht. Herz sah verdammt übel aus: eine Reelingstütze gegen das Gesicht einer Frau! Der Stahl ist da der sichere Sieger.

In diesem Augenblick war mir das egal.

Hinterher kann man sein Handeln logisch erklären.

Das Schiff geht vor. Man riskiert nicht eine Yacht mit fünf Leuten, um eine Person zu retten.

Doch das war uns in diesem Augenblick nicht bewusst. Die *Dutchman* lief in einer unruhigen See bei achterlichem, zunehmendem Wind mit gebrochener Vorstag nur unter Großsegel nach Osten, und Rosalie, die dünnlippige, die den Schnaps mochte, steuerte sehr cool. Versteh einer die Weiber!

Sie stand in der Plicht, fing die See mit den Knien ab, hielt sich am Rad und starrte immer wieder nach oben. Wenn sie die *Dutchman* aus dem Ruder laufen lassen würde, wär unser aller Ende nahe. Die Yacht brauchte sich nur quer zu den unruhigen Seen zu legen, brauchte aus dem Querliegen nur ein wenig anzuluven – und dann würde der Mast nach unten donnern. Ohne Vorstag hatte er bei allen Kursen ab achterlichem Wind keinen Halt mehr. Und ohne Mast würde die *Dutchman* nur noch in der See taumeln. Der Motor war weit draußen ausgefallen – hoffnungslos ausgefallen. Ersatzteile gab es frühestens in Skagen.

Natürlich müsste ich dann rot schießen.

Hier zwischen Norwegen und Dänemark, weit westlich von Schweden, würde bestimmt jemand unser Notsignal sehen und uns auf den Haken nehmen. Uns in den nächsten Hafen schleppen, einen Schnaps oder drei servieren und seine Rechnung präsentieren.

No, Sir, nicht mit mir. Schließlich war nur die Vorstag gebrochen.

Ich stellte mich neben dieses dünnlippige Weib.

Rosalie trug Lederhandschuhe. Ich erinnerte mich nicht mehr an ihre Hände, obwohl wir uns gestern Abend öfter auf die Schenkel geschlagen hatten.

Ich starrte in den Mast. Das Großsegel drückte ihn nach vorn, so als ob ihn die Vorstag noch hielte. Und Rosalie steuerte, als sei die *Dutchman* ein Wägelchen auf einer Achterbahn – berechenbar.

Meine nächste Operation war exakt kalkuliert. Ich sorgte dafür, dass die Vorstag wieder hielt und wir mit der *Dutchman* nach Süden statt nach Osten liefen. Das hieß zunächst, sich am Mast festklammern. So was ist nur angenehm, wenn der Rudergänger verlässlich ist. Rosalie war es.

Ich stieg nach vorn, sicherte mich mit meiner Lifeline.

Es gibt sehr viel angenehmere Dinge im Leben, als auf einer in ruppigen Seen tanzenden Yacht an einem Mast zu arbeiten. Man braucht dazu Kraft, kühle Nerven und einen sicheren Schenkelschluss.

Ich machte die Spinnakerfall los und kroch nach vorn.

Der Rest war Nässe und Routine. Ich schlug die Spinnakerfall im Bug an und kroch zum Mast zurück. Dann holte ich die Fall dicht. Und das war's.

Ich brauchte Rosalie nicht zu sagen, was sie tun musste. Sie luvte mit viel Gefühl an, die *Dutchman* schaufelte Wasser, wir lagen im Wind, ich kroch noch einmal nach vorn und schlug die Fock an. Zum Mast, Fall dichtholen, belegen und dann nach achtern an die Schot. Rosalie fiel ab. Und dann lagen wir auf Kurs.

Unsere Position hätte ich normalerweise unten ablesen können. Diese Yacht hatte allerlei teure Bordelektronik installiert. Aber irgendwann in der Toberei war eben auch die Antenne gebrochen, und das war das Ende der Bequemlichkeit. Ich sah auf die Uhr. Vom Bruch der Vorstag bis zum neuen, alten Kurs waren ganze vierzig Minuten vergangen.

Mir war warm, und was mir salzig in Mund und Augen lief, war wahrscheinlich nicht die Nordsee, Abteilung Skagerrak.

Rosalie hob den Daumen. Der Wind presste das Ölzeug gegen ihren Körper.

Diesen Törn hatte sich mein Freund Henk in Amsterdam für mich wohl einfacher vorgestellt … „Du fliegst nach Oslo, siehst zu, dass du nach Mandal kommst und übernimmst als Skipper die *Dutchman* mit den fünf Weiberleuten. Bring die Yacht nach Skagen oder noch weiter südlich in die Ostsee und fahr zurück nach Esens."

Ich hatte den Auftrag annehmen können, weil ich in dieser Saison meine *Opa Reimer* nicht wie sonst verchartert hatte. Gerd und Ute hatten geheiratet – und sich meine Yacht gewünscht für einen langen Törn rund England. So hatte ich mich in diesem Sommer endlich mal wieder um meine Segelschule am Großen Meer kümmern können, mit der Hüsing für mich ganz gut Geld verdiente. Und dann war Henks Hilferuf gekommen: Der Skipper der *Dutchman* hatte eine Woche früher als erwartet nach Amerika gemusst, die Yacht lag mit fünf – nach Henks Meinung – wenig seebefahrenen Damen in Mandal in Norwegen.

Ich hatte keine Probleme mit der Crew gehabt, fand sie ganz effizient. Wir waren unter Motor nach Lillesand gelaufen, und weil ich unter Deck nicht rauchte, akzeptierten mich die Damen. Vorm Auslaufen hatte mir der Mensch vom Wetterdienst Oslo dann über Telefon acht Beaufort angesagt, zunehmend neun.

Diese Burschen irren sich selten. Plünnen runter, hatte ich die Crew gebeten. Doch die fünf Damen hatten abgelehnt. Rosalie hatte versprochen, mit ihren Freundinnen jeden Kuhsturm durchzustehen. Sie hatten das Groß gerefft, die kleine Fock gesetzt und waren zufrieden gewesen. Im Westen hatte rotgelb das Abendrot geblüht, und über ihm hatten sich feste graue Wolken ausgebreitet.

Nelkchen war dann nach unten verschwunden. Sie hatte schon in Lillesand Seekrankheit angekündigt.

„Ablösen?“, rief ich Rosalie jetzt zu.

Kopfschütteln.

Ich klappte die Tür zum Niedergang auf. „Komm mal hoch, Julia!“, brüllte ich nach unten.

Julia schien mir von den noch intakten beiden Damen unten die verlässlichste. „Achte auf die Schiffe. Besonders an Backbord. Die decken die Plünnen ab. Ich bin gleich wieder oben.“

Unten stank es säuerlich. Das Nelkchen lag bäuchlings auf der Koje hinter dem Tisch und hielt mit der freien linken Hand einen kleinen Plastikeimer fest. Auf der anderen Bank lag Herz. Lisbeth kniete neben ihr.

Herz sah nicht gut aus. Sie hatten ihr eine Binde um den Kopf gewickelt, die nur die Augen und den Mund frei ließ. Die Binde war an der Backe schon blutdurchtrieft. Herz lag auf dem Rücken, ihr Atem ging langsam.

Lisbeth sah besorgt zu mir hoch. „Ich kann das Bluten nicht stoppen!“

Eine tiefe Fleischwunde im Gesicht – da versagte auch mein Wissen. Da gab es nichts abzubinden. Und Klammern in ein Gesicht zu setzen ... „Verband wechseln!“, schlug ich vor. „Ein Druckverband müsste helfen!“

Er half tatsächlich. Das Bluten stoppte schnell.

Hier unten spürte ich den Tanz der Yacht heftiger als oben. Auch der Lärm der vorbeirauschenden Seen war lauter. Ich öffnete mein Ölzeug. „Hilfe?“, fragte ich.

„Das machen Julia und ich allein.“

Ich hockte mich hinter den Kartentisch und tippte auf den Navsat mir gegenüber. Er zeigte kleine graue, leere Felder, und dabei blieb es. Im Hörer, den ich abhob, rauschte es nur. Die Antenne war also gänzlich hinüber.

Ich sah auf die Karte.

Das letzte Kreuz hatte ich vor einer Stunde gemacht. Wir waren nach dem Bruch der Vorstag vierzig Minuten nach Osten gelaufen. Das hieß zwei Daumenbreiten nach rechts. Rosalie steuerte Süd auf Skagen zu. Entschlossen setzte ich ein Kreuz in die Karte und schrieb die Uhrzeit daneben. Am Kartenrand notierte ich Uhrzeiten für den Unfall und die Reparatur und begann mich wieder zuzuknöpfen.

In etwas mehr als neunzig Minuten müssten wir den Widerschein des Feuers von Skagen in der Kimm erkennen können. Es sei denn, es würde noch stärker blasen.

„Ich schicke Julia runter!", rief ich Lisbeth zu. „Macht uns mal einen kräftigen Kaffee!"

Als ich gerade wieder die Niedergangstür aufklappen wollte, meldete sich das seekranke Nelkchen noch mal. „Hast du mitgekriegt, was da vor einer Stunde über Funk kam? Dein Freund Gerd liegt im Sterben, Ute ist verschwunden und deine Yacht trieb im Atlantik!" Sie würgte wieder.

„Okay", sagte ich. „Von wem kam denn die Meldung?"

„Von einem Komrusch über Norddeich Radio."

Da stand ich also auf der *Dutchman*, die mit mühsam ausgebesserter Vorstag durch das Skagerrak taumelte. Von der Crew waren zwei ausgefallen, zwei weiteren traute ich wenig Seemannschaft zu. Blieb Rosalie, die oben am Ruder dringend abgelöst werden musste.

Wegen der gerissenen Antenne noch einmal in den Mast? Ich würde es nur schaffen, wenn Rosalie die Yacht sehr sanft steuerte. Dann könnte ich per Funk telefonieren. Aber ob ich dann Komrusch überhaupt noch antreffen würde? Der war doch, wenn ich mich recht erinnerte, irgendwo in Wilhelmshaven bei einer Tochter zu Besuch. Deren Familiennamen hatte ich vielleicht mal gehört, erinnerte mich aber heute nicht mehr daran.

Erst in diesem Augenblick wurde mir bewusst, was das grüngesichtige Nelkchen mir da zweimal zugeröchelt hatte. Irgendetwas Fürchterliches musste mit der *Opa Reimer* geschehen sein. Gerd im Sterben?

Mir wurde kalt. Guter Gott, verhindere das. Es darf nicht wahr sein. Freunde sterben nicht. Man selber stirbt immer als Erster. Lass ihn am Leben, guter Gott.

Ute verschwunden?

Die *Opa Reimer* im Atlantik?

Ich starrte auf die rotbraune Lasur der Niedergangstür.

Rotbraun, wie eingetrocknetes Blut.

Hatten die beiden meine Yacht in den Atlantik gesteuert? War Ute über Bord gegangen? Was war geschehen, dass Gerd im Sterben lag? Hatte ein dicker Pott die *Opa Reimer* untergebügelt?

Nein – dann würde sie nicht mehr treiben.

Um jetzt darüber nachzudenken, hätte ich unten bleiben müssen, mich an den Tisch des Navigators hocken und Zeit haben. Derweilen würde die *Dutchman* von einer müden Rosalie gesteuert in den ruppigen Seen taumeln. Die Spinnakerfall würde Fehler aufgrund solchen Tobens kaum aushalten. Ein zweiter Bruch, ein müder Rudergänger – und der Mast wäre gefährdet.

Deutsche Yacht schießt vor Skagen rot.

Ich stieß die Tür auf, als die Yacht eine Welle hinaufkletterte, und zog mich in die Plicht hoch. „Ich lös dich ab“, rief ich Rosalie zu.

Bei solchem Wetter hat man am Ruder keine Gelegenheit zu unruhigen Gedanken.

Gerd sterbend, Ute verschwunden, die *Opa Reimer* treibend – woher wusste Komrusch das alles?

Als Erstes müsste ich morgen früh in Skagen das seekranke Nelkchen ausquetschen. Die hatte vielleicht viel mehr gehört, als sie mir gesagt hatte.

3.

Von Hector Feacham erfuhr ich, was geschehen war. Ich saß in strömendem Regen in seinem Office über dem Hafen von Stornoway auf Lewis, trank Tee mit fetter Sahne und rieb mir Tabak in den Handflächen krümelig, um nach den Rauchverboten in den Flugzeugen endlich mal in Ruhe schmöken zu können. Der Tabak klebte in meinen schweißigen Händen – nein, es ging mir nicht gut. Dreimal zündete ich meine Pfeife an. Der Hafenmeister beobachtete mich missbilligend. Der Regen wusch die Fenster und trieb durch den leeren Hafen. Ein Mensch eilte mit Gummistiefeln und einem gelben Regenmantel über Kopf und Schultern geworfen gegen den Wind ins Hotel Lewis am Hafen, dessen Leuchtreklame auch um die Mittagszeit schon brannte.

Feacham ließ sich Zeit mit dem wenigen, was er mir erzählen konnte. „Er sah ziemlich böse aus. Die Lifeboat-Leute haben ihn mit dem Hubschrauber nach Portree auf die Isle of Skye rübergebracht. Ob er da noch ist ...?"

„Und seine Frau? Und die Yacht?"

„Die Yacht liegt am Cromwell Street Quay ganz hinten. Hier ist der Schlüssel. Dem Boot ist nicht viel passiert. Die Frau? Flog natürlich mit nach Portree! Wird bei ihrem Mann im Krankenhaus sein, wenn er überhaupt noch lebt!" Der Hafenmeister zuckte mit den Schultern.

Er trug trotz des hohen Sommers einen braunen, sehr dicken Wollpullover mit Zöpfchenmustern, der am Bauch Flecken hatte. Mit Daumen und Zeigefinger strich er sich über den Nasenrücken. „Rufen Sie an, wenn Sie wollen." Er zog eine Schublade auf und fand in einem gebundenen Oktavheft die Nummer des Hospitals der Insel Skye. Er wählte sogar und gab mir erst den Hörer, nachdem er laut erklärt hatte: „Hier ist ein deutscher Herr, der einen anderen deutschen Herrn und seine Frau sucht!"

Die Stimme im Hörer klang leise und freundlich und sprach ein breites Englisch ohne die Härte der Schotten.

Was ich erfuhr, machte mich nicht ruhiger.

Gerd war in einem Spezialflugzeug abgeholt worden – heute morgen waren sie von Portree aus gestartet. Der zuständige Arzt war leider „out for the day", er hatte Nachtschicht gehabt und war vor zwei Stunden nach Hause gegangen. Ich konnte wenigstens den Namen erfahren und die Telefonnummer drüben auf Skye – gegen das Versprechen, nicht vor fünf Uhr nachmittags anzurufen.

„Er lebte also. Wie ging es ihm?"

„Weiß ich nicht, Sir. Muss auflegen. Es kommen noch andere Anrufe. Tut mir leid!"

Auch der Hafenmeister wusste nichts Neueres.

Ein Alex Macleod hatte die *Opa Reimer* eingeschleppt von Norden her in den Minch, die See zwischen dem schottischen Festland und der Insel Lewis, deren Südteil, das hatte ich unterwegs gelernt, Harris hieß, Inselheimat des Tweed.

„Alex ist am Freitagabend wieder hier, dann können Sie ihn ausfragen." Feacham sah auf die große Uhr über der Tür. „Wir machen Mittag. Kommen Sie um drei Uhr wieder."

Ich stand auf und versperrte ihm den Weg nach draußen.

„Aber viel mehr weiß ich auch nicht!", beharrte er.

Gerd war bewusstlos gewesen, hatte viel Blut verloren, trug Schusswunden an Kopf und Thorax, und der Doktor an der Pier hatte nur die Schultern gehoben: Wenn, dann hätte Gerd nur drüben auf Skye Chancen. Der Hubschrauber trug ihn also rüber.

„Und die Frau? Wo war die Frau, als das alles passierte?"

„Woher soll ich das wissen?!" Feacham zog einen langen blauen Regenmantel an.

„Er ist mein Freund", sagte ich, spürte Bitterkeit und Ungeduld, „er ist vielleicht schon tot – und Sie können mir nicht mehr sagen?"

„Ich habe Ihnen alles erzählt, was ich weiß!" Er schob sich an mir vorbei und öffnete die Tür, die in ein unfreundliches, gekalktes Treppenhaus führte.

Die Halle unten war halb leer. Beim Suchen nach Feacham hatte ich hier vorhin das Büro der Caledonian MacBrayne gefunden, der Fährgesellschaft, die die Inseln bediente. Hinten an der Mauer stapelten sich mannshohe Container und davor glänzte matt eine lange Reihe offensichtlich leerer Bierfässer.

Heute war Mittwoch, die Morgenfähre aus Ullapool war angekommen, erst abends kam die Fähre von Oban. Freitag wurde Alex Macleod mit seiner *Seapride* zurückerwartet.

Der Hafenmeister ging mit knallenden Schritten durch die Halle auf die Ausgangstür zur Pier zu, sah sich noch einmal nach mir um, zuckte nur die Schultern und verschwand in den Regen. Wenn hier jeder so auskunftsfreudig war wie er, würde ich lange brauchen, um die ganze Geschichte zu erfahren.

Zwei kichernde Mädchen in Regenmänteln schlossen eine Glastür hinter sich ab und riefen mir zu: „Wir schließen für Lunch."

Ich warf mir meinen Seesack auf die Schulter, knöpfte die Öljacke zu und trat in den Regen. Die Mädchen radelten die Pier entlang in Richtung Stadt.

Ich hatte Hunger und wollte so schnell wie möglich an Bord. Also holte ich mir in einem Supermarkt zwei Dosen Bier und zwei Päckchen Sandwiches, die man wohl während der Saison immer für Touristen feilhielt.

Eine niedrige Stadt, die den Regen aushielt wie Schafe auf dem Vorland, ergeben und grau. Zwei Türme hoben sich zögernd gegen den Himmel. Auf den Pfützen blies der Wind winzige Wellen über den Asphalt.

Wie war Gerd bloß auf die Idee gekommen, mit Ute hierher seine Hochzeitsreise zu machen? Aus Nordwest wehten wie gewaltige Schleier neue Regenschauer heran. Ein Auto an der Quay rollte mir langsam entgegen, schaltete die Scheinwerfer ein und fuhr, als ich passiert hatte, eilig in die Stadt.

Boote, Arbeitsboote, Angelkähne hier am Ende des Hafens, Schuppen, Karren mit hochgestellten Deichseln – und kein Mensch zu sehen. Ich entdeckte die *Opa Reimer* im innersten Hafen am Ende des Quays für sich allein liegend, Vor- und Achterleine an Ringen belegt. Eine Spring schien hier wohl überflüssig.

Jenseits des Wassers – grau wie alles – eine Burg in einem Park. Sie schien jüngeren Datums. Auf dem Rasen davor hockten Möwen.

Richtig – ihr Geschrei fehlte mir. Der Regen verschlang jedes andere Geräusch, erlaubte nur noch das Fauchen des Windes und das Schlagen der Fallen am Mast.

Ich kletterte an Deck und sah sofort, was geschehen war.

Quer über das Kajütdach der *Opa Reimer* zog sich eine tiefe Furche, kürzlich mit Plastikspachtel aufgefüllt, und unter der Reling in der Cockpit war das Holz ebenfalls hochgerissen, aber nicht zugeschmiert worden und daher jetzt aufgequollen.

Ich sah mir den Mast an, die Pinne, fuhr unter dem Kleedchen den Baum mit der Hand ab. Nein – kein weiterer sichtbarer oder fühlbarer Schaden. Wo waren die Schüsse auf Gerd abgefeuert worden? Als er an Deck war oder unten in der Kajüte?

Ich schloss auf.

Was hatte ich erwartet? Den Geruch von Blut und Tod?

Die Kajüte war aufgeräumt, als kämen neue Chartergäste. Über dem Kartentisch standen die Handbücher ordentlich gestaut, eine Seekarte lag ausgebreitet. Die 2635, International Chart Series, British Isles, West Coast of Scotland, Depths in metres, Scale 1: 500 000 auf 55 Grad nördlicher Breite. Ein Blatt, mit dem man seine Reise plant.

Auf den ersten Blick waren keine Eintragungen zu entdecken. Und als ich mich tiefer darüber beugte und die Lampe einschaltete, gab es auch keine Radierspuren. Weder am südlichen Rand, der die Nordküste Irlands und den North Channel zeigte, noch weiter oben. Die *Opa Reimer* war, wenn ich den unfreundlichen Hafenmeister richtig verstanden hatte, von Norden her in The Minch eingeschleppt worden.

Ich hob die Klappe. Da lagen, wie nicht anders zu erwarten, die anderen Karten.

Ich ging bis ins Vorschiff. Alles war hier shipshape and Bristol fashion – sauber, als sei das Boot für einen Besucher hergerichtet. Auf den Kojen lagen die Decken, jede auf gleiche Weise gefaltet. Hatte Ute plötzlich solche militärischen Tugenden entwickelt? Der Aschenbecher war ausgewischt, der Kühlschrank stand leer und abgeschaltet offen, das Verpflegungsschapp gähnte. Unter der Bank entdeckte ich Dosen, viele deutsche, aber dann auch englische.

Und im Schapp des Skippers standen Flaschen. Ich hob einzelne hoch. Gerd und Ute hatten sich hier im Norden Schottlands mit ausgefallenen Whiskysorten versorgt. Single Malts herrschten vor. Erst als ich genauer hinsah, entdeckte ich zwei irische Whiskeys, halbleere Flaschen.

Plötzlich hatte ich Hunger.

Ich knipste die Bierdose auf, wickelte das fade Sandwich aus der Folie und aß. Nein, ich nahm Nahrung auf. Gummiartiges Brot, eingequetschte Salatblätter, zerdrückte Tomaten und Eischeiben – das machte keine Freude.

Ich suchte das Bord ab, in dem wir immer das Logbuch aufbewahrten. Gerd hielt es wie ich: Ein Logbuch war nicht dazu da, vor Wettbewerbsrichtern zu bestehen, sondern um vernünftig zu navigieren und Reisen nachzuvollziehen. Ich wischte mir den Mund ab, klickte die zweite Dose Bier auf, stopfte mir eine Pfeife und setzte mich an den Kartentisch. Ein Regenschauer trommelte auf das Dach.

Das Logbuch enthielt Gerds Handschrift, ab und an Utes.

Es endete auf dem letzten Blatt am Montag, dem 1. Juli. Auf der letzten Seite stand als letzte Eintragung: *09.00 Uhr – Anker auf. Laufen unter Vollzeug bei halbem Wind aus St. Mary's aus. Kurs Cork – Eire.*

Ende des Logbuchs.

Ute und Gerd waren also von den Scillies, den Inseln westlich von Cornwall's Land's End, nach Irland gesegelt. Das war vor genau dreiundzwanzig Tagen gewesen.

Es gab keine weiteren Aufzeichnungen an Bord. Und auch die Karten für das Gebiet zwischen den Scillies und Schottland suchte ich vergeblich. Dreiundzwanzig Tage fehlten – und alle Karten, die man in diesen dreiundzwanzig Tagen hätte benutzen können. War die *Opa Reimer* die englisch-walisische Küste entlanggesegelt oder hatte sie sich an der irischen Ostküste entlang nach Norden bewegt? Oder gar außen rum, an der irischen Westküste entlang? Die *Opa Reimer* war von Norden her in den Minch eingeschleppt worden. Wo kam sie also her?

Wenn Ute an Bord gewesen war, hätte sie doch eine Botschaft hinterlassen können, eine Notiz, einen Zettel auf dem Tisch. Ich hatte nichts gefunden.

Als ich das Funkgerät einschalten wollte, entdeckte ich noch einen Schaden. Von außen hatte ein Geschoss die Bordwand durchschlagen und das Innenleben des Geräts zerstört. Das winzige Loch unter einer Leine fiel auch jetzt außen kaum auf. Aber das aufgepilzte Geschoss im Inneren ließ mich schaudern.

Du lieber Gott, wenn Gerd von so einem Ding getroffen worden war ... Was würde das alles in ihm zerrissen haben?

Ich hatte keine Chance, von Bord aus ein Gespräch zu führen. Den Apparat zu reparieren, überstieg meine Fähigkeiten. Also an Land und ein Telefon suchen. Die Seamaster-Leute in London sollten mir den nächstgelegenen Reparaturbetrieb nennen. Und dann müsste ich Ute erreichen. Oder Komrusch?

Als ich den Kopf aus der Luke hob und mir die Mütze aufsetzte, hörte ich eine heisere Stimme.

„Bleiben Sie bitte, wo Sie sind."

Am Kai stand ein Mann in gelbem Ölmantel und mit einer Schlägermütze aus Wachstuch auf dem Kopf. Hinter ihm drückte ein Polizist seine Schultern unter einem grauen Mantel gegen den Regen.

„Sie sind der Skipper dieser Yacht? Wir müssen uns mit Ihnen unterhalten. Ich komme an Bord." Er winkte dem Polizisten zu und kletterte über die Leiter durch die wehende Nässe nach unten.

„Ein angenehmer Tag", sagte er, „finden Sie nicht auch?"

4.

Die Hummerkörbe sind leicht zu finden. Jeder Segler kennt die kleinen, grellfarbenen, dreieckigen oder viereckigen Wimpel auf den langen, sich im Wind biegenden Stangen. Bei mäßigem Seegang sind sie gerade noch erkennbar, bei leichter See weithin sichtbar. Die Stangen, elastischen Peitschenstielen ähnlich, reiten auf Bojen, meistens auf Korkbojen, weil die widerstandsfähiger sind als die hohlen Kunststoffbälle, die sich nur bei Netzen bewährt haben. Von diesem Schwimmkörper führt eine meist orangefarbene, manchmal grüne, manchmal auch grellblaue, unverrottbare Kunststoffleine nach unten zu dem eigentlichen Korb.

In diesemKorb liegt der Köder – Fischreste oft, aber oft ist die Rezeptur auch Familiengeheimnis. Das lockt den Hummer an, und wenn er sich durch die Öffnung in den Korb hat locken lassen, gibt es für ihn eine herrliche Belohnung: den Köder. Das ist dann der Anfang vom Ende, denn zurück kann er nicht mehr. Er kann sich sattfressen und dann wird er nach oben gezogen, aus dem Wasser heraus. Man klammert seine Scheren mit einem Bändsel zusammen, manchmal mit einem Draht. Und lässt ihn in Salzwasser liegen, bis er im Hafen auf Tang angeboten, verkauft und transportiert wird – über längere Strecken wohl auch noch in Salzwasser.

Bis er an den Endverbraucher gerät, lagert er mit gefesselten Scheren in einem meist gläsernen, gelegentlich leeren, gelegentlich aber auch mit Pflanzen besetzten Aquarium.

Das Ende ist immer gleich und man streitet sich, ob das Tier dabei Schmerz empfindet. Es wird lebend in heißes Wasser geworfen. Meistens wird das Wasser danach erst zum Kochen gebracht, manche schwören darauf, es müsse bereits sprudelnd kochen, wenn der Hummer hineingeworfen wird.

Über die beste Art, ihn zu essen, fechten die Gourmets seit Jahrhunderten.

Ein unendlich langer Weg also von den Tiefen des Atlantiks auf den Tisch des Genießers.

Oder ein ganz kurzer: Man schießt nämlich mit seinem Boot in den Wind, und je nach Windstärke und Seegang lässt man die Plünnen oben flattern oder lässt sie fallen. Die Leine zum Korb ist mit dem Bootshaken leicht zu greifen und ein kräftiger Mann kann den Korb schnell hochhieven. Der Korb ist leicht zu öffnen und sinkt, wenn der Hummer entnommen ist, schnell wieder auf den Grund der See. Hat man ihn wieder mit einem Köder bestückt, besteht eine gute Chance, einen neuen Hummer zu fangen. Hat der Mann, der den kurzen Weg liebt, es indes besonders eilig, lässt er den Korb ohne Köder in die See zurückgleiten. Der Fischer, der dann später kommt, findet einen leeren, geöffneten Korb vor. Er weiß zwar, dass Kraken, die der Golfstrom an die schottischen Küsten treibt, sich gern von Hummer ernähren. Doch wenn sie das tun, fangen sie sich oft selber in den Körben. Keinesfalls aber sind die Körbe geöffnet, wenn eine Krake den Inhalt verzehrt hat. Die Fischer sind bei leeren Körben also immer erbost. Gibt es zu viele leere Körbe und sind sie offen, dann verlieren sie die Geduld.

Mit Lachsen verhält es sich ähnlich. Der Lachs ist ein edler, in allen Ländern Europas überaus geschätzter Fisch, der weite Wanderungen über das Meer macht, bis er in den Fluss zurückkehrt, in dem er als Larve aus dem Ei schlüpfte. Auf dem letzten Stück dieses Weges warten die Angler.

Die Methode, den Lachs mit der Angel zu fangen, ist leider zeitaufwändig.

Wer Fisch fängt, um ihn zu verkaufen, muss sich darum bessere Fangmethoden einfallen lassen. Und wer weiß, dass Lachse höhere Preise erzielen, wenn ihr Fleisch eine attraktive Farbe hat, wird versuchen, nur solche Farben auf den Markt zu bringen, für die man besonders viel gutes Geld zahlt. Da die Farbe von der Nahrung abhängt, die der Fisch zu sich nimmt, wird man das Futter entsprechend auswählen. Und da man den Fisch, den man nährt, nicht gern wieder ziehen und anderen Anglern überlässt, kommt der kluge Mensch bald auf die Idee, Fische wie Schafe zu ziehen und zu halten: auf Farmen.

Solche Farmen finden sich an den Grenzen der See, denn sie

sollten von drei Seiten von Land umgeben sein. Man lockt den Fisch und verhindert, dass er ins offene Meer zurückkehren oder zum ersten Mal ins offene Meer ziehen kann. Statt in den Weiten des Atlantiks groß zu werden, reift der Fisch in der Farm und wird hier gefangen, mit Netzen oder Keschern – manchmal auch mit Hilfe von Stromstößen. Der betäubte Fisch treibt nach oben und man sammelt ihn von einem flachen Boot aus ein.

Angeln werden bei Fischfarmen nicht benutzt.

Wo Fischfarmen sind, werden sie gekennzeichnet. Durch Bojen. Und immer auch in den entsprechenden Seekarten eingetragen, damit Boote die riesigen Netzkäfige nicht zerstören.

Der gefangene Lachs wird sofort geschlachtet, ausgenommen und geht auf kurzem Weg in eine Räucherei oder auf den langen Weg zu den städtischen Märkten.

Wer besonders frischen Lachs haben will, verachtet solche Wege. Er begibt sich über Land oder von See her mit einem Boot an die Fischfarm.

Und nutzt die gute, alte, bewährte Angel. Ein Lachs in einer Fischfarm beißt schnell an, ist schnell getötet und braucht, um gekocht oder gegrillt zu werden, nur wenige Minuten. Fisch, so frisch genossen, entzückt jedermann.

Im Gegensatz zum Hummerfischer merkt der Lachsfarmer das Verschwinden einzelner Fische nie.

Wohl aber der Lachsfischer, der im Mündungsgebiet von Flüssen noch auf herkömmliche Art, also mit Reusen, den Lachs fängt. Er hat etwas gegen Leute, die sich aus seinen Reusen bedienen.

Auch dies geht schnell, doch in Landnähe empfiehlt sich, die Plünnen runterzunehmen und mit dem Udel an die Fischgründe zu tuckern. Man ist dann beweglicher und kann schnell wieder verschwinden.

Der Hummerfang und der Lachsfang haben in den Gewässern um die Hebriden eine lange Tradition. Und ebenso alt ist das Poaching. Wenn niemand hinschaut, beschafft man sich einen Hummer – öfter noch einen Lachs, oder zwei. Verzehrt einen und verkauft den anderen.

Dieses Poaching wurde früher, als der Lachs noch an Flussläufen gefangen wurde, streng bestraft – manchmal sogar mit Verbannung in die Kolonien. Es ist auch heute noch verboten, als schlichter Diebstahl. Solche Diebstähle werden vor niedrigen Gerichten verhandelt.

Wer darauf als Geschädigter nicht warten mag, hilft sich selbst.

Er schießt zum Beispiel auf Räuber.

Auch wenn sie mit einer Yacht unter fremder Flagge in diese Gewässer kommen.

„Und das, my dear Captain, hat Mister Vollmers getan. Er hat sich frei mit Hummer und Lachs bedient. Dabei hat man ihm aufgelauert und auf ihn geschossen."

5.

Natürlich glaubte ich kein Wort dieser lispelnd vorgetragenen Geschichte. Der Mann, der sie mir erzählte, hatte sich die Schuhe auf dem Feudel vor dem Niedergang gesäubert, hatte seinen gelben Ölmantel zusammengefaltet oben im Cockpit liegen lassen und war zu mir in die Kajüte geklettert. Seine Wachstuchmütze legte er auf die oberste Stufe. Unter dem Mantel trug er ein längliches, in Pappe eingewickeltes Paket.

Er zeigte mir seinen Dienstausweis, gab ihn mir sogar in die Hand. Auf dem Foto sah er intelligenter aus als in Wirklichkeit. Seine Augen waren auf dem Papier übermäßig groß. Mir gegenüber hockend kniff er sie zusammen, rückte an seinem karierten Schlips und sah mich mit schräg nach rechts geneigtem Kopf an. Rotbraunes Haar. Martin „Sandy" Copperton-Smythe, Detective Sergeant aus Stornoway, der dienstälteste, nein, wie er verbesserte, der einzige Kriminalpolizist auf der Insel. Er lispelte beim Sprechen, das machte mir das Verstehen schwer. Wahrscheinlich war dieser Sprachfehler die Folge einer Verletzung, deren Narbe noch auf der langen, bartlosen Oberlippe zu sehen war.

Er liebte es zu lachen und zeigte dabei kräftige, gelbweiße Zähne.

„Ihr Freund, der bisherige Skipper der *Opa Reimer*, hat schlicht Lachs und Hummer gestohlen. Jemandem passte das nicht, also schoss der auf ihn. Die Spuren können Sie selber noch an Ihrer Yacht sehen. Das Blut haben wir natürlich aufgewischt und hier sauber gemacht, als Alex Macleod die Yacht und den schwerverletzten Mann nach Stornoway reingeschleppt hatte. Es stand schlecht um Mr. Vollmers, also haben wir ihn sofort nach Portree fliegen lassen. Er ist dann weiter nach Deutschland transportiert worden. Weil es eine Chance gibt – oder weil er zu Hause sterben soll? Ich weiß es nicht!"

Sollte das Spott sein?

„Ich auch nicht. In zwei Stunden rufe ich den Arzt in Portree auf Skye an und dann weiß ich mehr."

Der Polizist kräuselte seine lange Oberlippe.

Was waren das hier für Gemütsmenschen! Der Hafenmeister dachte nur an seine Mittagsruhe, und der Mann in meiner Kajüte wollte mir allen Ernstes weismachen, Gerd und Ute hätten Hummer und Lachse geklaut. Und man müsse verstehen, dass erboste Fischer von der Waffe Gebrauch machen. Wer einen Lachs stiehlt, wird nördlich vom 55. Breitengrad mit einem Dum-Dum-Geschoss beharkt. Ein winziges Einschlagloch, innen nur Ruinen und ein Austritt so blutig, dass man ihn sich nicht vorstellen mag. War Schottland in den Brutalitäten des Ersten Weltkriegs stehengeblieben?

Ich zeigte dem Langlippigen das Geschoss, das ich in den Trümmern des Funkgerätes gefunden hatte. Er bat, es mitnehmen zu dürfen. Von mir aus! Gab es hier auf Lewis eine Seamaster-Vertretung?

„Wo Point Street in Frances Street übergeht. Fragen Sie nach Duncan MacKenzie! Er wird Ihre Kiste hier wieder in Ordnung bringen."

Wenigstens ein Trost. Und plötzlich war ich unheimlich müde. Seit dem Funkspruch, der die *Dutchman* im Skagerrak erreicht hatte, hatte ich kaum geschlafen.

Ich hatte die Yacht nach Skagen gebracht und mich noch auf See per Funk von Henk in Amsterdam verabschiedet. Herz hatte ein Krankenwagen abgeholt, Rosalie war mitgefahren, allein zurückgekommen. Herz sollte, sobald es irgend ging, nach Hamburg zu einem plastischen Chirurgen gebracht werden. Der Schädelknochen war nicht verletzt.

Den Rest der Reise, die dänische Ostküste nach Süden, durch den Kiel-Kanal, aus der Elbe raus und dann von Insel zu Insel bis nach Ijmuiden und durch den Kanal nach Amsterdam, würden die Damen schon selber schaffen. Wenn es zu hart blasen würde, müssten sie eben im Hafen bleiben. Die nächste Crew würde die *Dutchman* dann nicht bei Twellegea in Amsterdam, sondern von mir aus noch auf Borkum übernehmen. Meine eigene Yacht hatte Probleme, mein Freund Gerd lag im Sterben, und Ute war verschwunden.

Henk hatte mir am Telefon nur zugehört und okay gesagt.

Ich hatte nichts anderes erwartet. Und so war ich von Skagen aus mit einem Hopser nach Kopenhagen, von dort nach London, von dort nach Glasgow und von Glasgow aus nach Stornoway geflogen.

Mein Messer, das ich immer am Gürtel trug, hatte man mir schon in Kopenhagen abgenommen.

Ein rotblonder Mensch in weißem Hemd und dunkelblauer Krawatte hatte es in einen großen, gefütterten Umschlag gesteckt. „Sonst haben Sie überall auf den Flughäfen Schwierigkeiten. Wir schicken es besser als Reisegepäck. Die Kontrollen sind wieder mal streng, fürchterlich streng."

Er hatte recht behalten. Offenbar passte ich in kein Bild eines Reisenden: verschossene Mütze, Troyer, Düffeljacke, vielfach geflickte Jeans, Lederstiefel, einen Seesack schleppend – mit zu langem Bart und seit längerem ungeduscht! Solchen Reisenden sah man sich genauer an – vor allem in London und Glasgow. Ich hatte erst auf dem letzten Teil des Fluges verstanden, warum die Kontrollen hier so strikt waren.

In London und Umgebung waren auf Bahnhöfen, in Warteräumen und in Museen Plastikbomben hochgegangen, die gelegt zu haben die Irisch Republikanische Armee stolz bekanntgab. Man sprach von Drohungen, auch Flughäfen zu stören.

Missmutig, den Seesack zwischen den Füßen, auf unbequemen Sesseln in der Luft vor mich hindämmernd, war ich geflogen und schließlich hier oben im Norden im Regen gelandet. Es kratzte im Schädel, als bewegten sich meine Augäpfel vor Sandpapier, und tief im Genick saß ein glühender, betäubender Punkt.

Ergebnis dieser mörderischen Tour? Gerd sollte Lachse geklaut haben und dafür fast umgebracht worden sein.

Mir war nach einem Whisky.

Ich stellte zwei Gläser auf den Tisch – und der Detective Sergeant trank mit.

„Islay Whisky", sagte er, „keiner schmeckt torfiger." Er deutete auf das Etikett. „Destilliert auf Islay."

Ich nickte. Von mir aus …

Die Wärme, die aus meinem Magen hochzog, tat mir gut. Der Schmerzpunkt löste sich auf, und als ich ein zweites Glas leerte, spürte ich, wie meine Gedanken sich lockerten, sich hoben, zu fliegen begannen. Ich setzte meine Pfeife wieder in Brand und der Obrigkeitsmann mir gegenüber leckte sich die Lippen. Er hatte wacker mitgetrunken – und war im Dienst!

In einer Stunde würde ich vom Arzt erfahren, wie es um Gerd stand und wo ich Ute erreichen könnte. Vier Uhr nachmittags – und der Regen trommelte schon wieder auf das Dach der *Opa Reimer* in Stornoway.

„Ich möchte Ihnen mal etwas zeigen!"

Der Polizist schob die beiden Gläser und die Flasche zur Seite und legte das Paket auf den Kajütboden. Seekarten und ein weiches Schreibheft.

Ich hob es hoch. Gerds Logbuch.

Erster Eintrag: 1. Juli, 10.00 Uhr. Vor St. Mary's auf den Scillies. Ich blätterte weiter. Letzter Eintrag: 19. Juli, 20.00 Uhr. Auf See.

Ich wollte neugierig alles lesen, aber der Detective Sergeant zog mir das Buch aus der Hand.

Er hatte eine ganze Rolle Karten übereinander auf dem Tisch ausgerollt. Und fuhr nun mit dem Finger feine Bleistiftlinien entlang, an denen immer wieder Zeiten und Zahlen notiert waren. Ich beugte mich nach vorn. Gerds Handschrift, ganz offensichtlich auch seine Karten von der *Opa Reimer*.

Meine Pfeife gurgelte, ich war zu müde und rauchte zu hastig. Dankbar nahm ich eine Zigarette an, Navy Cut ohne Filter, die mir Copperton-Smythe anbot. Sie schnitt ernüchternd in den Dunst des Whiskys.

Die *Opa Reimer* war von den Scilly Islands nach Südirland gesegelt, nach Youghal in Eire. Von dort nach Waterford, dann in den St. George's Channel, hatte in zwei Häfen vor und dann in Dublin festgemacht. Und danach in Belfast in Nordirland, in Lough Foyle mit zwei Stops und war von dort den langen Schlag nach Islay rübergesegelt – willkommen in Schottland!

Und dann lag da eine Karte auf dem Kajüttisch, die auch auf

dem Navigationstisch lag. Hier war sie voller Linien und Eintragungen, dort noch jungfräulich. Warum hatte Gerd zweimal dieselbe Karte an Bord?

Die nächste Zigarette forderte wieder ein wenig Whisky und die freundliche Stimme meines Gastes erklärte. Er folgte Linien und blätterte im Logbuch.

Vor mir sah ich die englische Karte 2635. Im linken oberen Quadranten lagen wie die Trümmer einer zerbrochenen Klinge die Wester Isles, die äußeren Hebriden.

Und Detective Sergeant Copperton-Smythe fuhr jede Linie nach und schlug immer wieder das Logbuch auf und dann begriff ich endlich in meinem whiskyseligen Kopf: Gerd und Ute waren von Tiree aus nach Barra gesegelt, der südlichsten der größeren Outer Hebrides. Und dann hatten sie jede einzelne Insel umrundet: South Uist, Benbecula, North Uist. In Harris bis nach Tarbert und dann zurück – außen entlang, der westlichen Küste von Harris und Lewis folgend bis runter nach Stornoway.

Was hatte den beiden an dieser regensatten Inselgruppe so gefallen, fragte ich mich.

Copperton-Smythe füllte ohne zu fragen die Gläser nach, ließ die Karten zusammenschnurren, legte sie nach drüben auf den Kartentisch und ließ nur eine vor uns auf dem Kajüttisch liegen. Sie zeigte mit vielen Details die Western Isles von Barra Head im Süden bis zum Butt of Lewis im Norden – Inseln im Osten und winzige Inselpunkte im Westen eingeschlossen.

Dieser Mensch hatte wohlmanikürte Finger. Sein reichlich spitzer Zeigefingernagel sprang von Endpunkt zu Endpunkt langer Linien, die jeweils an Land in einem Kreis endeten mit einer Uhrzeit daneben: Gerds Art, den Landfall einzutragen.

„Sehen Sie hier die Quadrate, Captain? Lachsfarmen. Und dicht daneben verbrachte dieses Schiff jeweils die Nacht. Und hier, links und rechts neben der Kurslinie, liegen jeweils die Hummerkörbe. Sie können das alles im Logbuch nachlesen.“

Zum ersten Mal an diesem Nachmittag hielt er den Kopf gerade und sein schelmisches Lächeln verschwand.

„Ich vermute, Sie werden jetzt erst mal telefonieren, dann ausschlafen, dann das Funkgerät reparieren, sich Karten besorgen, Wasser und Verpflegung bunkern und Ihren Törn nach Hause durchplanen. Suchen Sie sich hier im Hafen einen guten zweiten Mann, der Sie begleitet, bis Sie den letzten Hafen im United Kingdom verlassen. Den letzten Schlag zurück nach Bensersiel werden Sie ja wohl allein schaffen, denke ich. Und wenn Sie Ihren Freund treffen und der wieder reden mag, sagen Sie ihm, es lohnt nicht, Lachse zu stehlen. Oder Hummer!"

Es lohnt nicht, es lohnt nicht, dröhnte es in meinem Schädel.

Und dann schlug meine Stirn auf der Seekarte 2635 auf. Ein halbvolles Whiskyglas fiel um, rollte vom Tisch und zersplitterte auf dem Kajütboden.

Oh Mann, war ich müde. Und wohl auch betrunken.

6.

Um zehn Uhr nachts wachte ich auf der Kajütbank liegend auf, hungrig und vor allem durstig. Ein Bier würde mir gut tun. Es war sicher zu spät, den Arzt auf Skye in seiner Wohnung anzurufen. Doch vielleicht hatte er wieder im Krankenhaus Dienst.

Es regnete gerade nicht, trotzdem schlüpfte ich in meine Öljacke. Der nordwestliche Himmel über der Stadt schien hell, und das war nicht der Widerschein der wenigen Laternen auf dem Quay und in den Straßen oder der paar Leuchtreklamen. Im Hochsommer wurde es hier so weit nördlich nachts nie recht dunkel. Ein verregneter Tag wie dieser wäre bei uns ein sicheres Zeichen für nahenden Herbst gewesen – hier auf 58 Grad und ein paar Minuten Nord schien es das übliche Hochsommerwetter zu sein. Ich lief durch flache Pfützen, in denen sich Haufenwolken spiegelten, auf die Leuchtreklame vom Lewis Hotel zu. Dort würde ich sicher etwas zu essen und zu trinken bekommen.

Die Saloon Bar war verqualmt. Ich war der Einzige, der eine Öljacke trug. Man nahm mich zur Kenntnis und trat zur Seite, damit ich an die Theke kam, die – nur durch eine Scheibe unterbrochen – weiter in den nächsten Raum führte. Sandwiches gab es noch, obwohl die Küche längst geschlossen hatte. Als ich ablehnte und nur eine Pinte dunkles Bier bestellte, sagte jemand neben mir: „Sie sollten die Sandwiches hier unbedingt versuchen, sie sind gut!"

Ein Mann lächelte. Er trug einen grell gestreiften Schlips und einen Blazer. Und war offensichtlich Tourist, denn so braun im Gesicht war niemand sonst. Fischer, Bauern und Handwerker tragen bei der Arbeit Hüte oder Mützen, die die Stirnen bleich lassen.

„Geben Sie ihm zwei Lachsbrote, die kann er vertragen!"

Ich nickte einer überschminkten Barmaid Bestätigung zu und trank durstig. Amüsiert sah mir der andere zu.

„Sie sind eben erst eingelaufen?"

Ich hatte eigentlich keine Lust, meine ganze Geschichte zu

erzählen. Also erklärte ich nur, dass ich die *Opa Reimer* hier abholen wollte.

Der Name ließ ihn nach meinem leeren Glas greifen. „Kann ich Sie zu einem Drink einladen?"

Ich nickte.

„Berühmtes Boot", sagte er. „Es gab beinahe einen Toten."

Guinness ist fast immer gut zu mir. Also trank ich auf sein Wohl und aß die Sandwiches, die auf einem Teller mit zwei Schnitten in Dreiecke geteilt worden waren. Getoastetes Brot, Butter und eine Scheibe gekochter Lachs – eine Spur Mayonnaise, die offenbar nicht aus dem Glas kam, sondern aus Ei, Öl und einem Hauch von Knoblauch und einem Spritzer Zitrone in der eigenen Küche hergestellt worden war.

Der Mann ließ mich essen und unterhielt sich mit anderen, die um ihn herum standen. Ein paarmal spürte ich, wie man mich musterte, aber erst als ich satt und zufrieden mit einem Lob und einem Trinkgeld den Teller der Barmaid zurückgab, drehten sich mehrere Männer zu mir. Sie mussten locals sein, Männer, die hier in der Nachbarschaft wohnten und ihren Abenddurst stillten. Arbeitsklamotten, nichts Ferienhaftes, Tweed herrschte vor und grobe Pullover. Viele rauchten Pfeife und ich sah, dass man sich den Tabak durchaus noch von Blöcken abschnitt, die in blank gescheuerten flachen Dosen verschwanden. Richtig, verpackter Tabak war eine Idee teurer als Tabak, der lose zu haben war. Es hätte mich nicht gewundert, wenn hier um die Ecke noch ein Laden existierte, der das Kraut aus dem Fässchen verkaufte.

„Sie sind also der Besitzer der deutschen Yacht und wollen sie jetzt zurückholen. Sie ist ein feines Boot. Warum kommen Sie erst jetzt?"

Ein freundlich lächelndes Altmännergesicht, weiße Stirn, aber gebräunte Wangen und Kinn. Kleine weiße Falten liefen aus den Augenwinkeln auf die Backenknochen. Ich sah winzige geplatzte Adern.

Als ich die Antwort gab, erzählte ich auch schon meine Geschichte. Ein paar Fragen lockten sie heraus und immer wieder schob man mir ein Bier zu – bis ich schließlich eine Runde bestellen durfte und nach dem Telefon fragte.

„Mabel, unser Freund will telefonieren. Lass ihn durch in die Halle."

Ein abgegriffenes Telefonbuch, aber ich fand das General Hospital in Skye und hatte nach dreimaligem Läuten eine freundliche Stimme im Hörer.

„Ich werde ihn ausrufen!"

Sirren, Klicken, und dann sprach ich mit dem Arzt, der Gerd versorgt und den Flug nach Deutschland erlaubt hatte.

„Die Frau ist hier geblieben", sagte er, „sie hat die Fähre nach Stornoway zurück genommen. Hat sie sich nicht bei Ihnen gemeldet?"

Über Gerds Verletzungen äußerte er sich nur sehr zögernd. „Wenn einer nach Hause geflogen werden darf, ist sein Kreislauf stabil."

„Ich bin sein Freund, Sie können mir ruhig ein bisschen mehr erzählen!"

Kopfverletzungen, Verletzungen im Thorax. Schussverletzungen. Das wusste ich längst.

Wie ernst? Bestand Lebensgefahr?

„Die Maschine flog Hamburg an. Er wird dort in die Universitätsklinik eingeliefert. Und sicher sofort operiert. Mehr kann ich Ihnen nicht sagen, es tut mir leid. Ich kenne Sie nicht, Sie verstehen!"

„Sagen Sie mir bitte noch, welche Fähre Ute genommen hat?"

„Die Frau? Eine Stunde nach take-off. Take-off war um zehn Uhr vormittags. Es tut mir leid. Auf Wiedersehen. Man soll nicht aufgeben. Gute Nacht. Und beten Sie ruhig für Ihren Freund!"

Viel mehr blieb mir auch nicht übrig. Um zehn Uhr morgens war Gerd – offenbar mit einigermaßen stabilem Kreislauf – nach Hamburg in die Uniklinik geflogen worden. Also lag er in Deutschland in guter Obhut. Ute war nicht bei ihm. Warum hatte sie ihn allein fliegen lassen? War sein Zustand schon so gut?

Seit Mittag war sie auf Lewis, seit Mittag war ich auf der *Opa Reimer* – warum meldete sie sich nicht?

Die Männer an der Theke sahen mir neugierig entgegen.

„Haben Sie eine deutsche Frau gesehen? Die Frau vom angeschossenen Skipper?"

Ich sah, wie jemand die Frage weitergab, und wie sie durch den Saloon lief. Mehrere Gesichter drehten sich nach mir um. Morgen früh würde ganz Stornoway meine Geschichte kennen, vielleicht sogar die ganze Insel. Aber so ist das eben. Es konnte nicht schaden, wenn Ute auf diese Weise schnell erfuhr, dass ich sie suchte.

„Hey", rief hinter mir die Barmaid, „wollen Sie deutsche Zeitungen zum Lesen haben?"

Wie sich rausstellte, hatten ein deutscher Ornithologe und seine Frau ein Zimmer im Lewis Hotel bewohnt, waren aber aus irgendeinem Grunde viel früher abgereist. Die *Frankfurter Allgemeine*, die sie sich in den Urlaub hatten nachschicken lassen, lag im Streifband hinter der Theke. Mabel, die Barmaid, gab mir sieben schmale Päckchen, alle einige Tage alt, aber ich würde – nach Tagen der Abstinenz – nachtanken können, was außerhalb der Sorge um Yachten und Freunde sonst in der Welt geschehen war.

„Da lebt eine deutsche Frau an der Westküste – auf Great Bernera."

„Ach, die und der Niall."

„Wird doch den Skipper und seine Frau gekannt haben!"

„Kommen doch wenige Deutsche hierher!"

Und dann wechselten die Stimmen plötzlich in eine weiche, mir völlig fremde Sprache, von der ich nicht ein einziges Wort verstand.

„Gälisch", nickte mir der Mensch im Blazer zu. „Das verstehen auf dem Festland immer weniger Leute, aber hier noch alle. Und sie sprechen's auch. Es klingt wie deutsch für mich!"

Ich musste lachen. Das nun ja ganz und gar nicht. Aber für ein englisches Ohr kingt Gälisch wohl noch fremder als für ein deutsches.

„Was Neues von Ihrem Freund?"

Als ich das wenige erzählte, das ich erfahren hatte, hörte man mir wieder zu.

„Ach, gut, gut! Edinburgh hat auch ein gutes Hospital, und Glasgow."

Und wieder der Wechsel ins Gälische. Und dann drehte sich ein Gesicht zu mir, ein Mann, dessen falsche Zähne beim Sprechen nach vorne rutschten.

„Haben Sie erfahren, warum man auf Ihren Freund geschossen hat, Captain?"

„Ach, Ruaridh! Musst du das fragen?" Mabel hatte sich von der Theke aus in unser Gespräch geklinkt. Sie trank ein Glas Gin Tonic, in dem auf dem schwimmenden Eis eine Limonenscheibe lag.

„Was sagt man denn so?", fragte ich.

„Wissen wir nicht" – „Keine Ahnung" – „War keiner von uns" – „Wir sind nicht in Nordirland" – „Hier schießt und bombt man nicht". Die Stimmen liefen durcheinander, ab und an mischte sich Gälisch darunter.

„Wenn wir in Irland wären, würde ich sagen, er wusste zu viel, darum hat man auf ihn geschossen. Aber hier bei uns – wir wissen's nicht."

„Poaching", sagte ich. „Er soll Hummer und Lachs mitgenommen haben."

Zwei jüngere Männer stellten ihre großen, leeren Gläser knallend auf die feuchte Theke und bogen sich zurück. Auf allen Gesichtern blühte Lächeln.

„Wer hat Ihnen denn das erzählt?"

„Copperton-Smythe."

„Ich ahnte es. Der hat auch sicher Ihren Whisky getrunken."

Der Detektiv stand in keinem sonderlich guten Ruf. Weniger, weil er trank. Auch nicht, weil er wegen zu vielen Trinkens vor zwei Jahren von Edinburgh nach Stornoway strafversetzt worden war. Man mochte ihn nicht, weil er kein Gälisch sprach, sah das aber einem Festlandschotten gerade noch nach. Man mochte seinen englischen Namen nicht, obwohl natürlich seine Familie schon seit drei Generationen in Edinburgh lebte, alle im Polizei- oder Justizdienst. Das alles konnte man noch ertragen. Nein, man mochte ihn nicht, weil er mehr trank, als er bezahlte. Die Regeln sind in allen Kneipen des United Kingdom gleich: Wenn dich einer einlädt, lädst du ihn auch ein – am gleichen Abend. Verschieben gilt nicht.

Copperton-Smythe war offenbar ein Verschieber. Und mehr noch: ein Vergesser.

„Der hat Ihnen die Hucke voll geschwindelt!"

Wenn einer wirklich Lachse stahl oder Hummer, dann warnte man ihn. Und wenn es wieder vorkam, gab es Prügel. Natürlich nur dann, wenn er Lachse einem armen Mann wegnahm. Wer Lachse aus herrschaftlichen Gewässern mitgehen heißt, wird hochgeachtet.

„Wegen Lachsen schießt man nicht – und auch nicht wegen Hummern!"

Allgemeines Nicken.

Ich zahlte eine weitere Runde in das Schlagen einer Schiffsglocke hinein, die zwischen zwei Whiskyflaschen an der Wand hing.

„Last Orders. Time. Drink up, gentlemen, please!" Mabel forderte schrill zur letzten Trinkrunde auf. Einige Männer verließen die Pub jetzt schon.

„Welchen Namen haben Sie da eben erwähnt?", wollte ich von einem der Umstehenden wissen. „Eine deutsche Frau und einen Mann namens Niall. Habe ich das richtig verstanden?"

Der Mann mit den falschen Zähnen antwortete. Er schob dabei seine Mütze ins Genick und sprach sehr langsam auf mich ein. Ich müsste die A 858 nehmen nach Garynahine, dann die B 8011 nach Südwesten, danach die B 8059 nach Nordnordwest und bei Earshader würde ich dann auf die Insel kommen über eine schmale Brücke. Jeder auf der Insel würde wissen, wo die deutsche Frau wohne. Und ich könnte auch nach Niall MacDougall fragen. Den kenne da auch jeder. Und überhaupt jeder auf Lewis und Harris und den Western Isles.

„Slàn leat!", grüßte er und steckte seine Pfeife in die rechte Tasche seines ausgebeutelten Jacketts.

Ich sah ihn fragend an.

„Farewell. Auf Wiedersehen! Oder bleiben Sie noch?"

Es war nur wenig dunkler geworden und der Wind hatte nördlicher gedreht, an Heftigkeit verloren. Mit den Zeitungen unter dem Arm ging ich quer über den langen Platz zu meiner Yacht. Ein Auto parkte am Quay, setzte sich in Bewegung, als ich näher kam. Liebesleute, Touristen? Das Kastell drüben lag dunkel. Auf der Fähre glühten nur zur Seeseite hin zwei Lichter. Eine Möwe hockte auf einer Laterne.

Einen Augenblick lang hoffte ich, Ute würde an Bord sein, aber sie war es natürlich nicht.

Weshalb meldete sie sich nicht bei mir? Sie war doch sicherlich auf die Insel zurückgekehrt. Oder war sie noch auf Skye, sah sich dort um, versuchte mich in Deutschland zu erreichen? Denn Gerd würde so bald nicht wieder auf See sein können, und irgendwie musste die *Opa Reimer* ja nach Bensersiel zurückgesegelt werden. Bestimmt nicht von Ute allein.

Ich knipste unter Deck die Lampe an. Was ich morgen zu tun hatte, war klar.

Jemanden finden, der mein Funkgerät in Ordnung brachte. Vom Hotel oder von der Post aus nach Deutschland telefonieren. Und drittens mit der deutschen Frau da an der Westküste Kontakt aufnehmen. Offenbar hatten Gerd und Ute sie gekannt.

Ich schlug im Logbuch nach. Ja, die *Opa Reimer* hatte am 10. und 11. Juli im Dubh Thòb geankert, einer Bucht an der Ostküste von Great Bernera.

Falls ich dorthin wollte, würde ich mir ein Auto mieten. Oder könnte ich mit der *Opa Reimer* einhand dorthin segeln? Abwarten.

Eigentlich hätte ich jetzt in die Koje kriechen sollen, aber ich hatte zu viel Bier getrunken und keine Lust, nachts aufzustehen. Also warten, noch ein Glas Whiskey oder drei, dann wär's Zeit zu pinkeln. Und dann schlafen, ohne Unterbrechung.

Ich riss die Streifbänder der Zeitungen auf und las – fast nur die Überschriften.

Eine Irland-Nachricht fiel mir auf, obwohl jemand in der Kneipe gesagt hatte, hier in Schottland würde nicht gebombt und geschossen, und ich nahm mir den ganzen Text vor. Am

3. Juli waren die Verhandlungen über die politische Zukunft Nordirlands abgebrochen worden. Acht Wochen lang hatte es Gespräche in Belfast gegeben, die der britische Nordirland-Minister Peter Brooke initiiert hatte.

Ein Abkommen aus 1985 hatte diese Konsultationen zwischen den Parteien begründet. Die protestantische Seite bestritt immer wieder die Rechtmäßigkeit dieses Abkommens. Und brach die Verhandlungen ab, weil gleichzeitig Gespräche zwischen der Republik Irland und Großbritannien liefen, die nicht abgesagt worden waren.

Ich verstand wenig von dem, was da geschah. Seit 1969 herrschte Bürgerkrieg in Nordirland, das Teil des Vereinigten Königreichs war, aber auf der Irischen Insel lag und im Süden an die Republik Irland grenzte.

Mitten in Europa also seit zwanzig Jahren ein Krieg!

Frieden schien noch in weiter Ferne.

Schalck-Golodkowski machte ein paar Blätter weiter Schlagzeilen. Er gab zu, dass die DDR kräftig im internationalen Waffenhandel mitgemischt und mitverdient hatte.

Und Gaddafi aus Libyen beschimpfte gerade wieder die Amerikaner und die Engländer. Er hatte immer noch nicht vergessen, dass in England 1986 die amerikanischen Flugzeuge gestartet waren, die Tripolis bombardiert hatten. Die Briten würden für diese Unterstützung der Amerikaner büßen müssen! Am Freitag, dem 19. Juli, explodierte eine Ölbohrinsel vor der schottischen Nordseeküste – elf Tote.

Und in Nordirland begann nach dem Scheitern der Verhandlungen die Schießerei wieder. Die ersten Toten waren auf katholischer Seite zu beklagen. Ich hätte statt der Politik lieber das Feuilleton lesen sollen. Da war die Welt noch in Ordnung.

Ich stieg nach oben, pinkelte in das Hafenwasser, putzte mir die Zähne, spülte mit dem letzten Rest Whisky aus dem Glas nach und kroch in den Schlafsack.

Irgendwo mäkelte eine Möwe.

7.

Ein flaches Boot mit einer eng geflochtenen Reling fuhr durch den Hafen von Stornoway. Das Tuckern des Diesels weckte mich. Ich sah, wie ein Mensch im Heck des Bootes stand, die Pinne zwischen den Beinen hielt, die Arme vor der Brust gekreuzt, eine Mütze tief in die Stirn gezogen, eine kurze Pfeife im Mund. So einen Kahn könnte man gut zum Transport von Schafen benutzen – und in der Tat, so war es. Das erfuhr ich, als ich beim Einkaufen für das Frühstück einen Führer für Lewis und Harris erstand, offensichtlich mit einem Computer gesetzt und mit schlechten Klischees gedruckt – aber ausführlich genug für mich Neugierigen. Da stand wie erwartet unter einem Foto eines ähnlichen Bootes, dass diese Dinger zum Transport von Schafen auf unbewohnte Inselchen benutzt würden.

Inselchen war das Stichwort. Für drei Pfund und fünfzig Pennies das Stück kaufte ich vier Ordnance Survey Karten der Landranger Series of Great Britain, die Nummern 8, 13, 14, 18. An Karten spare ich nie.

Ich hatte also nach dem Frühstück Zeit, die ganze Insel genau zu studieren. Duncan MacKenzie, den der Detektive Sergeant gestern Abend als Fachmann für die Reparatur des Funkgerätes empfohlen hatte, wollte gegen zehn Uhr an Bord kommen. Und ehe ich an Bord zurückkehrte, hielt ich beim Postamt, stellte meine Einkaufstüten ab, fand in der Zelle ein Telefonbuch und begann meine Suche.

Die Deutsche - niemand hatte mir gestern Abend ihren Namen genannt. Aber an Niall MacDougall erinnerte ich mich, schlug M im Fernsprechbuch auf und gab auf. Siebenundzwanzig MacDougalls, sechs davon Niall – nein, wenn ich die beiden finden und mit ihnen sprechen wollte, müsste ich wohl nach Great Bernera fahren, auf gut Glück.

Eine Straße weiter war man bereit, mir ein Auto für einen Tag zu vermieten. Ich legte eine Kreditkarte auf den Tresen, und die Karte zauberte freundliche Gesichter und zügige Verfahren.

So parkte also ein kleiner Ford vor der *Opa Reimer*, als Duncan MacKenzie an Bord kletterte.

Er war um einiges älter als ich, trug einen Overall und darüber ein abgeschabtes Tweed-Jackett, an dessen Ellbogen auch bereits abgeschabte Lederflecken prangten. Seinen Kopf bedeckte, was ich als einen Tourie-Hut kennen lernen sollte, eine Art Hut aus Tweed, dessen Schnitt die Touristen auf der Insel populär gemacht hatten. Mich erinnerte er an die Kopfbedeckung, die Rex Harrison auf dem Filmplakat zu *My Fair Lady* präsentierte. Doch Duncans Stoffgebilde war abgewetzt, alt und darum überaus sympathisch.

Er schraubte die Deckplatte zum Funkgerät ab, löste vier weitere Schrauben, klemmte Drähte ab, legte das Gerät auf den Kartentisch, fand nebenbei Zeit, eine Tasse Tee zu trinken, rauchte ruhig drei filterlose Navy Cut, hustete zweimal tief, rieb sich dann das linke Ohr ausführlich und drehte sich zu mir um. „Wissen Sie, Sir, die Reparatur wird teurer als der Austausch. Fünf zu drei etwa. Ich schlage vor, ich baue Ihnen ein neues Ding ein, Sie zahlen keine Mehrwertsteuer – und dann können Sie wieder mit aller Welt reden. Ab morgen, sagen wir. Ab zehn Uhr. Für einhundertfünfunddreißig Pfund."

Das Geschoss, das ich gestern Abend entdeckt, entfernt und dem Detective Sergeant gegeben hatte, hatte also ganze Arbeit geleistet.

„Machen Sie's billiger", forderte ich ihn auf.

Duncan MacKenzie zündete sich eine vierte Zigarette an, setzte die Teetasse genüsslich an und schüttelte schließlich den Kopf. „Billiger ist schlechter. Sie können nach Portree segeln oder nach Ullapool oder von mir aus nach Aberdeen oder Edinburgh oder direkt nach London – Sie kriegen es nirgendwo billiger als hier. Aber auch nirgendwo besser." Dann grinste er plötzlich. „Sie müssen nicht kaufen und ich muss nicht verkaufen. Ist das nicht gut?"

„Jedenfalls die beste Voraussetzung für einen fairen Preis. Also – bringen Sie die Sache in Ordnung."

„Für fünf Pfund weniger", sagte er lächelnd.

„Warum denn das plötzlich?", fragte ich verblüfft.

„Weil Sie nicht länger gefeilscht haben."
Versteh einer die Leute auf Lewis!
Ich bot ihm an, sich selber frischen Tee zu brühen oder auch ein Gläschen aus Gerds reichem Whisky-Vorrat zu genießen, wenn ich jetzt losführe. Er lehnte beides dankend ab.
„Ich geb den Schlüssel zum Schiff drüben im Hotel bei Mabel ab", sagte er. „Bezahlen können Sie dann morgen früh bei mir im Laden."
„Und wenn ich lossegele, ohne zu bezahlen?!"
Er sah mich erstaunt an, hob die Brauen, drückte die Zigarette aus. „Warum sollten Sie?"
Was für eine Frage! Ich dachte unterwegs immer wieder an sie. Und an Duncan MacKenzie. Man glaubt, was der andere sagt, bis man das Gegenteil erfahren hat. Was für eine angenehme Gesellschaft, in der das üblich war.
Sprung zu Gerd. Hatte der etwa gegen dieses Gesetz verstoßen? Wie – oder warum? Keine Antwort. Verdacht fallen lassen.
Die ersten zwanzig Kilometer fühlte ich mich gar nicht wohl. Ich war gewohnt, mit der rechten Hand zu schalten und den Blinker zu bedienen, den linken Spiegel zu benutzen. In diesem Mietwagen musste ich umlernen.
Die Straße führte zuerst nach Westen. Ich hatte gehofft, dass der Regen endlich nachlassen würde. Aber es blieb wie gestern. Grauer Dunst hing dicht über dem Land und entlud sich immer wieder mit Regenschauern. Ich sah einen See rechts neben der Straße, in den Nebelschleier wie Stoffetzen hingen.
Die Schrift auf den Wegweisern war schwer zu entziffern. Die oberen Zeilen in Gälisch, die unteren auf Englisch.
Gott sei Dank waren die Zahlen in beiden Sprachen gleich. Es fiel leicht, der A 858 zu folgen. Eine schmale Straße, durchgehend asphaltiert, kaum Schlaglöcher, aber auch kaum Möglichkeiten, einem Entgegenkommer auszuweichen.
Nach einer Gabelung bog sie nach Südwesten und stieg langsam. Die Sicht wurde schlechter, ich stellte die Scheibenwischer auf schnell. Links und rechts blitzten gelegentlich große Torfgruben auf – oder waren es kleine Seen? Nirgendwo Bäu-

me, aber überall Heide, regennasse, kniehohe Heide, purpurfarben. Sie versuchte vergeblich, glänzende Felsen zu überwuchern.

Nach etwa einem Dutzend Kilometern bog meine Straße im Nebelschatten hoher Berge nach Westen ab, senkte sich über die nächsten acht Kilometer. Dann verkündete ein Schild, dass die zwei Häuser am Straßenrand den Ort Garynahine bildeten, und ein Richtungsschild mit der Nummer B 8011 lockte mich weiter.

Ich hatte den Kamm der Insel überquert, und statt in Nebel und Regenschleier blickte ich jetzt durch den Dunst auf flach abfallendes, von Felsengruppen durchsetztes Land, das ich in Sonnenschein für grün gehalten hätte. Große Flächen Wasser blinkten auf, bleifarben und unbewegt.

Ich stoppte, weil eine Herde Schafe sich auf der wohl warmen Straße niedergelassen hatte. Erst nach längerem Hupen trippelten die Tiere davon.

Einsames, unbesiedeltes Land. Was sich als Weide zwischen den Heideflächen behaupten konnte, schmiegte sich bis an die Straße, bot gelbe Blumengrüße.

B 8059 hieß es unvermittelt, und es ging nach Norden.

Ruppiges, kurzbergiges Land. Ich sah nach rechts und trat auf die Bremse. Da mir bisher nur wenige Autos entgegengekommen waren und mich keins überholt hatte, blieb ich auf der Straße stehen, auf einem Buckel, weithin sichtbar.

Rechts unter mir Wasser, inseldurchsetzt, weiter nach Nordwesten breiter werdend, Wellen zeigend. Ein Arm der See, eine winzige Zunge des Atlantiks leckte zwischen kleine und kleinste Inseln. Und über einem steilen Stück Küste standen sie – aus dieser Entfernung wie Stifte aussehend, schwarze Stümpfe unter dem sich langsam aufhellenden Himmel … Ich schlug die Karte auf: die Standing Stones bei Callanish. Mein Inselführer widmete ihnen ein paar Seiten. Ich sah sie als Reihe gegen den Himmel, versteckt und doch weithin sichtbar am Ende von East Loch Roag.

Sie lockten mich. Ich würde sie entweder von See aus oder noch mal mit dem Auto besuchen.

Ab Crulivig wurde die Straße glatter. Ein Damm verband Great Bernera mit dem Festland. Ich sah plötzlich Wasser links und rechts neben der Straße und dann ein Schild: Thig a nall. Es war im Gegensatz zu den Straßenschildern recht neu und wohl ständig renoviert worden. Eine englische Unterzeile fehlte. Sprach man hier, auf der Insel Great Bernera, Teil der großen Insel Lewis, nur noch Gälisch?

Man verstand zumindest Englisch und antwortete mir auch auf Englisch. Eine Frau legte gerade ein Bündel Stoff auf einen steinernen Zaunpfosten, zurrte eine Plastikplane darüber. Ich hielt und fragte, wie ich zu der deutschen Frau komme, die wohl Katrin hieße, wie Duncan MacKenzie sich zu erinnern gemeint hatte.

„Folgen Sie der Straße bis Kirkibost und dann biegen Sie dort nach Norden ab – bis die Straße endet. Bei Dubh Thòb finden Sie das Haus. Es hat blaue Fensterrahmen, Sie können es nicht übersehen. Greas ort, ma ta!"

Ich fuhr in heller werdendes Wetter. Offensichtlich fiel der Regen, den die Wolken von Westen heranschleppten, erst hinter dem Kamm der Berge. Hier, auf der Atlantikseite der Insel, regnete es deutlich weniger. Die Frau, die mir den Weg erklärt hatte, hatte kein Kopftuch und kein Tuch um die Schultern getragen. Und auch keine Gummistiefel. Der Stoff, den sie zum Abholen bereitgelegt und mit der Plane abgedeckt hatte, war handgewebt, wenn mein Inselführer recht hatte. Hier webten viele Frauen den weltberühmten Harris Tweed.

Ich bahnte mir den Weg durch die kleinen Herden blökender schwarzgesichtiger Schafe, immer in Sichtweite bleiig glänzenden Wassers. Nur gelegentlich verdeckt standen die Standing Stones of Callanish am Rande der Kimm, Wegweiser durch heideloses, grasarmes Felsenland.

Ich rollte bergab zwischen kleine, weißwandige, strohgedeckte Häuser. Die Straße teilte sich. Ich nahm, wie mir geraten worden war, den linken Weg, den nach Norden, und entschied mich dann, wie mir ebenfalls geraten worden war, an der nächsten Gabelung für rechts. Ich sah vor mir die See, eine Insel, die den Blick einfangen wollte, steile Küsten und dahinter die Ahnung von Ozean. Ich ließ mein kleines Auto genau nach Norden rollen, bergab. Und entdeckte eine geschützte Bucht, Wasser glatt wie in einer Schüssel. Vom linken Ufer her schob sich ein kurzer steinerner Anleger in den Meeresarm.

Hier würde jede Yacht so geschützt liegen wie im Winterlager im Schuppen. Wenn der Grund den Anker hielt, war ein Boot hier vor allen Winden geschützt, selbst vor Nord und einer nördlichen Schwell. Über die wenigen Kabellängen Breite des East Loch Roag würde sich kein unruhiges Wasser aufbauen können.

Das einzige Haus auf einer schmalen, dreieckigen Felszunge lag landwärts tief zwischen Hügeln und blickte nach Norden auf das inselgesprenkelte Wasser und die Weite des Ozeans. Hier endete die Straße. Ich stoppte, zog die Bremse an, warf mir mein Ölzeug über den Arm, zog die Mütze fest und ging gegen einen spürbaren Wind bergauf auf das Haus zu.

Es hatte blaue Fensterläden. Auch die schmale Tür war blau gestrichen.

Rauch wirbelte aus dem Schornstein, der Wind zog ihn den Hang hoch. Er roch nach Torf.

Ich holte tief Luft.

Wer sich hier angesiedelt hatte, konnte das Glück von Land und See trinken.

Als ich dem Haus auf zehn Schritte nahe gekommen war, lief ein Hund aus dem Wind auf mich zu, langhaarig, gelb: ein Golden Retriever.

Die blaue Tür öffnete sich und noch ehe der Hund bellen konnte, rief mir eine Stimme auf Deutsch zu: „Machen Sie sich nichts aus Scrumpy und kommen Sie rein. Ich habe Sie schon erwartet, Kapitän Husmanns."

8.

Ich liebe das Gelb ihrer Inselbilder, gebrochenes Gelb wie das Fell des Hundes, wie die Flechten auf der seeabgewandten Seite der Felsen von Great Bernera. Aber natürlich zeigte sie mir ihr Atelier nicht gleich bei unserem ersten Treffen. Als ich Katrin Mennie ins Haus folgte, mich artig vorstellte, ihren Namen wiederholte und ja zu einer Tasse Tee sagte, erhob sich im Schatten des Kamins Niall MacDougall, älter als ich, groß, fast kahlköpfig, mit breiten Schultern. Durchdringend blaue Augen.

„Welcome!“, sagte er. „Der Weg war sicher leicht zu finden.“

Das war kein Inselschottisch, von dem ich nun mancherlei Varianten bereits gehört hatte. Es klang auch nicht wie etwas, das man auf dem schottischen Festland sprach. Niall MacDougall, dem ich die Hand gab, war sprachlich nicht lokalisierbar.

Wir tauschten Beobachtungen über das Wetter aus – nicht nur Kommentare. Und nach dem dritten oder vierten Satz merkte ich: Dieser Mann verstand zu sehen. Das gefiel mir.

Später hörte ich, dass das, was ich bewunderte, ihm den Eintritt in die ganz große Politik versperrt hatte. Höchste politische Höhen verlangen Eloquenz statt Inhalt, eine Forderung, der sich die Besten nicht beugen. Sie ziehen sich dann häufig in die Provinz zurück – oder steigen ganz aus der Politik aus.

„Ein wunderbarer Ort“, sagte ich. „Wie haben Sie ihn gefunden, und warum leben Sie hier? Sie sind doch Deutsche – oder?“

Ich merkte, dass ich zu viel auf einmal wissen wollte. Niall MacDougall zog sich, einen großen Becher Tee auf einer Untertasse balancierend, in die Tiefe eines Sessels zurück. Ich versuchte Katrins Gesicht zu erkennen. Sie stand mit dem Rücken zum Fenster, sah sehr schlank aus und rührte in ihrem Tee. Der Hund lag schwanzwedelnd zu ihren Füßen und hob das Fell über den Augen, als folge er unserer Unterhaltung und verstünde jedes Wort.

„Ja, wir haben Sie erwartet", umging sie meine Fragen. „Da unten haben Gerd und Ute mit der *Opa Reimer* geankert. Da am Jetty liegt mein eigenes Boot."

Die Betonpier, das sah ich vom Haus aus besser als draußen, lag am Endpunkt eines Trampelpfads. Auf der Spitze eine mannshohe eiserne Säule. Auch die Einfahrt zwischen der Insel Vacasay und Great Bernera war durch zwei Feuer bezeichnet. Südlich von Vacasay gab es noch eine zweite, sehr viel schmalere Durchfahrt. Die *Opa Reimer* hatte unterhalb des Hanges geankert, auf dem Katrin Mennies Haus stand.

„Am Jetty haben wir nicht genug Wasser für eine so große Yacht. Es reicht gerade für meine VB-Jolle", sagte sie. Ich spürte einen leichten Duft nach Honig und Heide, der von ihr ausging.

Die *Opa Reimer* war am 10. Juli bei leichtem Nordwest unter allen Plünnen in East Loch Roag eingelaufen. Katrin hatte sie auf der Höhe von Eilean Mór, anderthalb Meilen entfernt, entdeckt. Gerd hatte im Bug gestanden und mit dem Glas Loch Roag abgesucht, eine Karte unter den Arm geklemmt, die er immer wieder zu Rate zog. Er war nach achtern gegangen, Ute war vom Großsegel verdeckt gewesen und auch Gerd verschwunden. Dann war die *Opa Reimer* langsam abgefallen und auf Dubh Thòb zugelaufen. Erst als Vacasay Island schon fast querab lag, waren die Segel gefallen. Gerd hatte sie aufgetucht, Ute nach Gerds Handsignalen in die kleine Bucht östlich der Landzunge gesteuert, in der das Handbuch den sicheren Ankergrund angab. Erst nach einer halben Stunde, als das Schiff sicher versorgt war, hatten die beiden das Schlauchboot zu Wasser gelassen. Gerd hatte es auf die rundgeschliffenen Steine gerudert, es mit der Leine höhergezerrt, bis die letzten kleinen Wellenzungen nur noch das Heck erreichten, und Ute an Land geholfen. Sie hatten das Boot auf einen trockenen, flachgeschliffenen Felsen gehoben und dann ihren Aufstieg zu Katrins Liath Tigh begonnen, ihrem Grauen Haus.

„Woher kannten Sie die beiden?“

Sie kannte nur Ute – doch nicht besonders gut. Beide hatten zusammen irgendeine Kunstschule besucht, in verschiedenen Klassen. Malerei für Katrin, Fotografie für Ute. Man hatte immer wieder voneinander gehört. Und als Ute heiratete, war eine Anzeige auch an Katrin gegangen.

„Ich hab sie eingeladen, hierher zu kommen auf ihrer Hochzeitsreise.“

„Und woher wussten Sie, dass ich hier bin und Sie sehen wollte?“

Sie lachte. Sehr helle Zähne. „Das spricht sich hier ganz schnell rum. Und außerdem haben wir auch schon Telefon.“ Das klang spöttisch.

„Wer hat auf Gerd geschossen? Und wo ist Ute?“

„Richtig“, sagte sie, „deswegen sind Sie ja hier.“

Sie füllte unsere Becher nach, Niall winkte ab, und dann saßen wir beide in den Sesseln, von denen man Vacasay sieht und dahinter Loch Roag und den Ozean ahnt. Grau unter wehenden Wolken.

Am anderen Morgen hatte Gerd Ute an Land gerudert. Sie hatte von Katrin aus ein Taxi angerufen, das von Tarbert gekommen war und sie nach Stornoway gebracht hatte. Ute hatte ihre gewaltige Kameratasche und ein Köfferchen für eine offensichtlich kurze Reise getragen. Sie wollte versuchen, von Stornoway aus ein Flugzeug zu chartern. „Vor der schottischen Küste brennt eine Ölbohrinsel. Man braucht meine Fotos.“

„Aber Gerd ist der Reporter“, unterbrach ich Katrin. „Der hätte doch mitfliegen müssen. Die Yacht hätte doch hier ein paar Tage sicher liegen können.“

Katrin zuckte die Schultern.

„Manchmal, selten zwar, aber immerhin“, meldete sich Niall, „haben wir hier einen ekelhaften Schwell, wenn es lange genug aus Nord weht. Das Risiko muss man kennen.“

Der nächste sichere Hafen wäre Stornoway gewesen, wenn man mal vom Port of Ness ganz im Norden der Insel an der Ostküste absieht, der keine Versorgung bietet und trocken fällt.

Gerd war also offenbar der Yacht wegen hiergeblieben. Er

hatte Katrin eingeladen, mit ihm nach Norden zu segeln, den Butt of Lewis zu runden und in Stornoway wieder an Land zu gehen.

Aber Katrin hatte intensiv an einem Bild gearbeitet und nicht für mehrere Tage weg von ihrer Leinwand gewollt. Niall war in diesen Tagen gar nicht aufgetaucht.

Gerd war, als Ute mit einem Taxi davonfuhr, auf die *Opa Reimer* zurückgerudert, hatte ablaufend Wasser abgewartet und war ankerauf gegangen. Da ihm die Kreuzerei raus allein wohl zu mühsam gewesen war, war er unter Motor ausgelaufen auf Craigeam zu. Bei Aird Lamishader würde er wohl Segel gesetzt haben, denn bei Nordwestwind kann man bis zum Butt of Lewis einen guten Nordostkurs anlegen, leichtes Segeln – selbst für einen Mann, selbst an einer Leeküste.

Er hatte noch einmal zurückgewinkt, als er Dubh Thòb verließ – und dann war die *Opa Reimer* mit ihrem nackten Mast kleiner und kleiner geworden und als Punkt in den leichten Seen von East Loch Roag verschwunden.

„Ich habe ihn erst wieder gesehen, als ich hörte, dass eine deutsche Segelyacht mit einem toten Skipper nach Stornoway geschleppt wurde. Jemand rief an, der Leuchtturmwärter vom Butt of Lewis."

Ihr eigenes Auto stand zur Reparatur in Kirkibost. Aber Niall hatte sich angeboten. Er war von Five Penny Borve runtergekommen und hate Katrin in seinem Jeep quer über die Insel nach Stornoway gefahren. Der Kutter, der die *Opa Reimer* auf dem Haken hatte, hatte erst vor Tiumpan Head gestanden. Im Büro des Hafenmeisters war Alex Macleods raue Stimme aus dem Lautsprecher gekommen. „Er sieht überhaupt nicht gut aus. Holt einen Arzt. Oder gleich einen Priester. Oder noch besser – den Leichenwagen. Ich hab Ruaridh drüben auf der Yacht."

Ruaridh war der zweite Mann an Bord. Die *Seapride* arbeitete nur mit zwei Leuten.

Es war Katrin, die darauf bestanden hatte, dass Hector Feacham die Helikopter-Leute vorwarnte. Der hätte sonst abgewartet, bis die *Seapride* in Stornoway festmachte. Doch es war auf jede Viertelstunde angekommen. Dr. Graham war rechtzeitig gekommen und während der Kutter noch manövriert hatte, doch die *Opa Reimer* schon an die Pier gezogen wurde, war auch der Krankenwagen aufgetaucht.

Dr. Graham hatte Katrin nicht viel Hoffnung gemacht und ihr geraten, nicht an Bord zu gehen. Gerd hatte viel Blut verloren.

Irgendwann war dann auch dieser Detective Sergeant aufgetaucht, aber da hatte Katrin schon im Hubschrauber neben einem kaum noch atmenden, bleichen, in dicke Decken gehüllten Gerd gehockt und eine Flasche mit Blutplasma gehalten. Dr. Graham war mitgekommen, für den Fall, dass ...

Sie waren in Portree gelandet und das Krankenhaus hatte ihn aufgenommen.

„Jetzt geht es ihm besser“, sagte Katrin, „er ist nach Hamburg verlegt worden.“

„Ich weiß“, sagte ich.

Es war also nicht, wie ich angenommen hatte, Ute gewesen, die Gerd nach Skye rüber begleitet hatte, sondern Katrin.

„Aber Ute ist mit ihm nach Deutschland geflogen – oder?“

Katrin zuckte die Schultern. Ute hatte sich nicht mehr gemeldet. „Weder bei mir noch bei Hector Feacham in Stornoway.“

„Weiß sie denn überhaupt, was Gerd geschehen ist?“

„Ich habe keine Ahnung.“ Katrin sammelte die Teebecher ein.

Niall erhob sich und trat ans Fenster. Ich sah, dass er das linke Knie nicht beugen konnte. Aber er ging ohne Stock, sehr gerade in den Schultern.

„Es tut mir leid“, sagte er, „aber Sie werden es vielleicht nicht gehört haben bei Ihnen im Radio. Über dem brennenden Ölbohrturm ist ein Hubschrauber abgestürzt. Es gab keine Überlebenden.“

9.

Fiona und Charles erwarteten uns, erklärte Katrin. „Bitte", sagte sie leise, „im Augenblick können Sie doch gar nichts unternehmen."

In der Tat – in Stornoway lief das Ferngespräch auf. Eine nette weibliche Stimme erklärte mir, dass die Verbindung zum Festland unterbrochen sei. „Zwei Stunden, Sir, ich hab Sie vorgemerkt. Ich rufe Sie ab zwölf Uhr bei Katrin an. Bis dann!", klang es fröhlich aus dem Hörer.

Ich überlegte einen Augenblick, ob ich nicht sofort nach Stornoway zurückfahren sollte. Ich könnte ja über Funk von der *Opa Reimer* aus versuchen, nach Hamburg durchzukommen. Doch wenn mein Elektriker den Ersatz noch nicht eingebaut hatte ... Also warten, nervös warten.

„Wer sind Charles und Fiona?", wollte ich wissen.

„Crofter", sagte Niall. „Überall auf der Insel wird Harris Tweed von Croftern handgewebt. Crofter sind Leute, die Land besitzen – zum Leben zu wenig. Also weben sie das berühmte Tuch nach strengen Vorgaben. Man gibt ihnen das Garn und das gewünschte Muster, und sie liefern den fertigen Stoff. Aber Fiona macht es anders. Sie macht alles selber – als Einzige auf der Insel. Sie kauft selber die Wolle, so wie sie bei der Schafschur anfällt, wäscht sie, färbt sie mit Farben von Pflanzen, die sie selber sammelt, spinnt die Garne selber, und webt ihre eigenen Muster für ihre eigenen Tweeds. Sie hat ihre festen Abnehmer in aller Welt. Ihr Bruder ist dreiundneunzig Jahre alt. Manchmal kocht sie Scotch Broth und lädt uns ein. Heute zum Beispiel."

Ich hatte keine Lust mitzukommen. Am liebsten wäre ich losgefahren – aber ich wusste, das würde mir nichts bringen. Dann also warten, eine Pfeife rauchen und aufs Wasser starren, das beruhigt. „Ich bleibe lieber hier in der Nähe des Telefons!", bat ich.

Doch beide schüttelten den Kopf. „Zwölf Uhr ist zwölf Uhr, glauben Sie es uns. Vorher läuft nichts. Kommen Sie mit. Der

Eintopf reicht leicht noch für Sie. Und Sie sollen Fionas schöne Tweeds kennen lernen.“

Wir gingen zu Fuß, ließen uns vom Wind ein paar hundert Meter nach Süden treiben zu einem Haus, dessen Strohdach von einem Netz gehalten wurde, das Steine nach unten zogen. Niall stützte sich auf diesem Weg auf einen Spazierstock mit silbernem Griff.

„Charles MacKee ist blind“, sagte mir Katrin, ehe wir eintraten.

Ich hatte eine dunkle Küche erwartet. Doch ein großes Fenster zum Strand hin ließ viel Licht einströmen. Es roch nach Suppe und nach Pfeifenrauch.

„Charles ist gleich da.“ Fiona gab mir die Hand und fragte Katrin, wer ich sei. Offenbar hatte sie uns kommen sehen, denn der Tisch war schon für fünf Personen gedeckt.

„Sie essen früh Mittag“, sagte ich, „vielen Dank, dass ich dabei sein darf. Hoffentlich macht es Ihnen keine Umstände.“

Fiona MacKee richtete mit der rechten Hand ihren Haarknoten. „Was für eine Überraschung. Der Mann spricht ja Englisch.“ Es folgte ein Satz, den ich nicht verstand. Gälisch wieder einmal.

Katrin antwortete statt meiner. Und dann benutzten die drei diese weiche, sanft klingende Sprache und ich stand vor dem Fenster und sah draußen ein Boot umgedreht auf dem Strand liegen und hinter einer Insel die Standing Stones von Callanish wie Zinken eines gewaltigen Kamms.

Rechts neben dem Herd führte eine Tür nach draußen. Sie öffnete sich, ohne dass ich Schritte gehört hatte, und Charles MacKee stand vor mir.

Woher wissen Blinde, dass sie halten müssen? Er stand vor mir, als habe er mich gesehen, doch seine Augen waren blass und blicklos. „Der Deutsche?“, fragte er nur.

„Ja“, sagte ich. „Danke für die Einladung.“

„Ich habe Sie nicht eingeladen.“

Er schob sich an mir vorbei und setzte sich an den Tisch, wandte sein Gesicht den dreien zu. Sie hatten aufgehört, sich zu unterhalten.

Der Streit begann nach dem Essen. Fiona hatte mir gerade das Rezept für ihren Scotch Broth verraten: „Gerste müssen Sie reintun."

„Zwei Deutsche so bald hintereinander hier. Wollen sie Harris kaufen?", fragte ihr Bruder.

„Bitte!", bat Fiona.

Der alte Mann hob das Kinn. Ein glatt rasiertes Gesicht mit sehr heller, gut durchbluteter Haut, über die unzählige Furchen liefen. Sicherlich trug er ein Gebiss.

„Die verdammten Engländer haben die Insel mal gekauft, als sie das Geld hatten. Jetzt haben die Deutschen das Geld. Also warum sollen diesmal nicht sie uns kaufen? Sie sollen es nur nicht tun, solange ich lebe."

Das war kein Spott. Er hatte die toten Augen gegen die niedrige Decke gedreht, als erwarte er meine Antwort.

„Ist das wahr?", fragte ich. „Gibt es Deutsche, die hier Land besitzen?"

„Ja", antwortete Katrin schnell. „Ich zum Beispiel."

„Du weißt genau, was ich meine, Katrin", sagte Charles MacKee.

Sie drehte sich zu mir, während Fiona die Teller einsammelte. „Ein Deutscher hat sich mal für Scarp interessiert, eine unbewohnte Insel halb so groß wie Great Bernera. Das hat viel Aufregung gegeben. Der Mann zog sich zurück. Das war's."

Sie hatte Deutsch gesprochen, und Niall nickte. Verstand er unsere Sprache?

„Ich möchte keine verdammten Fremden und keine Engländer hier auf der Insel haben", sagte Charles. „Nicht mal als Touries."

„Aber die Leute kaufen unsere Wolle und unseren Tweed, unseren Lachs und unseren Hummer, Charles."

„Was wir brauchen, finden wir hier. Alles andere ist überflüssig. Wir haben Gerste und Schafe und Fische."

„Home Rule für Schottland", warf mir Katrin zu, auf Deutsch. „Ich weiß nicht, wie weit Sie sich hier auskennen. Es gab mal eine starke Gruppe, die Schottland von England trennen wollte."

„Sollen wir nicht besser Englisch sprechen?“, fragte ich.

Fiona brühte Tee, klapperte mit Tassen und Löffeln.

Niall lehnte sich in seinem Stuhl zurück und rollte einen Tabaksbeutel aus. „Wir sollten rauchen, Charles. Und uns nicht über solchen Blödsinn streiten.“ Er legte den Beutel dem alten Mann auf die linke Hand.

Der schob ihn weg. „Das ist kein Blödsinn. Wir brauchen die Engländer hier nicht – und auch die Deutschen nicht.“

Ich sah zu Katrin rüber. Die zuckte nur mit den Schultern. Offenbar war sie solche Sätze von dem Blinden gewöhnt.

Fiona stellte die Tassen auf den leer geräumten Tisch. „Hör mal, Bruder, wir haben einen Gast. Sei höflich.“

„Dies ist mein Haus – und ich habe ihn nicht eingeladen.“

Es war wohl Zeit aufzustehen.

Aber Fiona legte mir die Hand auf den Arm. „Sie bleiben. Entschuldigen Sie bitte.“ Und dann sprach sie in Gälisch heftig auf ihren Bruder ein.

Niall kümmete sich intensiv um das Stopfen und Anzünden seiner Pfeife. Katrin beugte sich über den Tisch, als wollte sie mir etwas sagen, besann sich, schwieg.

Das alte Gesicht drehte sich mir wieder zu. „Keiner braucht die Engländer. Wir brauchen sie nicht. Die Iren brauchen sie nicht. Brauchen Sie sie?“

„Ja“, sagte ich. „Wir brauchen in Europa jeden.“

„Meint er das wirklich?“ Das blicklose Gesicht suchte Niall.

„Ja, wir können nicht ohne den andern in Europa leben. Wir brauchen alle, Schotten, Iren, Waliser, Engländer, Deutsche. Sag mir jemanden, ohne den Europa besser dasteht!“

„Die verdammten Engländer. Und die Deutschen!“, sagte Charles laut.

Niall richtete sich auf.

„Wenn du unbedingt deine miese Laune an unserem Gast auslassen willst, dann gehen wir besser. Und wenn du die Engländer nicht magst, warum hast du dann für sie gekämpft – gleich zweimal in deinem Leben?“

„Oh ja, Major, oh ja, Sir. Sie haben natürlich recht, Sir. Sehr gut, Sir.“ Der Blinde deutete mit dem Stiel seiner leeren Pfeife auf die Wand neben dem Herd, an der ein einziges Bild hing, ein blasses Foto unter Glas.

Ich stand auf. Es war besser zu gehen, ehe der Streit heftiger wurde. Warum hatte Katrin mich mitgenommen? Ich hätte jetzt fast schon wieder in Stornoway sein und mich dort beim Postamt und dem Fernmeldefräulein melden können.

Das sehr alte, fast verblichene Foto zeigte eine Gruppe Soldaten auf einem Schlachtfeld nach dem Kampf. Sie trugen Barette, offensichtlich khakifarbene Barette, und Kilts, ebenfalls khakifarben. Leichtes Gepäck auf den Schultern, standen sie an einem Grabenrand auf ihre Gewehre gelehnt. Sechs Mann, einer mit Winkeln auf dem Arm einen Schritt neben den anderen.

Ich trank meinen Tee im Stehen.

Fiona bat mich nach nebenan. In diesem Raum stand ein Webstuhl und über die Sprossen einer Leiter hingen Wolken ungesponnener Wolle in lebhaftem Grün, einem leuchtenden Blau und vielen Brauntönen. Es roch nach dem Fett von Schafwolle, ein bisschen nach Ammoniak, und es zogen feine Schwaden durch die Luft wie Rauch aus Pfeifen. An der Stelle der Wand, an der in der Küche der Herd stand, hing ein Kamin vom Dach herunter tief über einen kleinen, glimmenden Haufen Torf.

Fiona schob ein Spinnrad zur Seite, hockte sich auf die Bank des Webstuhls, legte die Hände auf den Schoß und sah nach draußen.

„Er war in Ypern und in Gallipoli im ersten Weltkrieg, bei den Seaforth Highländern unter Colonel Koe. Im zweiten Krieg war er wieder bei seinem Regiment. Und als er zurückkam – ohne Verwundung, stellen Sie sich das vor, mit ein paar Orden und einer Rente –, wurde er langsam blind. Die Netzhaut hat sich abgelöst, man konnte gar nichts dagegen machen. Und nun lebt er seit mehr als vierzig Jahren hier bei mir und sieht nichts mehr von der Welt. Entschuldigen Sie bitte, wenn er manchmal so schlimme Sachen sagt. Er meint es nicht so.“

„Ich versteh das“, antwortete ich. Ein alter Mann, der

zweimal gegen Deutschland angetreten war, musste mich nicht mögen. Es überraschte mich nur, dass er mich in seinem Haus so deutlich anfuhr.

„Im Grunde hasst er die Engländer mehr als die Deutschen", sagte sie und stand auf.

„Wenn ich mehr Zeit hätte, würde ich mir gern mal erklären lassen, was Sie hier machen", sagte ich.

Fiona lächelte zum erstenmal nach dem Essen. „Ich färbe, spinne und webe meine eigene Wolle und den Tweed verkaufe ich auch selber."

„Könnte ich …", wollte ich ansetzen.

Da wurde die Tür aufgestoßen.

„Kommen Sie bitte." Katrin beherrschte sich sehr. Niall hatte die Küche längst verlassen.

Der Blinde zog an seiner Pfeife und schlug mit der linken Faust auf den Tisch. Die Teetasse klirrte. „Und ich sag's dir, Niall, die IRA unternimmt das einzig Richtige gegen diese verdammten Briten."

Unterwegs hatte ich Zeit, darüber nachzudenken.

10.

Am Telefon erreichte ich als Einzigen Komrusch, der inzwischen von seiner Schwester in Wilhelmshaven nach Bensersiel zurückgekehrt war. Er hatte versprochen, bis zum Abend herauszubekommen, wo ich Ute und Gerd erreichen konnte.

Mit meinem Anruf in der Universitätsklinik Hamburg hatte ich kein Glück. Man verweigerte telefonisch jede Auskunft. In Gerds früherer Redaktion war der einzige Mensch, den ich kannte, seine Sekretärin, auf Urlaub. Unter Utes alter Nummer meldete sich etwas abgeleiert ihre Stimme auf dem Anrufbeantworter. Ich hinterließ als Botschaft, dass ich mich von Stornoway wieder melden würde.

Ute mit einem Hubschrauber abgestürzt über dem brennenden Bohrturm? Ich wollte es mir nicht vorstellen. Zeitlich hätte es stimmen können. Wir schauten auf einen Kalender neben einem Block mit Einkaufszetteln in Katrins Küche. Ich war an diesem Tag unterwegs nach Norwegen gewesen, hatte von dem Unfall kaum etwas mitbekommen. Der Helikopter war zwei Tage nach Utes hastiger Autofahrt nach Stornoway – von Katrins Haus aus – abgestürzt.

Ute war sicherlich die gleiche Straße nach Stornoway entlanggefahren, die ich jetzt benutzte – graublauer Asphalt zwischen purpurgetönter Heide, dunklen Wasserlöchern, die den metallisch blauen Himmel spiegelten, und unnahbare, baumlose Hügel, die höher schienen, je weiter weg sie waren.

Es hatten sicherlich mehrere Hubschrauber über der Unglücksstelle gekreist – und ob Ute in Stornoway überhaupt ein Fluggerät hatte chartern können …? Nein, ich zwang mich zu glauben, dass Ute irgendwo an der schottischen Ostküste hauste, immer auf dem Sprung, Fotos von diesem glühenden, feuerspeienden Gerüst zu machen. Nein, Ute durfte nicht abgestürzt sein. Lieber Gott, nein!

Niall hatte in den Nachrichten gehört, Red Adair sei mit seinen Spezialisten von Texas aus bereits unterwegs nach Aberdeen. Dort warteten Hubschrauber auf ihn. Wie schon hundert

Mal an allen möglichen Orten der Welt, sollte der berühmte Texaner auch hier in der Nordsee die riesige Ölfackel mit Dynamit auspusten. Sicherlich ein Ereignis, das zu fotografieren sich lohnte. Ute wartete also sicher in Aberdeen auf den Texaner.

Doch warum war auf Gerd geschossen worden? Und wer war der Schütze?

Niall und Katrin wussten darauf keine Antwort. Katrin hatte Gerd zwar im Hubschrauber nach Portree begleitet, doch er hatte weder unterwegs noch auf Skye sein Bewusstsein wiedergewonnen. Medizinisch gut versorgt, war er nach Hamburg geflogen worden, und Katrin nach Great Bernera zurückgekehrt.

Niall hörte sehr genau zu, als ich die Vermutungen von Copperton-Smythe erzählte. Er lehnte sich in seinem Sessel weit vor, balancierte sein Pfeife im rechten Mundwinkel und nickte immer wieder mit dem Kopf.

Er hielt es für unwahrscheinlich, dass jemand angeschossen wurde, der einen Lachs oder einen Hummer mitnahm. Den verdrosch man, auf den schoss man aber nicht. Aber auch er fand keine vernünftige Erklärung. Als er versuchte, sich einen Jagdunfall vorzustellen, in dem Gerd das mit der *Opa Reimer* an der falschen Stelle ankernde Opfer war, unterbrach er sich schnell selber. Dann hätte man ihn nicht draußen auf See treibend gefunden. Und mit High-Speed-Munition, die nach dem Eindringen aufpilzt wie ein Dum-Dum-Geschoss aus dem Ersten Weltkrieg, jagte auch kein vernünftiger Mensch.

Als ich aufbrach, riefen mir Katrin und Niall nach: „Denken Sie an unsere Einladung!"

Sie hatten mir vorgeschlagen, ich sollte ein paar Tage auf der Insel bleiben und mir ein Hotelzimmer nehmen. Niall würde mich herumfahren und mir die Schönheiten von Lewis und Harris zeigen und jemanden finden, mit dem ich nach Hause segeln könnte.

Das war nach allem das Vernünftigste. Ich versprach, mich zu melden, sobald ich von Stornoway aus von Komrusch gehört hatte. Vielleicht war Ute ja noch in Aberdeen, und ich könnte sie mitnehmen.

Ich hatte auf Great Bernera nicht auf das Wetter geachtet. Als ich zurückfuhr, hatte sich alles verwandelt.

Der Himmel glänzte wolkenlos blau, und unter ihm blühte das Land in einem Gewühl grüner, grauer und brauner Farbtöne, die ich alle schon in Fiora MacKees Stoffen gesehen hatte. Stahlblau blühte die See. Als ich einen Augenblick hielt, aus dem Auto stieg und über die letzten Zipfel von Loch Roag nach Callanish hinüberblickte, wünschte ich, ich hätte mehr Zeit.

Die rundgeschliffenen Steine links der Straße zeigten ein brüchiges Gelb, das von Grau und Braun durchsetzt war und durch das sich immer wieder eine silberfarbene Ader zog. Weit weg, klein von hier und fast nicht mehr erkennbar, die Standing Stones.

Ich sollte mir wirklich Zeit nehmen.

Katrin und Niall hatten mich sehr gebeten, länger zu bleiben, aber ich mochte unter Aufsicht nicht weitertelefonieren.

Zwischen Garynahine und Achmore stieg die Straße und rechts neben ihr wuchs so etwas wie ein Flecken Unterholz. Dann wand sich das Asphaltband scharf nach rechts, und plötzlich trat ich auf die Bremse. Auf dem warmen Asphalt lagen drei Schafe, die auch dreimaliges Hupen nicht verscheuchte. Ich sah unter mir die Straße leer nach Osten laufen und stieg aus. Das veranlasste die Tiere, sich zu erheben und sich langsam in Gang zu setzen. Sie trippelten in das kurze Heidekraut. Das kleinste Tier kötelte, ehe es den warmen Asphalt verließ.

Als ich zum Auto zurückgehen wollte, standen plötzlich hinter dem Wagen in der Straßenbiegung zwei Männer, links saß einer auf einem Felsen in Höhe des Autodachs. Rechts hatte sich ein Mann aus dem Heidekraut erhoben, und vor und unter mir auf der Straße sah ich ebenfalls zwei Gestalten, Spazierstöcke unter dem Arm, langsam auf mich zukommen. Alle trugen grünbraune Anoraks und dunkelblaue Wollmützen und schwere, schwarze Springerstiefel.

Ich ging langsam zu meinem Auto. Keiner der sechs Männer bewegte sich auffällig. Sie kamen sehr langsam auf mich zu, sprachen nicht miteinander, gaben sich keine Zeichen. Ich hob meine rechte Hand, um einen Gruß zu winken, aber es gab keine Reaktion. Plötzlich spürte ich Schweiß unter den Achseln.

War ich in eine Falle gefahren? Hier im friedlichen Harris? Was wollte man von mir, der ich aussah wie ein ganz normaler Tourist?

Ich setzte mich hinter das Steuer, schlug die Tür zu, startete, legte den Gang ein und fuhr langsam auf die beiden mir entgegenkommenden Männer zu. Sie sahen mich und sprangen, obwohl ich noch weit weg war, plötzlich zur Seite, ohne mich aus dem Blick zu lassen. Ich rollte bergab und gab kräftig Gas, als ich auf ihrer Höhe war. Der Wagen schoss talwärts davon. Im Rückspiegel sah ich die Männer auf die Stelle der Straße rennen, auf der eben noch die Schafe gelegen hatten.

Das werden, sagte man mir im Hotel, Leute von einer Abenteuerschule gewesen sein. Es gab mehrere auf der Insel. „Und die spielen öfter mal was Verrücktes, meistens weit weg auf den leeren Bergflanken, den Lochs und den Mooren von Lewis. Mach dir nichts daraus, Skipper."

11.

Für dreiundzwanzig Pfund Sterling erfuhr ich die ganze Wahrheit.

Ute lebte – und um Gerd stand es auch in Hamburg immer noch schlecht.

Ich saß in einem Zimmer im Lewis Hotel und meinte den Gebührenzähler unten im Empfang rattern zu hören, während man mich weiterverband.

„Ich habe mit Gerd nicht reden können", sagte Ute. Ihre Stimme klang so deutlich, als säße sie im Nebenzimmer. „Er ist in der Uniklinik in Eppendorf, Intensivstation. Sein Kreislauf ist nach wie vor stabil, aber es gibt Komplikationen in der Lunge. Und hoffentlich ist im Gehirn nichts verletzt!"

Ute versuchte, kühl zu klingen, aber ihre Stimme zitterte. Gerd hatte ausgezeichnete Ärzte, von denen einer immer wieder mal Ute anrief.

Vielleicht verstand ich da etwas Falsches, aber offenbar wollte man Gerd nicht aus seiner Bewusstlosigkeit holen, sondern ihn selber kommen lassen.

Wer auf ihn geschossen hatte? „Keine Ahnung!"

Sie selber war von Stornoway aus mit einer kleinen Privatmaschine nach Aberdeen geflogen. Dort gab es natürlich keine Hubschrauber mehr zu chartern. Also war sie mit der Maschine weiter zu der brennenden Plattform geflogen und hatte ihre Bilder, auch das des abstürzenden Hubschraubers, von Aberdeen aus in Bewegung gesetzt. Beim Versuch, Gerd in den Gewässern um Harris und Lewis über die Coastal Radios zu erreichen, hatte sie keinen Erfolg gehabt. Sie hatten als Treffpunkt Stornoway ausgemacht gehabt und als Anlaufstelle das Büro des Hafenmeisters. Während Ute von Aberdeen aus neue Fotos in ihre Redaktion geschickt hatte, war aus Stornoway vom Hafenmeister Hector Feacham immer die gleiche Antwort gekommen. Nichts Neues. Und die stereotype Erklärung, die Westküste von Harris und Lewis sei über Funk nicht zu erreichen.

Magnetische Abweichungen, die Berge, falscher Standort der Sendemasten – eigentlich dürfte es solch ein Empfangsloch im Zeitalter zahlloser Satelliten am Himmel nicht geben.

Und dann der Schock – zu spät für sie, nach Stornoway zu kommen oder nach Portree.

„Diesen Hector Feacham kannst du in deiner Pfeife rauchen. Erst tagelang nichts und dann die vollendete Gegenwart: Gerd ist gefunden, in den Hafen geschleppt, hier ärztlich notdürftig versorgt, nach Portree auf Skye geflogen und von dort nach Hamburg weitergebracht worden."

Nur eine resolute Schwester, die ihr die Tür vor der Nase zuknallte und sie abschloss, hatte sie gehindert, zu Gerd an seine Geräte zu stürmen. Sie sah ihn durch das Fenster in der Hamburger Uniklinik liegen, über die Monitoren huschten Kurven, niedrige, doch wenigstens gleichmäßige Kurven.

„Er ist noch längst nicht über den Berg und wir wissen nicht, was durch die Kopfverletzung in seinem Gehirn an Schaden angerichtet wurde! Aber er ist in den besten Händen – und mehr kann kein Mensch für ihn tun."

Wohl mehr um sich abzulenken, dachte sie dann am Telefon laut nach, wie die *Opa Reimer* zurückzusegeln sei. Niall MacDougall war ihr natürlich ein Begriff. Kein Freund, nur ein Bekannter von Katrin Mennie. Aber ein verlässlicher Typ. Politiker – jetzt abgetreten. „Wenn er einen Mann besorgt, der mitsegelt, ist das sicher die beste Lösung. Aber bleib doch noch ein paar Tage da oben."

Ute nannte zwei Namen, die ich kannte, Fiona und Charles MacKee, und einen unbekannten Kirk Shaunassy, der eine Abenteuerschule führte.

Und sie versuchte, gegen ihre Angst um Gerd anzuschwärmen: „Ich hab ja ein bisschen von der Welt gesehen – aber eins der schönsten Segelreviere ist da oben. Und es kennt noch keiner."

Ich sah nach draußen. Abendstimmung, dunkelrosa Licht über dem Platz, der Lack der parkenden Autos glänzte. Gerade war wohl wieder ein Regenschauer durch den Hafen geweht. An meinem Fenster liefen Tropfen wie Tränenspuren nach unten.

„Katrin ist ein guter Typ“, hörte ich.

Sie war Lehrerin gewesen, Kunsterzieherin mit Vorliebe für den Norden. Hatte vor drei Jahren ein Haus in der Hamburger City geerbt und lebte seitdem von dessen Mieten auf Harris. „Und ihre Bilder werden immer besser. Sie kennt die Insel fast so gut wie Niall.“

Ich spürte, wie gut Ute das Reden tat, und das Rattern des Gebührenzählers war mir nun auch egal.

Ich wollte etwas über den Törn nach Harris wissen.

Sie hatten sich auf der irischen Seite gehalten – es stünde alles im Logbuch.

Den Namen Copperton-Smythe hatte sie nie gehört. Natürlich müsste sich die Polizei um diese Schüsse kümmern. Doch warum die gleich die Logbücher studiert hatten? Keine Ahnung. Wahrscheinlich reine Routine.

Über Poaching lachte sie. Gerd mochte zwar Lachs und Hummer ganz gern, aber die stehle man doch nicht. Wenn schon, dann finge man sie selber.

„Morgen kommt Alex Macleod mit seiner *Seapride* rein, der die *Opa Reimer* reingeschleppt hatte“, sagte ich. „Vielleicht weiß der mehr. Es geht doch nicht an, dass ein einsamer Segler in freundlichen Gewässern aus heiterem Himmel abgeknallt wird. Habt Ihr unterwegs irgendwas gemacht, was andere Leute geärgert haben könnte? Und zwar so, dass sie losballern?“

Später sagte mir Ute, sie habe mich schonen, mir den Urlaub nicht vermiesen wollen, mich in nichts reinziehen, für eine sichere Rückkehr sorgen. Doch wenn sie in diesem langen Telefonat offener geredet hätte, hätte ich mir viel Ärger ersparen können.

Aber sie sagte nur: „Gerd ist ja immer im Dienst und recherchiert ständig.“

„Auch auf der Hochzeitsreise?“

„Auch auf der Hochzeitsreise. Wenn er wieder auf den Beinen ist, macht er sicher weiter.“

„Red doch mal, Ute!“, bat ich.

„Häng dich in nichts rein, Heiko. Die Sache ist nicht ganz

ungefährlich. Sie geht dich nichts an. Ruf mal wieder an. Wann willst du denn jetzt ankerauf gehen?“

Ich blieb beharrlich – aber ich hatte keinen Erfolg. Für den nächsten Abend verabredeten wir ein weiteres Telefonat. Und dann bezahlte ich unten dreiundzwanzig Pfund. Fühlte mich besser und gleichzeitig sehr unruhig.

Ich beschloss, im Hotel zu übernachten.

Ein Bad und viel dunkles Bier vom Fass würden mir gut tun.

12.

Die *Seapride* machte lange vor den anderen Kuttern am North Beach Quay an der Tankstelle fest. Ich hatte sie am Fährterminal in Stornoway mit dem Glas entdeckt, als sie Arnish Point gut klar an Backbord hielt, aber dann dichter, als ich es es je gewagt hätte, Eileann na Gobhail passierte, die letzte Fast-Insel vor der Stadt.

Macleod, der Skipper, bewegte das Ruder gelangweilt, und mit ein paar Vorwärts- und Rückwärtsschlägen der Schraube lag der Kutter an der Tankstelle. Der zweite Mann, Ruaridh, hager, mit einem unendlich dreckigen blauen Pullover, sprang an Land. Er zog Lederhandschuhe aus der Gesäßtasche seiner Jeans und klinkte den Ölschlauch ein, danach den Wasserschlauch, und sah hoch zu uns, einer Gruppe von Fremden, die sich in jedem Hafen einfinden, wenn die Kutter einlaufen.

So schmuddelig der Mann, so sauber das Boot. Das Fanggeschirr war mittschiffs festgezurrt, das Netz lag überaus ordentlich auf dem Achterdeck gleich hinter dem Steuerhaus. Die Fischkisten, orangerot und grün, stapelten sich ineinander verkeilt dahinter. Bojen mit leuchtenden Wimpeln im Heck. Im Bug lag der Kindersarg, das Rettungsfloß, sauber verzurrt. Auf beiden Seiten des Steuerhauses hingen die Rettungsringe, und im Mast war beim Einlaufen in den Hafen die Radarantenne zur Ruhe gekommen. Ein schwarzer, hochbordiger Kutter mit einem Mast, sechzehn Meter lang, Spitzgatter – von zwei Mann leicht zu bedienen.

Diese Kutter blieben eine Woche draußen, ankerten in Buchten, leerten Kästen und Reusen, schleppten Netze und verkauften ihre Ernte in Ullapool auf dem Festland. Eis würden sie am Montagmorgen in aller Frühe vor dem Auslaufen in Stornoway bunkern können.

Während der dreistündigen Fahrt von Ullapool nach Stornoway hatten Macleod und Ruaridh die *Seapride* schon gründlich gesäubert. Als Ruaridh den Öl- und den Trinkwasserschlauch zurückschleppte, die Leinen loswarf und dann an der Pier zum Liegeplatz des Kutters lief, wichen die Touries zurück. Ein Mann, der eine Woche lang Fische gefangen hat, hat keine Zeit, sich zu rasieren, wenn es eine gute Woche war. Sich zu waschen, erst recht nicht. Hände ausgenommen, die nach jedem Fischschlachten gesäubert wurden.

Er fing die Leinen auf, die ihm Macleod zuwarf, und führte sie um den Poller und zurück auf den Kutter. Der Skipper stapfte zurück ins Steuerhaus, an dessen Innentür Ölzeug hing, und hob einen Stapel grauer und roter Plastikkästen an Land. Dabei wich er Ruaridh aus, der von der Pier aus das Deck und die Aufbauten mit einem scharfen Süßwasserstrahl abspritzte. Mir fiel auf, wie wenig Rost dieses Schiff zeigte. Nun ja, ein hölzerner Kutter sieht immer schmucker aus als seine eisernen Geschwister. Aber Fanggeschirr und Beschläge können schnell vergammeln, wenn man sie nicht pflegt.

Diese beiden Männer pflegten ihr Schiff. Auf den anderen Kuttern, die jetzt Öl und Wasser bunkerten, gab man sich diese Mühe nicht. Sie wurden mit Salzwasser gereinigt und das sah man ihnen auch an.

Ruaridh schoss den Wasserschlauch auf, schob die Handschuhe in die Gesäßtasche, dehnte sich im Kreuz und holte sich eine Zigarette aus der anderen Gesäßtasche.

„Sie haben die *Opa Reimer* neulich reingeschleppt. Ich bin der Skipper. Vielen Dank!“

Macleod zog sich auf die Pier hoch, ein Mann doppelt so breit wie Ruaridh und fett, eine Seltenheit bei Fischern.

„Hm?“, grunzte er. „Ich habe Durst!“

„Ich kauf Ihnen ein Bier oder drei!“, bot ich an.

„Besser drei!“, dröhnte Macleod zurück. „Lass uns gehen, Ruaridh!“

Unterwegs musterten sie mich. So was muss man aushalten. Offensichtlich waren sie zufrieden.

Mein Pullover war alt genug, meine Stiefel hatten abgelaufene Hacken und die Jeans waren entsprechend ausgebeult und geflickt. Die Mütze war grün verschossen und die Öljacke hatte unter dem Arm Flicken. Allerdings stank ich nicht – aber das verzieh man wohl einem Mann, der nicht vom Fischen kam.

Die Bar war erstaunlich voll, obwohl erst ein halbes Dutzend Kutter festgemacht hatten. Keine der Crews ging nach Hause. Es waren auch keine Frauen am Hafen, die auf die Männer warteten. Das verblüffte mich.

„Die Pub macht um elf zu!" Das war Erklärung genug.

Ich legte Geld auf die Theke, als die Barmaid mich fragte: „Und Sie?" Offenbar wusste sie auswendig, was jeder der Männer trank. Zwei Pinten Bitter und zwei erwachsene Whiskies schob sie meinen Begleitern rüber, und ich trank einen kleinen und orderte Guinness.

„Sleanthe!", bemühte ich meinen einzigen Brocken Gälisch.

Beide lächelten und prosteten mir zu: „Cheers!"

„Wo haben Sie Gerd gefunden?", fragte ich, als die Gläser wieder gefüllt wurden, die diesmal Ruaridh bezahlte.

„Wen?"

„Den Mann auf der *Opa Reimer*. Die Yacht, die Sie damals reingeschleppt haben."

Sie berichteten abwechselnd, ließen sich Zeit dabei, tranken viel, schauten immer wieder mal nach draußen durch das beschlagene Fenster – so als schwebe dort die Wahrheit, die man pflücken kann.

Sie waren von den Flannan Isles hochgekommen und parallel zur Westküste gelaufen. Zwei winzige Inseln am Nordwestende einer fünfzehn Meilen langen Bank. Eigentlich hatten sie den letzten Hol neunzig Minuten weiter nördlich auf der Sulisker Bank machen wollen.

Aber da waren die Schlechtwetterwarnung und die Nebelwarnung gekommen. Das Wochenende nur zwei Stunden entfernt … „Lass uns abbrechen!" Der Fang war mäßig gewesen, aber durch den Nebel zu laufen gegen den Verkehr, der Cape Wrath rundete – das war wenig reizvoll. Die ersten Nebelfetzen waren herangeweht und die See ruppiger geworden.

Das Horn vom Butt of Lewis meldete sich, zweimal alle dreißig Sekunden. Sie hatten versucht, mit Ullapool über Funk zu reden, aber zu viele Stimmen hingen im Äther. Die meisten hatten wegen des schlechten Wetters die Woche ein paar Stunden früher als üblich beendet. Mehr Glück beim nächsten Mal.

– Nach Ullapool war kein Durchkommen gewesen.

Sie waren 170 Grad am Kompass gelaufen und der Butt of Lewis lag zwei Strich an Steuerbord voraus, gerade eben auf dem Radarschirm erkennbar. Da hatten sie den Blink gesehen.

Das heißt, Macleod sah ihn. Der Radarstrahl hatte sich immer an derselben Stelle gebrochen. Sie bewegte sich nicht.

Das war nichts Kleines, keine vertriebene Boje. Ein Schiff auch nicht, das hätte sich schneller bewegen müssen. Auf hundert Meter Tiefe fischt dort auch niemand.

Sie hatten den Blink fortan im Blick behalten, ließen das Radio quarren, Ruaridh war mit zwei Bechern Tee hochgekommen, dann waren sie nahe genug gewesen. Eine Yacht, warum nicht. Hier oben gab es ein paar Charter-Unternehmen und genügend Boote aus dem Süden, die die Western Isles besuchten.

„Aber unter dem roten Staubtuch!"

Sie grinsten beide, als ich nicht verstand, was sie meinten. The red duster, das rote Staubtuch, ist die spöttelnde Bezeichnung für die rote englische Flagge mit dem Kreuz in der Gösch, die die meisten britischen Yachten führen. Schwarz-rot-gold hatten die beiden Männer der *Seapride* noch nie an einer Yacht gesehen, wohl aber an den großen Pötten, die oben um Schottland herum in den Atlantik liefen.

Die Yacht hatte mit flatternden Segeln im Wind gelegen. Der Baum schlug von Seite zu Seite und auch die Pinne tanzte einen heftigen Sidestep.

Zuerst hatten sie gedacht, der Skipper sei nur mal unter Deck gegangen, aber als sie fünfzehn Minuten später auf fast hundert Yards nahe genug heran gewesen waren und ihr Horn aufheulen ließen und nichts sich tat, hatte Ruaridh das Glas genommen. „Geh längsseits, Skip, da liegt einer und ist verletzt."

Und dann war Ruaridh rübergesprungen und hatte den angeschossenen Gerd entdeckt. Der Puls war noch fühlbar gewesen. Er hatte ihn nach unten geschleppt. Überall Blut, Gerd war bleich.

„Wie lange hatte er so gelegen, ehe Sie ihn fanden?"
„Bin kein Arzt!", sagte Ruaridh.
Der Lärm wuchs an, man versuchte uns von der Theke abzudrängen. Macleod nahm unsere Gläser entgegen und Ruaridh musste sehr laut reden, damit ich ihn verstehen konnte. Gerd hatte Glück gehabt. Die Wunde am Schädel, der Schuss durch die Brust – er hätte verbluten können.
Alex Macleod reichte mir eine Pinte Guinness, die in seiner gewaltigen Hand kaum sichtbar war. Ich trank für meine Begriffe schnell, aber das Tempo dieser Männer würde ich nicht durchhalten. Also wischte ich mir den Schaum aus dem Schnurrbart und stellte mein Bier auf ein Bord über der Tür. Meine Pfeife war ausgegangen. Da ich keine Chance hatte, in diesem Lärm zu reden, wollte ich sie zu Ende rauchen. Macleod drehte sich Zigaretten mit einer Hand in der linken Hosentasche. Über dem Lärm und dem Bierdunst und dem Qualm hing ein durchdringender Geruch nach Schweiß und Fisch.
Die Männer waren von See gekommen, hatten einen guten Fang gehabt und akzeptable Preise erzielt drüben in Ullapool. Die Lastwagen mit dem frischen Seefisch donnerten von dort nach Edinburgh, nach Glasgow und weiter in den Süden.
Montags bis freitags führt er seinen Kutter über die See, Samstag seinen Durst in die Kneipe und sonntags die Mutter ins Bett. Und montags freuen sich alle wie die Möwen, wenn er wieder ablegt: Schnack über das Fischerleben auf den Western Isles. Mir ins Ohr gebrüllt am Samstagabend im Lewis Hotel in Stornoway. Die Männer tranken am Freitag in Ullapool und am Samstag hier. Die Whiskygläser, die schneller als die Biergläser geleert wurden, sahen kleiner aus als Fingerhüte. Man rächte sich für eine trockene Woche auf See und bereitete sich schon mal auf einen trockenen Sonntag an Land vor.
Denn sonntags hielt die moralische Wucht der schottischen Kirche Kneipen und Tankstellen geschlossen, die Fähren verkehrten nicht, selbstverständlich waren alle Läden geschlossen und es hieß, dass in manchen Häusern auch kein Feuer entzündet wurde und man die Spiegel verhängte. Doch das

schien mir schon eins der vielen Märchen zu sein, die man dem Besucher beim Bier aufbinden wollte zusammen mit der Story vom Hahn, den man am Sabbat von den Hennen trennte.

Der überfromme Schotte ging dreimal am Sonntag in die Kirche. Hieß es.

Ob es mir hier Spaß mache, meinte ich von Macleod zu hören. Ich nickte.

Er hielt sein Glas durch zwei Reihen Männer hindurch an die Theke, ließ Geld aus der Faust rutschen, sah mein immer noch halbvolles Gefäß und mein Kopfschütteln und trank allein – das braune, flache, schaumlose Bitter, das hier wohl jedermann dem dunklen Bier irischer Herkunft vorzog.

Ruaridh stand mit dem Rücken zu den drängenden Männern und trank überaus langsam jetzt nur noch Whisky. Zwischen jeder neuen Füllung goss er sich aus einem Pitcher Eiswasser ins Glas, das er schnell leerte. Er rauchte dünne Zigaretten aus einer grünen Packung, die in seinen Händen aussahen wie Stopfnadeln.

Ruaridth erzählte, wie er mit dem Festmacher gewinkt und die Segel geborgen hatte. Jetzt hatte die *Opa Reimer* reichlich ungemütlich getanzt und geschlingert. Macleod war ins Heck der *Seapride* gelaufen, hatte die Leine aufgefangen, sie belegt und Fahrt aufgenommen.

Die *Opa Reimer* hatte ihren Bug gehoben und war hinter dem Kutter her geschort. Ruaridh hatte mehr Leine gegeben, die Fahrt war ruhiger geworden.

Er hatte überlegt, ob er das Blut abwaschen sollte, ließ es aber.

Er hatte gesehen, wie Macleod im offenen Steuerhaus vor ihm auf der *Seapride* sich über das Rad lehnte, wie er das immer tat, wenn er ins Mikrofon sprach.

Ullapool war zu weit weg gewesen. Port of Ness wäre trocken gefallen gewesen. Stornoway war übrig geblieben. Stornoway mit Fisch – das hieß, die anderen würden in Ullapool die ersten Preise machen, erste Preise waren gute Preise. Macleod hatte geflucht, aber die Geschwindigkeit nicht erhöht.

Einmal war er nach achtern gekommen.

„Leg ihm einen Pressverband auf die Wunden. Und bete." Er hatte mit dem Hafenmeister und der schon mit dem Doktor gesprochen.

Natürlich hatte sich Ruaraidh gewundert, warum ein Mann mit einer so großen Yacht allein unterwegs war. Aber dann hatte er die zweite Koje und das Waschzeug und Kleider einer Frau gesehen und angefangen, sich noch mehr zu wundern.

„Das wird eine richtige Tragödie gegeben haben. Er und sie auf einsamem Kurs. Ewiger Zank. Sie schießt auf ihn und ehe er absackt, schafft er es noch, sie über Bord zu hebeln. Er bricht zusammen und das Schiff treibt führerlos in der See."

Das war an dem Abend wohl die Story im Lewis Hotel gewesen. Warum hatte man sie mir nicht schon früher erzählt? Ich war ja nun schon ein paarmal hier aufgetaucht.

Was diesmal die Runde machte, verstand ich nicht. In das Englisch mischte sich wieder Gälisch, die Männer begrüßten sich quer durch den Raum, riefen sich mir Unverständliches zu, tranken schneller und der kühlen Mabel rann der Schweiß über die gepuderte Stirn. Sie hatte an diesem Abend an diesem Teil der Theke Verstärkung von vier jungen Männern, die die Bierpumpen bedienten und die Flaschen an den Wänden in den Halterungen wechselten.

Durch Nebelfetzen hatte die *Seapride* die *Opa Reimer* also nach Stornoway geschleppt. Und Ruaridh hatte angenommen, das Ende einer Tragödie zu erleben.

„Sie ist ein feines Schiff!"

„Ja", brüllte ich zurück.

Und dann trennten uns vier Männer, die ihren Durst an die Theke drängelten. Ich hob mein Bier von dem Brett über der Tür und trank das Glas leer.

Macleod schlug mir auf die Schulter und hielt mir eine Pinte entgegen. „Was war los? Warum hat der Mann die Frau umgebracht und sie ihn beinahe auch? Ihre Freunde?"

Er zog die Augen zusammen, listig oder abschätzend, ich konnte die Frage in dem unrasierten Gesicht mit der grobporigen Nase nicht deuten. Aus seinen Ohren wuchsen Haarbüschel und dichte, fettige braune Kopfhaare hingen ihm ins Gesicht. Erstaunlich, dass ein so gewaltiger Mann einen Pullover gefunden hatte, der locker an ihm herunterhing.

„Sie hat nicht auf ihn geschossen und er hat sie nicht über Bord geworfen. Sie ist in Hamburg und der Mann auch – in der Klinik der Universität. Es geht ihm nicht gut."

Macleod nickte.

Ich verstand nicht, ob er was sagte. Er drehte mir seinen runden Rücken zu und ich sah Fischschuppen in den Rippen des Pullovers schimmern.

Ich hatte genug getrunken. Der Lärm schmerzte fast. Frische Luft würde mir gut tun.

Doch auch vor der Tür standen noch Männer, Fischer wie die meisten drinnen. Ich entdeckte meinen Elektriker. Seit gestern war mein Gerät wieder in Ordnung.

„Was möchten Sie trinken?", fragte ich.

Er erkannte mich. „Da suchte sie ein Mann!"

„Mich?"

„Ja, Sie. Ich kenn ihn nicht. Ist aber von hier. Ein Bitter für mich!"

13.

Er hieß Callum und Niall hätte ihn geschickt.

„Sie brauchen doch einen zweiten Mann an Bord?“, fragte er in der Dunkelheit vor der Pub. Seine Stimme klang kühl, nicht wie die eines Mannes, der einen Job sucht. Mittelgroß, nur Pullover, keine Jacke und etwas, das wie eine Mütze ohne Bommel aussah, auf dem Kopf. Mehr war nicht zu erkennen.

„Woher kommen Sie?“

Er holte mit dem Unterarm weit aus.

„Von den Inseln?“, fragte ich.

„Ja“, sagte er.

„Sie können segeln?“

Wieder eine sehr kühle Antwort: „Zweimal Round Britain. Davor zehn Jahre Royal Navy. Jetzt temporarily out of work.“

„Wie lange schon?“

Ohne Zögern sagte er: „Drei Jahre.“

Zeitweise ohne Arbeit! Dieser Mann war drei Jahre ohne Job, sprach aber immer noch von „zeitweise“ und blieb cool angesichts der Chance, Geld zu verdienen, indem er mit mir zurück nach Bensersiel segelte.

„Kommen Sie auf ein Bier oder drei in die Pub“, lud ich ihn ein. „Wir müssen uns mal eben beriechen.“

Man spürt selbst im Dunklen, wenn ein Mensch lächelt.

„Morgen an Bord“, sagte er, „ist besser als heute in der Pub.“

„Und heute an Bord?“, wollte ich wissen.

Achselzucken. „Ich bin morgen um neun Uhr an Bord, dann können wir reden. Verpflichten Sie inzwischen niemand anders. Bitte!“, hängte er an seinen letzten Satz – und dann war er im Dunkel verschwunden.

Ich verbrachte den Rest des Abends an der langen Theke, zog an meiner Pfeife und hatte immer noch mal Freude am dunklen Bier.

Man trank hier heftiger, als ich es aus dem Süden Englands gewohnt war. Doch man respektierte auch den Fremden, ließ ihn aussetzen, wenn die nächste Runde fällig war.

Macleod soff. Selbst unter den guten Trinkern fiel er auf. Er stürzte seine Pinten schneller als andere ihren Whisky. Er und Ruaridh hatten mir wortreich mitgeteilt, wie sie Gerd gefunden und gerettet hatten – und nun machten sie sich wie erlöst über das Bier her. Sie drehten mir den Rücken zu, als gäbe es nichts mehr zu sagen. Das stimmte wohl auch. Die beiden einzigen Zeugen, noch nicht einmal Tatzeugen, stürzten sich in Alkohol.

Doch als ich meinte, die beiden schwankten heftig, hatten sich zwei andere Kerle gegen mich gelehnt und ruckelten, die Anfangstakte eines Liedes singend, an meinem Hocker. Als die Männer an der langen Theke ausnahmslos ihr Kinn hoben und in ein allgemein unverständliches gälisches Brüllen einstimmten, verschwand ich. Ich trollte mich in meine Koje, stellte den Wecker und als ich hochkam, ging es mir gut: Ich hatte deutlich nicht zu viel getrunken, obwohl dieser Macleod und sein Maat immer wieder Biergläser rübergeschoben hatten.

Das frühe Zu-Bett-Gehen half mir jetzt. Um sieben Uhr war ich wach, um halb acht machte ich klar Schiff und acht Uhr fünfundvierzig stand ich am Herd in der Kajüte und brutzelte Speckscheiben aus. Ich tupfte das Fett mit einem Stück Kleenex auf, warf es weg, ließ das kross Gebratene auf einem vorgewärmten Teller liegen, goss Tee auf, röstete Weißbrot, und als ich das zum Warmhalten in ein trockenes frisches Handtuch wickelte, wackelte die *Opa Reimer*. Ich hörte seine Schritte an Deck nicht, doch genau um acht Uhr neunundfünfzig Minuten, so meine Borduhr, erschien Callum im Niedergang und sagte: „Guten Morgen, Skipper!“

Er hatte eine halbe Pinte frischer Milch mitgebracht, und die tat uns gut, den lieben langen Vormittag beim Teetrinken. Ich sah mir Callum genau an. Ein ruhiges Gesicht, brillenlos, flach unter den Augen. Volles dunkelblondes Haar.

Er lächelte beim Essen. Ihm schmeckten die Spiegeleier mit Speck und Würstchen und Tomaten offensichtlich genauso gut wie mir, also briet ich zweimal hintereinander eine Pfanne voll. Der Toast mit bitterer Marmelade konnte nur noch mühsam im oberen Teil des Magens Platz finden. Für Tee blieb indes Raum genug. Und für einen guten Smoke Zeit genug.

Am heiligen Sonntag ruhte hier alles.

„Niall hat Sie also geschickt. Warum?"

Callum rauchte filterlose Medium Navy Cut auf eine sehr behäbige Art. Eigentlich hätten Zeigefinger und Mittelfinger der rechten Hand, in der er die Zigaretten hielt, gelblich eingefärbt sein müssen. Doch sie waren es nicht. Ob er mit Zitronensaft gegen das Nikotin anging?

„Sie brauchen einen Mann, damit die Yacht heil nach Deutschland zurückkehrt. Und weil Sie um den Norden segeln, brauchen Sie einen erfahrenen Mann. Der bin ich."

Wer jemals um Cape Wrath, John O'Groat's und durch den Pentland Firth hindurchgesegelt ist, weiß, was Callum meinte. Man kann in stillem Frieden die Nordküsten Schottlands absegeln – aber auch gehetzt von schierem Schrecken. Eine Frage des Wetterglücks. Die Pentland Firth kennt dagegen kein Glück. Hier läuft die See mit neun Knoten mit oder gegenan. Und wehe, der Wind setzt aus oder die Maschine versagt! Zwischen den Orkneys und dem schottischen Festland liegt manches Wrack.

Der Weg zurück durch die Irische See war risikoloser – aber unendlich viel länger. Ich hatte nicht die Absicht, eine so lange Reise anzutreten. Darum war mir Callum so wichtig. Um den Norden herum braucht man einen verlässlichen Mann.

Und genau das war er.

Er rauchte seine Zigaretten nur halb. Leerte den Aschenbecher in fröhlicher Regelmäßigkeit, erfrechte sich als Gast nicht, Tee nachzuschenken, hörte mit schräg geneigtem Kopf spürbar gern zu und beantwortete alle Fragen.

Nur die letzte nicht.

„Warum wurde auf meinen Freund Gerd auf See vor Lewis geschossen? Wer wollte ihn töten und warum?"

Callum drückte seine Zigarette mit einer heftigen Kreuzbewegung im Aschenbecher aus.

„Das werden Sie vermutlich nie rausbekommen", antwortete er, „es sei denn, Sie erfahren es von Ihrem Freund selber. Warum segeln Sie nicht heim – und ich helfe Ihnen dabei?"

Der Vorschlag klang gut beim Frühstück. In der Tat, was

wollte ich hier oben? Die *Opa Reimer* wurde zu Saisonende in Bensersiel erwartet, ein paar Rentner aus Münster wollten im September die deutschen Nordseeinseln absegeln. Ich sollte mich also ohne Hast, aber entschlossen auf den Weg machen. Nach seinen Gesten und seinen Händen zu urteilen, war Callum der richtige Mann für einen langen Törn. Und seiner Sprache nach hörbar Royal Navy. Er fiel immer wieder in Jackspeak, den Marineslang, an den ich mich erst gewöhnen musste. Doch schließlich machte es mir Spaß, ihm zuzuhören.

Ich stand auf und lehnte mich über den Kartentisch. „Fünfzig Grad", schätzte ich. „Cape Wrath nach fünfzig Seemeilen querab. Und dann haben wir hoffentlich Westwind!"

„Hoffentlich! Sonst ist es da oben ein böses Gegenan."

Bei Ostwind nördlich Schottlands entlangschrubben, ist bestimmt kein Vergnügen, so viel war mir klar.

„Haben Sie den Wetterbericht gehört?", wollte Callum wissen.

Nein, den hatte ich verpasst. Aber das Tonband hatte ihn konserviert. Ich ließ es zwei-, dreimal und schließlich ein viertes Mal ablaufen, während ich auf der vorgedruckten Karte meine Zahlen eintrug.

„Darf ich?", fragte er und nahm mir die Karte aus der Hand. „Das sieht sehr stabil aus. Wir haben ab morgen und dann bestimmt noch ein paar Tage östliche Winde. Erst danach wieder Hoffnung auf Westwind."

Ich nickte. Das hatte ich auch erkannt.

„Warum schauen Sie sich nicht noch mal Harris an?", fragte er. „Schließlich sind Sie in einem der schönsten Segelreviere Europas." Er richtete sich auf, drückte seine Zigarette, die dritte dieses Morgens, aus und lächelte einladend. „Und ob Sie einen Tag später oder früher nach Deutschland zurückkommen, spielt doch wohl keine Geige – oder?"

„Wie lange haben Sie Zeit?", wollte ich wissen.

„So lange wir brauchen!"

Was er meinte – aber was ich erst sehr viel später erkannte – war: Ich habe Zeit, bis ich alles weiß, was nötig ist.

Und das wurden verdammt schöne, unruhige, tödliche Tage.

14.

Eine Rübe, die mit der Spitze nach Nordosten zeigt. Das Kraut, fast abgeschnürt, nach Südwesten weisend. So lagen – eine Insel, zwei Namen – Lewis und Harris, durch eine schmale Landenge verbunden im Nordwesten Schottlands, die größte der Western Isles. An ihre westlichen Küsten raste der Atlantik, wann und wie es ihm behagte. Es gab, wie ich schon wusste, auf der Insel nur zwei größere Orte, Stornoway und allenfalls Tarbert – der Rest waren Dörfchen, Häusergruppen.

„Warum laufen wir nicht nach Süden um die Insel herum? Und zwischen North Uist und South Harris hindurch. Das wird Ihnen Spaß machen."

Callum behielt recht. Es machte Spaß. Ein kräftiger Ostwind schob uns. Wir segelten wie durch einen blauen Traum. Wir hatten die *Opa Reimer* entgegen allen Gepflogenheiten am Sonntag noch einmal durchgecheckt, hatten vor dem Hafen einige Schläge gesegelt. Und hatten mit etwas Überredungskunst den Manager eines Supermarkts, der wegen der Sonntagszeitungen geöffnet hatte, bewegt, uns mit Lebensmitteln zu versorgen. Als er unsere lange Liste sah, ließ er Sonntag Sonntag sein und fuhr mit einem kleinen Lieferauto Flaschen, Tüten und Dosen, Brot und Butter und Netze mit Obst an unser Boot. Und wir stauten.

Nachmittags zog Callum los, um sich seefertig zu machen, und ich studierte die Handbücher.

Eine Stunde vor Hochwasser in Dover hatten wir Stillwasser vor Stornoway. Dann setzte bis vier Stunden nach Hochwasser Strom südwestlich ein, nicht sonderlich schnell – aber warum ihn nicht nutzen? In fünf Stunden würden wir Tarbert gut erreichen können. Und entweder dort oder in einem der Lochs die Nacht über ankern. Wir waren Selbstversorger geworden – und hatten genügend Bier an Bord, mein Lieblingsbier sogar in Flaschen.

Die Tide nutzen, hieß vier Uhr morgens auslaufen. Also früh genug in die Koje.

Ich lief noch einmal quer über den Platz ins Lewis Hotel und versuchte Hamburg zu erreichen. Es meldete sich nur Utes Stimme auf dem Anrufbeantworter. Ich sagte nach dem Pfeifton, was wir vorhätten und dass ich mich von Harris aus noch einmal melden würde, ehe wir an der schottischen Nordküste entlang in die Nordsee segelten.

Komrusch war zu Hause auch nicht zu erreichen. Also rief ich den Gasthof *Deichgraf* an in Bensersiel. Auch hier war Komrusch nicht, aber Lisbeth würde ihm ausrichten, was wir vorhatten.

Noch einmal duschen?

Es gab tatsächlich ein leeres Zimmer, dessen Bad ich für zwei lächerliche Pfund benutzen konnte. Als ich mit dem Wäschebeutel über den Platz zurückging, saß Callum schon an Deck.

„Ich habe Niall angerufen und ihm gesagt, was wir machen. Er meinte, wir sollten doch oben in Loch Roag eine Nacht bleiben."

Warum nicht?

Callum belegte die Backbordkoje im Vorschiff und ich bezog wie immer die Hundekoje am Navigationstisch.

In diesen hellen Nordnächten verliert man jedes Gespür für die Zeit. Es war viel später, als ich annahm – fast elf Uhr. Also Zeit einzutörnen, wenn wir morgen die Tide gewinnen wollten.

Hinter uns lagen im Päckchen die Fischkutter. Die *Seapride* entdeckte ich ganz draußen. Träge zirkelten Möwen über dem Platz und ließen sich kreischend auf Masten und Aufbauten nieder.

Das Neonlicht des Hotels blinkte. Vom Hafenmeister hatte ich mich verabschiedet. Ich schloss die Luke und kroch in meinen Schlafsack.

Nach vier Stunden war ich wach und als das Wasser kochte, stand auch Callum schon in der Kajüte – im Seerigg, Stiefel, Wetterjacke und Wollmütze.

Angenehm, dass er nicht redete. Erst beim Smoke und Aufklaren sah er auf die Karte.

„Wir sollten eine Stunde 130 Grad rechtweisend laufen und dann auf 220 Grad gehen."

Genau das machten wir.

Um diese frühe Stunde gingen die Fischer an Bord. Immer wieder hielten Autos auf dem Platz und spien Männer aus, die mit kurzen Grüßen vom Pier auf die Kutter kletterten. Die ersten Diesel liefen sich warm und schon wieder schrien die Möwen.

Als wir unter Motor aus dem Hafen liefen, sahen wir Macleods *Seapride* nicht mehr außen am Päckchen liegen. Sie war auch draußen in der grauen See nicht zu entdecken, hatte also offenbar viel früher als alle anderen abgelegt.

Weil die ersten Kutter jetzt auf die See tuckerten, verzichteten wir darauf, noch im Hafen Segel zu setzen. Erst hinter Arnish Point drehten wir in den Wind und holten die Plünnen hoch.

Callum bewegte sich ungeheuer schnell und sicher. Das Groß stand faltenlos und die Fock rauschte so schnell hoch und war so fix belegt, dass ich überrascht war.

Wir hielten uns südlich von den auslaufenden Kuttern, die alle nach Südost marschierten.

„Die runden Eye und gehen dann nach Norden raus."

Ich gab Callum die Pinne. „Lauf 145 Grad am Kompass, dann geht es uns gut."

Ich fierte die Schoten auf und legte die Leinen klar. Die Festmacher verschwanden in der Backskiste mit den Fendern, und dann sah die *Opa Reimer* aus, wie ich sie haben wollte.

„Shipshape and Bristol fashion", grinste mir Callum zu und rauchte in der hohlen Hand eine Zigarette. Er steuerte im Stehen, federte mit den Knien das Steigen und Fallen ab. So dicht unter Land war die See hier noch recht ruhig.

Die Kutter hielten sich nördlicher unter der Halbinsel und drehten bald ganz nach Norden ab. Offensichtlich hatte keiner die Absicht, das Wasser zwischen der äußeren und der inneren Inselkette zu fischen. Die Stornoway-Kutter waren, bis auf Ausnahmen, für den küstennahen Atlantik gebaut. Manche wagten sich sogar bis unter Island.

Das hörte ich von Callum. Er war offenbar auf der Insel groß geworden, obwohl er von seiner Familie nicht sprach. Ich wusste nicht einmal, ob er verheiratet war und Familie hatte. Er schüttelte den Kopf, als ich ihn schließlich fragte. Er lebte bei einer Tante, die ein Haus bei Cross oben im Norden der Insel besaß. Geld kam nur durch den Tweed ins Haus, den die Tante, wie fast alle Frauen da oben, mit der Hand webte.

„Sie überlegt", sagte er, „ob sie nicht Bed and Breakfast anbieten soll. Aber es kommen zu wenig Touries auf die Insel und dann ist die Saison zu kurz."

„Was müsste sie denn investieren?"

Er dachte nach. „Eigentlich nichts. Ein Zimmer ist immer frei. Sie braucht nur ein Schild aufzustellen und sich beim Tourist Board in Stornoway zu melden."

Grauer Morgen. Voraus lag die leere See. Dreißig Meilen bis zum Land. Wenn die Sonne aufging, würde der Rand der See sich wellen, Zacken bilden. Das schottische Hochland mit seinen Bergen würde auftauchen. Ich sah nach oben.

Noch ungeteilter, grauer Himmel. Der Verklicker zitterte. Es war feucht, aber es roch nicht nach Regen. Die Stunde vor Sonnenaufgang hing über dem Wasser. Die mitlaufenden Wellen hoben das Heck der *Opa Reimer* und Callum federte sich in den Knien ab.

Gerd an seiner Stelle hätte auf der Leebank gehockt und im Sitzen gesteuert. Gerd – waren fehlende Nachrichten wirklich gute Nachrichten? In Hamburg war die Nachtschwester, die ihn auf der Intensivstation betreut hatte, jetzt sicher schon auf dem Weg nach Hause, und die neue Mannschaft hatte die Betreuung der Schwerkranken übernommen. Gerd auf dem Rücken liegend, schlafend oder dösend, an Schläuche angeschlossen. Puls und Herzschlag auf Bildschirmen, gleichmäßig schwingende Linien. Hoffentlich. Hoffentlich nicht plötzlich Warnlichter, hastende Ärzte, Notmaßnahmen. Gerd war ein kräftiger Mann. Er müsste sich doch wieder erholen können. Man gab doch nicht auf, nur weil auf einen geschossen worden war!

In dieser grauen Stunde an Deck würde ich jeden Morgen an Gerd denken, bis ich wieder mit ihm reden konnte. Wir hatten ja oft gemeinsam solche Morgenstunden auf See erlebt. Und oft genug war der, der eigentlich durchschlafen konnte, um diese Stunde nach oben geklettert, hatte kurz gegrüßt, einen Becher Tee weitergereicht und dann die Sonne aufgehen lassen.

Stand sie erst eine Handbreit über dem Horizont, war der Zauber der Frühe verweht. Dann klarte man unten auf für's Frühstück und bereitete sich vor, oben die Wache zu übernehmen.

Der leichte Ost war warm, brachte Duft von unsichtbarem Land mit. Es roch nach See und fernem, feinem Torfrauch. Wenn ich die Augen schloss und den Duft in mich aufnahm, erinnerte er mich an Spuren von altem Whisky in einem Glas, das man mit der Hand gewärmt hatte.

Wir hatten Freunden vor ein paar Jahren aus einer schottischen Brennerei im fernsten Hochland solchen Whisky mitgebracht, 25 Jahre alt. Das Etikett sah aus wie handgemalt, der Kasten war mit Samt ausgeschlagen. Zu dem Geschenk gehörte ein leicht gewölbtes Glas, das es wohl nur dort in der Destillerie zu kaufen gab. Ich habe lange gesucht und es nirgendwo anders gefunden.

Der Baum knarrte. Ich hörte die aufgeschossene Fall gegen den Mastfuß klatschen, als eine Welle uns höher hob und seitlich fallen ließ. Das Großsegel flappte leicht, dann stand es wieder glatt.

Seltsam, dass keiner der Schüsse durch das Segel geschlagen war. Ich sah keinen Flicken und kein Loch. Wer schießt auf einen unbewaffneten Mann auf einer kleinen Segelyacht in friedlichen Gewässern im Norden Europas? Es müsste ein präziser Schütze gewesen sein oder er musste aus nächster Nähe geschossen haben. Das Geschoss, das die Funkelektronik zerstört hatte, war gezielt abgegeben worden, sicher kein Querschläger. Und die Schüsse sollten Gerd offensichtlich töten, ihn nicht nur verwunden. Also hatten lediglich zwei Schüsse nicht getroffen und den tiefen Riss über das Kajütdeck gezogen und einen zweiten über das Holz unter der Reling.

Hatte dieses Geschoss erst das Holz aufgesplittert und danach

Gerd getroffen? Holzsplitter im Brustkorb oder im Kopf ... Ich erinnerte mich an Berichte von Leuten aus dem Krieg. Eisen- und Stahlsplitter waren Scheiße, aber man fand sie wenigstens und holte sie manchmal mit starken Magneten raus. Holzsplitter waren schwer zu entdecken.

Am viehischsten war neuerdings eine bestimmte Art von Plastik in kleinen Minen, die man in Afghanistan einsetzte. Kein Stück Stahl, kein Stück Holz konnte so programmiert werden wie dieses Teufelszeug, das in unzählige und nur scharfe Splitter zersprang. Kaum einer konnte gerettet werden. Wer in Gottes Namen erfand dieses Zeug? Was für ein perverses Hirn erfand Stoffe, die nur zerreißen und töten sollen – keinen anderen Sinn hatten? Wer sich so etwas ausdachte, konnte offenbar damit reich werden, denn der Verbrauch dürfte immens sein. Schließlich gab es auf jedem Erdteil Gewalt oder kleine Kriege. Europa nicht ausgenommen. Im ehemaligen Jugoslawien fing man wieder an, sich gegenseitig und für jedermann sichtbar umzubringen. Die Basken bombten etwas leiser die Spanier in Angst, dafür schossen sich die Iren wieder etwas lauter mit den Engländern. Und das im zivilisierten, friedlichen Europa. Schon ein paar Seemeilen südlich von hier lauerten sie aufeinander – die IRA und die Tommies.

Der Himmel über mir blühte rosa. Und der Dunst in der Kimm wurde fest.

„Here he comes!“, sagte Callum mehr zu sich als zu mir.

Und dann stieg die Sonne auf, legte blutrote Farbe auf das Wasser, die schnell heller wurde, glänzte und in den Augen schmerzte.

„Wir können jetzt den Kurs ändern“, schlug er vor. „Es ist exakt fünf Uhr.“

„Fall ab!“

Das lief, als hätten wir schon wochenlang zusammen gesegelt.

„Zweihundertfünfunddreißig!“, sagte ich.

„Liegt an! Belegen!“

Lewis lag jetzt an Steuerbord. Wir liefen auf Kebock Head zu.

Ich verabschiedete mich nach unten, um im Logbuch die nötigen Eintragungen zu machen. Dann brühte ich Tee, stieg aus meinen Stiefeln in Bootsschuhe, zog den Troyer aus und löste Callum oben ab. Auch er kam leichter gekleidet wieder nach oben. Doch auf seine Wollmütze hatte er auch jetzt nicht verzichtet.

Das Land an unserer Steuerbordseite war eintönig, bot selbst im Glas keine Abwechslung. Schmale Streifen Brandung unter der Küste. Wären wir näher unter Land gesegelt, hätten wir die zahllosen, manchmal winzigen Inseln abhaken können, die nördlich von Kebock Head lagen.

Aus dem Sound of Raasay, dem Wasser zwischen Festland und der Isle of Skye, tauchten kleine, weiße Flecken auf. Ich holte sie mit dem Glas näher. Drei Yachten, die sich offenbar ein Rennen lieferten oder Geschwadersegeln übten. Und dann sah ich auch vom Kamm der Wellen aus die hohen wippenden Wimpel, die Hummerkästen oder Netze bezeichneten – nur unter Land. Wir liefen vom North Minch in den Little Minch, in dem sich auf dem Übersegler viele blaue Flecken fanden. Ich hatte dort Bojen erwartet oder zumindest Fischkutter. Aber die See im Süden blieb leer. Nur rechts voraus, einen Strich an Steuerbord, sah ich einen Mann in einem Dinghi mit Außenborder unter der Küste arbeiten. Er war zu weit entfernt, aber ich schätzte an seinen Bewegungen, dass er eine Leine vom Grund aufholte.

„Warst du mal in Irland?“, fragte ich Callum.

„Warum fragst du?“

„Da ist Krieg, nicht wahr? Ich weiß immer noch nicht, warum man auf Gerd geschossen hat hier vor Lewis. Weiter im Süden wüsste ich zwar auch nicht warum, aber da weiß ich wenigstens, wie verrückt die Leute sind, die ihre Probleme mit Gewalt lösen wollen.“

„Seit dreihundert Jahren. Exakt seit Cromwells Zeiten“, nickte Callum.

Das wäre, als würde man sich in Deutschland heute noch umbringen, weil weiland Wallenstein im Dreißigjährigen Krieg die falschen Leute in der falschen Gegend angesiedelt hätte.

„So ein Krieg müsste sich doch irgendwann einmal leerbluten. Dreihundert Jahre oder länger kann doch niemand einen anderen hassen. Irgendjemand wird doch mal Vernunft annehmen und die Waffen wegschmeißen."

Callum sah mich merkwürdig an. „Warst du mal da?", wollte er wissen. „Kelten sind verrückte Leute."

„Wenn du ein echter Schotte bist, bist du auch Kelte und trotzdem nicht verrückt."

„Na ja", gab er zu, „ich bin Schotte. Die Engländer sind nie sehr gut mit ihren Nachbarn umgegangen. Die Schotten hatten nach Culloden Moor, als Bonnie Prince Charles am 16. April 1746 die Schlacht und sein Glück verloren, nichts zu lachen. Alles Schottische wurde unterdrückt. Die Engländer bauten hier oben Forts. Befestigte Straßen. Besser ging's uns erst wieder unter Queen Victoria. Aber auch da gab's kaum was zu lachen. Die englischen Lords entvölkerten ganze Landstriche, um ungestört jagen zu können oder Schafe zu züchten. Jeder Crofter auf seinem winzigen Bauernhof störte nur. Die ganze Insel da an Steuerbord, dieses gewaltige Lewis mit dem Zipfel Harris, gehörte einem einzigen Mann. Und den sollte man mögen?"

Da überraschte er mich. Immer wieder mal warf ich wütend irgendwas ein, das klar machte, was *mir* alles auf der Welt nicht gefiel, doch Callum blieb kühl, als er mir weiter Sachen erzählte, von denen ich noch nie gehört hatte.

„Die Vertreibung der Schotten in den letzten Jahrhunderten hat immerhin dazu geführt, dass du Macs in allen Teilen der Welt findest."

„Ich dachte, nur Iren gibt's überall!"

„Die auch. Die haben die Engländer genauso unterdrückt. Die Iren durften wenig oder kein Land besitzen auf ihrer eigenen Insel. Die abwesenden Grundbesitzer ließen sich's in England wohlergehen. Und als dann Mitte des letzten Jahrhunderts ein paarmal hintereinander Kartoffeln nicht wuchsen, ließen die fernen Herren die Iren einfach verhungern. Man schätzt, damals starben um eine Million Menschen am Hunger. Wer noch Kraft hatte, wanderte aus. Seitdem ist Irland ein leeres Land. Vier Millionen Einwohner leben in ganz Irland, Dublin eingeschlossen."

„Das ist doch aber nicht der Grund für die Schießereien in Nordirland? Oder?"

„Nein. Aber in den Norden Irlands brachten die Engländer seinerzeit auch Schotten, Kelten wie die Iren – aber Protestanten. Frag mich nicht warum, aber die Schotten klotzten in ihrer neuen Heimat ran. Und bauten sich was Neues auf. Das tut wohl jeder, der seine Heimat verlässt oder verlassen muss. Wer zu Hause bleibt, ist wohl eher zufrieden. Der Bürgerkrieg da im Süden von uns ist also, wenn man will, einer unter keltischen Brüdern. Protestanten und Katholiken. So einfach ist das. Der Norden hat sich zu Beginn dieses Jahrhunderts erfolgreich gewehrt, von der unabhängigen Republik Irland geschluckt zu werden. Dann würden ja im Norden katholische Gesetze gelten. Und das bei strenggläubigen Protestanten! Natürlich sind die Calvinisten, die Nachkommen der Schotten, wohl auch wirtschaftlich erfolgreicher als die Iren. Industrie gegen Landwirtschaft – wer gewinnt, ist klar."

„Das kann doch wohl nicht der Grund sein, sich zu töten. Immer noch und immer wieder. Warum trocknet man den Krieg nicht einfach aus?"

Callum schob seine Wollmütze in die Stirn, kratzte sich am Hinterkopf und schob sie wieder zurück. „Wie willst du das machen, Skipper? Irland ist eine große Insel. Willst du die blockieren? Eire ist ein selbständiger Staat, der sich Seekontrollen bestimmt nicht gefallen ließe. Und dann gibt's ja schließlich auch noch Flugzeuge. Die Grenze zwischen Nord- und Südirland könntest du natürlich abriegeln – aber wie? Noch eine Mauer durch Europa? Den Krieg kannst du nicht an den Grenzen aushungern. Der muss in den Köpfen und Herzen der Menschen austrocknen – erst dann haben wir Ruhe."

„Und bis dahin?"

„Wird geschossen!"

„Was unternimmt man denn, um den Hass auszumerzen?"

„Wenn ich das wüsste!", antwortete Callum nach einer ganzen Weile. „Den Priestern oder Pfarrern auf beiden Seiten kannst du's nicht überlassen. Die marschieren im Zweifel mit."

Die Segel der *Opa Reimer* standen wunderschön voll und strahlten in der Sonne. Ich schwippte den kalt gewordenen Tee aus den Bechern nach Lee und stellte sie unten in den Abwasch. Dann löste ich Callum ab.

Wir hatten Kebock Head jetzt querab, ein Kap wie viele, an denen wir vorbeigesegelt waren, für uns nur Anlass, wieder in die Karte zu schauen.

An Gob na Milaid, knapp zwei Meilen weiter südlich, stand ein Leuchtturm, ganze vierzehn Meter hoch. Das Handbuch verriet weiter, dass wir bei Dunkelheit hier alle fünfzehn Sekunden einen Blitz sehen würden, der zehn Meilen weit durchstand.

Es war Zeit zu besprechen, wo wir heute Nacht bleiben wollten.

„Du entscheidest das, Skipper!"

„Im Hafen von Tarbert oder ankern? Was ist bei Ostwind sinnvoller?"

„Wir finden überall Schutz. Hier baut sich nichts Großes auf, nicht an der Ostküste. An der Westküste sieht das ganz anders aus."

„Dann gehen wir nicht nach Tarbert rein, sondern suchen uns südlich davon einen ruhigen Platz, sagen wir mal hier im Loch Stockinish. Die Insel davor müsste bei jedem Wind schützen."

„Ich rechne mal den Kurs aus."

Zweihundertfünfundvierzig Grad steuerte ich schließlich, der Wind kam achterlicher ein und die Tide schob jetzt kräftiger.

Callum faltete die Karte um und legte sie mir hoch auf die Bank, bis ich mir die wichtigsten Sachen eingeprägt hatte. An Backbord voraus und nicht sehr hoch die Shiant Inseln, kleine Stückchen Land, der Karte nach unbewohnt.

Nach ihnen war der Sound of Shiant benannt, ein drei Meilen breites Wasser mit genügender Tiefe und vielen Unreinheiten auf dem Grund. Die Karte gab einen Strom von zwei Knoten an. Wir erwischten seine letzten Ausläufer.

Und als wir dann die östliche Spitze von Scalpay, der Insel vor Tarbert, ansteuerten, hatten wir Strom gegenan. Doch der Wind hatte aufgefrischt.

Callum suchte unten nach einem Handkompass und machte eine laufende Peilung. „Vier Knoten über Grund", sagte er dann. „Das ist ein gutes Schiff. Wer hat es gebaut? Ein Deutscher?"

Mein Lieblingsthema lag an. Und ich erzählte von Johan Ühme aus Oevelgönne, der das Schiff nach meinen Wünschen konstruiert hatte. Nach einem ursprünglichen Riss von Colin Archer.

Callum nickte. „Ein sehr guter Mann. Schotte, der nach Norwegen ging … Auch einer von denen, die nichts in der Heimat hielt."

Ich gab ihm die Karte zurück.

Wir standen jetzt knapp drei Meilen vor Loch Seaforth, dem längsten Fjord auf Lewis. Zwölf Seemeilen schätzte ich seine Länge. Auf halber Strecke änderte es seine Richtung von Nordwest nach Nordost.

„Da würde ich gern mal reingehen!", rief ich Callum zu.

Der schüttelte den Kopf. „Nicht mit einem Boot. Du kriegst da Fallböen aus heiterem Himmel, dass dir Hören und Sehen vergeht."

Als er wieder hochkam, nahm er das Glas und stieg ins Vorschiff. Und als er sich neben mich setzte, deutete er unter dem Großsegel durch. „Da läuft die *Seapride*, Macleods Kutter. Der müsste draußen auf dem Atlantik sein im North Minch. Doch nicht hier so weit südlich."

„Ruf ihn doch über Funk an."

„Warum nicht?"

Callum verschwand nach unten. Dann hörte ich ihn ins Mikrofon rufen und als aus dem Lautsprecher eine Antwort kam, wechselte er ins Gälische. Ein gutes Weilchen ging es hin und her und dann meldete sich Callum ab. „Over and out."

Er kam mit brennender Zigarette hoch. „Es ist die *Seapride*. Und Macleod lässt grüßen. Er hat hier unten gefischt, aber wo, wollte er nicht sagen."

„Was vermutest du?"

Callum zuckte mit den Schultern und schnippte die Zigarette über Bord. „Westlich von Scalpay wäre möglich. Oder er hat die East Bank abgefischt, zwischen Skye und Scalpay? Die Brüder verraten nichts."

Hinter Scalpay wurde es kühler, die Sonne stand schon nördlicher als West. Ich spürte plötzlich Hunger und dann war es auch Zeit für den Abendschnaps. Aber wir hatten noch eine Stunde Segelzeit vor uns, und ich wollte nicht vor dem Landfall trinken.

Callum kam mit dem Handbuch hoch. Die Einfahrt ins Loch Stockinish sah nicht sehr einladend aus. Keine Bojen, keine Landmarken – doch jetzt bei Niedrigwasser waren die Felsen gut zu erkennen.

„Ich werf den Motor an."

Wir ließen ihn ausgekoppelt mitlaufen.

Callum spürte meine Unruhe. „Ich war hier schon mal", sagte er. „Zwar lange her, aber ich erinnere mich. Wir laufen auf 253 Grad rechtweisend an der Insel vorbei und dann Nordnordwest. Die Felsen sind gut zu erkennen. Aber vielleicht nehmen wir vorher das Zeug runter."

Wir bargen die Segel, aber tuchten sie nicht auf. Im Zweifel würden wir uns freisegeln müssen. Doch der Diesel hielt durch.

Fels, leerer, abgeschliffener Fels, mit flachen Grasdecken und Heidekrautinseln. Gelegentlich Büsche.

„Wir gehen oben am Ende des Lochs in die linke Bucht. Da ist guter Ankergrund."

Jetzt mit Stockinish Islands hinter uns waren wir im felsfreien, zwei Kabellängen breiten Fjord.

An Backbord voraus entdeckte ich verankerte Flöße und Bojen. Wir liefen frei von ihnen auf die schmale Bucht neben der Felsnase zu. Callum hatte den Anker klargemacht und hob den Arm. Ich kuppelte den Motor aus.

Die *Opa Reimer* trieb noch eine Weile, dümpelte. Dann fiel der Anker. Callum kniete im Bug, hielt eine Hand auf der Kette, die Yacht begann zu schwoien und legte sich schließlich mit dem Bug in das bisschen Abendwind, das uns hier noch erreichte.

Es war plötzlich sehr warm.

Das Land roch kräftig und die Luft hing voll vom Gedudel unsichtbarer Vögel. Über den Flößen zirkelten Möwen.

Callum kroch nach unten. „Ich muss mal an den Kettenkasten“, sagte er. „Wir könnten noch ein bisschen Kette geben, das ist immer sinnvoll. Sie hat sich unten verhakt.“

Ich tuchte die Segel auf. Dann sah ich mir im Glas das Ufer an.

Die lange Felsnase verdeckte einige kleine Häuser, die an einer schmalen Straße standen, offenbar ein Dorf. Auf unserer Seite führte die Straße auf halber Berghöhe tiefer ins Land. Kein Haus war zu sehen, keine Hütte. Die Flöße lagen, als gehörten sie niemandem.

Ich las im Handbuch nach. Und fand meine Vermutung bestätigt: eine Hatchery für Lachse. Hier, geschützt durch tiefreichende enge Gitter, wuchsen Lachse auf, die – groß geworden – getötet und in alle Welt verkauft wurden.

Als schottischer Wildlachs oder Zuchtlachs?

Ich stieg nach unten. „Willst du auch einen Pink Gin?“, rief ich Callum zu, der in seiner Koje hantierte, von der aus der Kettenkasten zu erreichen war.

Ich erhielt keine Antwort. Also ließ ich Angostura in zwei Gläser tropfen, schwenkte sie und wärmte sie an und füllte dann mit Gin auf, trug sie nach oben und stopfte mir meine Pfeife.

Abendfriede nach einem langen Segeltörn.

Mein Gesicht brannte.

Da kam Callum hoch. „Sieh mal“, sagte er und warf einen ölgetränkten Lappen auf den Boden der Cockpit.

Ich blickte in den Lauf eines Revolvers, der genau auf meine Stirn zielte.

15.

Er hatte ganz unten im Kettenkasten gelegen, fest in eine flache Keksdose zwischen ölgetränkte Lappen gepresst. Zwei Schuss fehlten. Der Lauf glänzte matt und das Holz des Griffes lag schwer in meiner Hand.

„Eine Smith and Wesson, M 29, Kaliber 41."

Callum legte sie zwischen uns, hob das Glas und steckte sich eine Zigarette an. „Warum hast du einen Revolver an Bord? Wann hast du ihn zum letzten Mal benutzt? Und warum versteckst du ihn? Als Skipper kannst du theoretisch eine Waffe an Bord führen, wenn du einen guten Leumund hast."

Ich stopfte meine Pfeife nach und ließ den Gin in meinem Mund blühen.

Den Revolver hatte ich noch nie gesehen.

„Ich brauche keine Waffe an Bord. Eine Signalpistole ist was anderes. Aber dies Ding hier – tut mir leid. Keine Ahnung, wer es an Bord gebracht und dort versteckt hat. Vor allen Dingen – was sollte die Waffe dort unten, so weit weg?"

Ich wusste nicht, ob Callum mir glaubte.

Ich hob sie noch einmal hoch. Ja, es fehlten zwei Patronen. Die restlichen vier glitten heraus, als ich die Kammer zur Seite schnippte. Ich sah durch den Lauf. Er glänzte vor Fett.

Die Waffe war jetzt harmlos. In meiner linken Hand klickerten die Patronen.

Callum hob eine hoch und sah sie sich mit zusammengekniffenem Auge an. „High speed. Trägt weiter als üblich und hat eine größere Durchschlagskraft. Bei uns gibt es diese Munition selten. Wer hat sie an Bord gebracht, wenn nicht du?"

„Ein Chartergast", versuchte ich zu raten. „Ich habe jede Saison Gäste an Bord und meistens schlafen zwei vorne."

„Die Waffe liegt noch nicht lange in dem Öllappen. Die Dose war von außen nicht angerostet und von innen sowieso nicht. Sie war nicht verbeult, was sie sein müsste, wenn öfter nach Manövern die schwere Ankerkette auf sie gefallen wäre. Sagen wir mal, sie kam in diesem Jahr an Bord."

„In diesem Jahr?"

Callum nickte wie abwesend. Seine Zigarette rauchte er länger als üblich, entdeckte plötzlich den Stummel und warf ihn in den Wind.

„Dann hat entweder Gerd die Waffe an Bord gebracht oder Ute. Sonst ist in diesem Jahr niemand außer mir und Komrusch mit der *Opa Reimer* gesegelt. Und Komrusch, ich schwöre das, fasst keine Waffe mehr an seit dem Krieg – nicht mal auf einem Schützenfest!"

Ich griff nach unten und holte die Ginflasche von der obersten Stufe. Auch Callum hatte gegen ein Nachschenken nichts einzuwenden.

„Aber warum versteckt dein Freund die Waffe so weit? Die nützt ihm im Zweifel doch gar nichts. Wenn dreißig Meter Kette auf dem Blechkasten liegen, kommt er nie ran. Eine Waffe, die nur gebraucht wird, wenn man ankert, macht irgendwie keinen Sinn. Jedenfalls nicht in piratenfreien Gewässern. Vielleicht wollte er sie nach Deutschland schmuggeln?"

Jetzt musste ich lachen. „Du kriegst doch auf dem Kontinent überall im Handumdrehen auf dem Schwarzen Markt eine Waffe. In jeder größeren Stadt. Da schmuggelt man doch nicht und riskiert, erwischt zu werden."

„Eben", nickte Callum. „Das alles macht überhaupt keinen Sinn. Und warum fehlen zwei Schüsse?"

Callum roch am Lauf, legte den Revolver achselzuckend zurück. „So ist nicht feststellbar, ob die beiden Schüsse mit dem Revolver abgegeben wurden oder ob er überhaupt nur mit vier Patronen geladen war."

Er leerte sein Glas und plötzlich meldete sich bei mir der Hunger wieder.

„Wir können uns noch den ganzen Abend darüber unterhalten, jetzt essen wir erst mal. Ich mach uns einen Salat und wir sollten die Lachsschnitzel aus Stornoway braten. Morgen sind sie nicht mehr frisch. Willst du Kartoffeln dazu haben?"

„Ich mach schon was", lächelte Callum, „lass mich mal unten wirken. Wir werden auch unten essen. Wollen wir ein Bier trinken?"

Ich fand Wein passender. Ich hatte ein paar Flaschen Blanc de Blanc in Stornoway mitgekauft, wohl wissend, dass Wein und Yacht selten die ganz große Liebe eingehen. Ein kleines Schiff ist für den großen Genuss zu unruhig.

Ich zog ein Handtuch durchs Wasser, wickelte es um die drei Weinflaschen und ließ sie an der Steuerbord-Spill gesichert im Abendwind stehen.

Als von unten Dampfwolken hochströmten und es wenig später aus einer Pfanne zischte, war auch mein Salat fertig. Zugegeben, er schmeckte schon ein bisschen müde. Aber welchem Grünzeug bekommt schon der Einschluss in Plastikdosen?

Wir aßen mit Appetit und dabei leerten wir die erste Flasche. Zum Käse gab es Portwein. Auf den Kaffee verzichteten wir, wuschen ab und machten uns dann über die zweite Flasche her.

Da hörten wir den Motor.

Ich schaute nach oben.

Ein kleines, flaches Motorboot rundete die Felsnase und steuerte langsam auf uns zu.

Einer kauerte an der Pinne, der andere saß vorn im Bug, etwas Langes quer über den Knien. Ein Gewehr, durchfuhr es mich. Und dann sah ich genauer hin. Ein Spazierstock, länger als gewöhnlich, mit einer Gabel als Griff. Das Metall am Fuß glänzte.

Callum war neben mir aufgestanden. Wir kletterten auf die Süll und winkten den beiden in dem Boot zu.

Sie winkten nicht zurück.

Fünfzehn Meter entfernt kuppelte der Mann an der Pinne den Motor aus.

Der andere hob die Hände an den Mund. „Wie lange werdet ihr bleiben?"

„Nur diese Nacht!"

„Das solltet ihr nicht. Hier ist eine Lachsfarm. Es ist nicht gut, wenn ihr hierbleibt. Das bekommt den Fischen nicht. Haut ab. Es ist noch hell genug."

Das klang unfreundlich.

Callum stellte sich auf das Kajütdach und antwortete gälisch. Da hob der mit dem Stock schließlich die Hand, winkte, schüttelte den Kopf und der Mann an der Pinne kuppelte wieder ein und fuhr in flachem Bogen zur Felsnase zurück. Dahinter erstarb jeder Lärm.

Eine Möwe ruderte durch den Abend, ließ sich vor dem goldenen Licht im Nordwesten über das Land treiben.

Callum kam meiner Frage zuvor. „Ich habe ihnen versichert, dass wir hier nichts über Bord gehen lassen. Außer Wasch- und Spülwasser. Und wenn wir die Toilette benutzen, gibt es auch keine künstliche Chemie. Das werden die Lachse ja wohl noch aushalten."

„Gut", sagte ich.

„Und dann wollte ich noch wissen, ob er die *Opa Reimer* schon mal gesehen hat. Hat er nicht."

„Schön, dass du Gälisch sprichst. Mich hätten sie sicher fortgejagt."

Wir entschieden uns, den Wein aufzuheben und den Abend mit Whisky ausklingen zu lassen.

Auch drei irische Sorten standen zur Auswahl. Doch Callum entschied sich für den schottischen von der Insel Islay. Der schmeckt am rauchigsten.

Er gefiel mir.

„Was machen wir jetzt mit dem Revolver?"

Damit begann die zweite Runde – die ebenfalls kein Ergebnis brachte.

Wir waren uns zum Schluss lediglich darin einig, dass der Revolver erst in diesem Jahr an Bord gebracht worden war. Also von Gerd oder Ute. Alles andere blieb reine Spekulation.

Vielleicht hatte Gerd bei seiner langen Reise einfach auf Nummer sicher gehen wollen. Nicht immer hätten sie in Häfen genächtigt. Da konnte es sich als nützlich erweisen, ein Schießeisen an Bord zu haben, um ungestüme Besucher abzuwehren, die sich in einsamen Buchten für das Schiff interessieren mochten. Dafür sprach, dass der Revolver so versteckt gewesen war, dass man ihn nur beim Ankern holen und nutzen konnte.

Zwei Schuss waren vielleicht zur Probe gefeuert worden. Denn ein Revolver, mit dem man nicht umgehen kann, nutzt einem wenig.

Alles andere waren wilde Gedanken, die mit sinkendem Whiskypegel immer abenteuerlicher wurden: Mit dem Ding hatte Gerd vielleicht so unliebsame Besucher wie die beiden Männer von eben verjagt. Schließlich war das Ankern auch in Schottland überall erlaubt, wo es nicht ausdrücklich verboten war. Die Verjagten hatten sich gerächt. Und selber geschossen. Dies war der wildeste Gedanke. Er kam zum Schluss, als wir die Flasche gänzlich geleert hatten. Ute war schon weg, Gerd ankerte allein, da gab es einen Schusswechsel …

„Hören wir auf", sagte Callum. „Jetzt wird's verrückt. Der angeschossene Gerd wirft zwei Patronen weg, wickelt den Revolver in den Öllappen, steckt alles in den Blechkasten, holt den Anker ein, lässt die Kette auf die Blechkiste fallen, setzt Segel und jagt in die offene See – das alles mit einem Lungenschuss und einer tiefen Kopfwunde … Ich schlage vor, wir törnen ein. Cadal math dhuit, schlaf gut."

16.

Dies war wieder das Glück auf See. Ich hatte es zum letzten Mal vor einem Jahr auf dem Schlag von Nieuwpoort nach Dover erfahren und unten an der Nordküste Spaniens. Glück ist See, Salz, Ostwind und ein bestimmtes Licht, das vom Aufgang der Sonne bis um die Mitte des Vormittags steht und um die Mittagszeit schon verweht ist.

Als ich hoch kam, stand Callum mit nacktem Oberkörper in der Plicht, hatte sich offenbar gerade gewaschen, denn seine Haut glänzte feucht. Er schlug mit einem kleinen Pinsel Seife in einer Tasse schaumig und tupfte sie in dichten Flocken auf Backen, Kinn und Oberlippe. Er grüßte, versuchte ein Grinsen, rückte einen handgroßen Spiegel zurecht, beugte sich vor, hob sein Kinn nach oben und begann sich vom Hals her mit langen Zügen mit einem Messer zurasieren.

Altmodischer ging es wohl nicht.

Er handhabte das Messer mit großer Gewandheit, wischte es immer wieder an einem Stück Papier ab und rasierte sich mit zwei vorsichtigen Schwüngen zuletzt die Oberlippe. Ich setzte unten Teewasser auf und sah, wie er sich oben abtrocknete. Er wischte das Rasiermesser sorgfältig im Handtuch ab und tupfte ein bisschen Fettcreme, die er sich ins Gesicht rieb, auch auf die schmale Klinge. Den trockenen Rasierpinsel klemmte er hinter den Seifentassengriff, wickelte das Messer in ein abgegriffenes Etui und ließ alles in einen Beutel aus braunem Sattelleder fallen. Dann nahm er seinen Gürtel, an dem er offensichtlich das Messer abgezogen hatte, und schob ihn sich durch die Schlaufen seiner Jeans.

„Das Messer hat mein Großvater schon benutzt. Es gibt nichts Besseres, als sich mit einem Messer zu rasieren."

„Damit habe ich keine Last", sagte ich. „Ab und an muss ich mal mit einer Schere an meinen Bart. Das ist alles."

Unten pfiff das Wasser und ich brühte unseren Early Morning Tea. Halb sechs Uhr, die Sonne hing schon über dem Wasser.

Der Sound of Harris ist ein Labyrinth von Felsen, Inselchen und flachen Durchfahrten. Keine der beiden durchgehenden Passagen sollte von Yachten benutzt werden – außer bei ruhigem, stetigem Wetter und nur mit Hilfe einer Karte mit großem Maßstab. Selbst bei leichten Winden kann am Nordwestausgang schwere See stehen.

Das klang überhaupt nicht gut. Der großformatige Führer gab weiter an, dass die Strömungen im Sund sich ständig änderten und alle Angaben nur ungefähr galten.

Callum ließ das alles kühl.

Er knabberte einen runden, harten Keks zu seinem Tee und beugte sich über die Karte, die ich auf dem Navigationstisch ausgebreitet hatte. „Wir können relativ dicht unter Land der Küste folgen und im Stanton Channel oder etwas weiter südlich die Cope Passage nehmen. In beiden muss man sorgfältig navigieren. Ich kenne beide."

„Was hast du eigentlich bei der Navy gemacht?", wollte ich wissen.

Er zuckte mit den Schultern. „Manches. Unter anderem Navigation. Ich war bei einigen Lehrgängen hier oben."

Wir beschlossen uns zu entscheiden, wenn wir Rodel, die südlichste Siedlung auf der Insel, querab hatten.

Während Callum ein Porridge zum Kochen brachte und Speck in der Pfanne anbriet, markierte ich die Seiten im Reed's, legte den Yachtman's Pilot aufgeschlagen auf die Karte und trug im Logbuch nach, wann wir gestern Abend geankert hatten.

Callum deckte den Tisch, in der Pfanne zischten Würstchen, die er rausfischte und auf vorgewärmte Teller legte. Dann knackte er mit einer Hand die vier Eier, die er auf dem Abwaschlappen placiert hatte, hob die Pfanne und ließ die Eier breit auslaufen, auf den Speck. Als sie glänzend auf den Teller rutschten, halbierte er zwei Tomaten und ließ sie mit der letzten Hitze in der Pfanne schmoren.

Die gelbe Butter schmolz auf dem Porridge und ich sah, dass Callum Salz auf den Haferbrei auf seinem Teller streute. Ich machte es ihm nach – und in der Tat, das machte den Brei herzhafter als jede Gabe von Zucker oder Sirup.

Die Teller mit den Eiern waren heiß. Er hob sie mit einem Geschirrhandtuch auf den Tisch. Sogar an Toast hatte er gedacht, mit dem wir das zerflossene Eigelb auftupften.

„Das ist das Beste an der englischen Küche“, meinte er kauend, „so ein Frühstück kann man dreimal am Tag essen.“

Dem konnte ich nur zustimmen, obwohl ich einige verdammt gute Gerichte in England kennen gelernt hatte.

„Wir sollten unterwegs abwaschen“, schlug er dann vor. „Lass uns noch einen Tee brühen.“

Meinen Spott über den Untergang des Britischen Empires durch die Einführung der Teebeutel ertrug er lächelnd. „Wo kriegst du denn noch anständigen losen Tee? In London vielleicht oder in Edinburgh.“

„Und bei uns im Norden. Ich behaupte mal, den besten Tee der Welt trinkt man heute in Ostfriesland. Früher hätte ich das nicht gesagt, da wart ihr hier besser. Jetzt – siehe oben. Wer hat bloß Teebeutel erfunden …“

Das Deck war noch immer etwas feucht. Ich warf den Diesel an. Wir würden bis ins offene Wasser unter Motor laufen.

Das Tuckern des Motors weckte Möwen. Sie kamen als Schwarm über die Felsnase, drehten Kreise über uns und ließen sich dann auf den Flößen nieder, die die Käfige trugen, in denen die jungen Lachse aufwuchsen.

Callum trug Stiefel und Handschuhe, als er nach vorn ging, um den Anker Hand über Hand einzuholen. Er ließ die Kette in den Kasten rauschen, sicherte den Anker nur mit einem Bändsel. „Wir sollten ihn für alle Fälle oben lassen, wenn wir durch den Sund gehen.“

Die *Opa Reimer* nahm Fahrt auf. Als wir die Nase hinter uns hatten, blickte ich mit dem Glas zurück an das andere Ufer. Licht spiegelte sich in den Fenstern dreier Häuser, die ich gestern Abend nicht gesehen hatte. Sie waren so grau wie die Felsen, zwischen denen sie sich duckten. Auf einem flachen Vorsprung lag ein Boot.

„Die werden uns jetzt genau beäugen.“

Callum legte die Handschuhe ins Schwalbennest und steckte sich eine Zigarette an. „Sag mal, warum fährst du ohne Radarreflektor?"

„Der ist doch ..." Ich sah nach oben in den Mast. Die dicke weiße Wurst, die sonst vor der Mastspitze stand und jeden Radarstrahl sauber zurückechote, fehlte. Wie blöd war ich eigentlich, dass mir das nicht schon in Stornoway aufgefallen war?

„Wir brauchen ihn heute nicht. Aber eigentlich sollte man immer einen Radarreflektor führen. Überhaupt als hölzernes Schiff. Auf einem Radarschirm gibt die *Opa Reimer* sonst praktisch kein Echo und könnte im Zweifel schnell mal untergebügelt werden."

Wem sagte er das?

„Als Gerd die *Opa Reimer* übernahm, hat sie oben am Mast das Ding geführt. Ich habe es selber im Winterlager angebracht, als wir die ganze Elektrik durchcheckten. Er muss es unterwegs verloren haben. Aber wie?"

Callum schnippte seine Zigarette über Bord. „Gerd hat sie nicht verloren. Er hat sie abgeschraubt. Sie liegt vorne unter meiner Koje. Wir können sie ja heute Abend anschrauben."

„Warum hat Gerd das Ding abgebaut?"

Callum zuckte nur mit den Schultern. Vielleicht störte sie den Radioempfang oder den Segelstand oder den Verklicker oder den Windmesser.

Immerhin war das schon seltsam.

„Gib mir doch mal das Logbuch hoch aus dem Schapp. Das alte, das von Gerd. Danke."

Ich blätterte von hinten nach vorn.

Und da stand unter dem Datum vom Freitag, dem 19. Juli: „Radarreflektor abgebaut."

An dem Tag hatte die *Opa Reimer* in Port of Ness gelegen. Es war eine der letzten Eintragungen. Jede Erklärung für das Abmontieren fehlte.

„Heute Abend bauen wir den Reflektor wieder an", schlug Callum vor und nickte nur, als ich ihm das Datum des Abbaus nannte.

Draußen trafen wir frischen Wind, der die klare See in kleinen Wellen hüpfen ließ. Er brachte eine Spur von Landgeruch mit sich. Unter der frühen Sonne sah ich drüben die Nordspitze der Insel Skye und weit dahinter wie einen graublauen Rand das schottische Festland.

Harris an Steuerbord war noch ungegliedert, ein grauer Buckel, der nicht enden wollte, gelegentlich von Brandung beleckt und mit Inselchen garniert.

Es war gerade so kühl, dass ich einen Troyer noch vertragen hätte. Callum trug eine dicke Leinenbluse, die Ärmel hochgerollt. Mir fiel wieder auf, dass er nicht tätowiert war. Das schien mir für einen Mann, der zwanzig Jahre in der Royal Navy gedient hatte, ungewöhnlich.

Um mich warm zu machen, ging ich nach vorne. Tau sprühte aus den Falten des Großsegels, als ich es setzte. Die Winsch lief gut gefettet geräuschlos.

Die Fock hatte Callum gestern Abend nicht einfach in den Sack gesteckt, sondern sie, so gut es möglich war, gefaltet, so dass sie jetzt, als ich die Fall anschlug und dichtholte, leicht nach oben stieg und sich sofort füllte. Ich nahm den Sack mit nach achtern.

„Etwas anluven sollten wir, denke ich. Wir haben dann bei Renish Point mehr Raum."

Wir folgten der Küste in drei Seemeilen Abstand mit halbem Wind.

Es war Zeit für die Morgenpfeife.

Der Tabak, gepresster blonder und dann in Scheiben geschnittener Tabak mit einem schwarzen Herzen, ließ sich in meiner Hand zu langen Fasern zerreiben, zu einem lockeren Propf drehen und in den Pfeifenkopf schieben. Das zweite Streichholz brachte ihn zum Brennen.

Auch Callum hatte nichts gegen einen Becher Tee, und so hockten wir oben bei Ostwind an einem frühen Morgen unter glänzendem Himmel in hüpfender See mit fünf Knoten Fahrt vor einer menschenleeren Küste. Weit südlich von uns sah ich Kutter auf dem Wasser tanzen und aus dem Glanz der See kamen uns zwei Segel entgegen, blieben weit an Backbord. Im Glas sah ich, dass sie die englische Flagge führten, den Red Duster, die rote Flagge mit dem vielfachen Kreuz weiß und blau in der Gösch.

Möwen lärmten in der Ferne, in den Segeln sirrte der Wind, die Flagge am Stock schlapperte und die kleinen Seen rauschten an der *Opa Reimer* entlang: Glück in der Stille. Ich sah dem Rauch nach, den mir der Wind aus dem Mund zog, schützte die Glut im Pfeifenkopf mit der Hand und schloss die Augen. Was willst du eigentlich mehr?

Du hast dich wieder an dein Schiff gewöhnt, schwingst mit ihm durch alle Zeiten und alle Räume in großer Helligkeit, alles Laute ist verweht und der Wind in deinem Gesicht lässt dich spüren, dass du auf Kurs bist.

Callum steuerte und schwieg. Ich blinzelte in die Sonne. Er stand, die Pinne mit dem linken Oberschenkel führend, die linke Hand lag locker auf dem polierten Holz.

Unten klickte sich das Radio an. BBC 4 mit dem Wetterbericht. Wir hörten beide schweigend zu. Nickten uns an. Der Wind würde etwa noch drei Tage so durchstehen. Ein neues Tief bildete sich erst westlich von Grönland. Ehe wir Rodel querab hatten, sollte ich die Wetterkarte ins Logbuch eintragen.

Denn danach würden wir verdammt exakt navigieren müssen mit Karte und Peilkompass an Deck. Ich stand auf und holte aus der Backskiste die Lotleine.

Callum nickte.

Natürlich hatte die *Opa Reimer* ein Echolot. Doch nicht nur bei Pfadfindern gilt der Rat: Sei bereit.

Unten sah ich mir den Übersegler noch mal an. Wenn der Sound of Harris schon als gefährlich galt, wie nannte man dann die Durchfahrten zwischen den anderen Inseln? Zwischen North Uist und Benbecula wagte ich mich nicht einmal mit Blicken durch, so schmal und felsengespickt war das Wasser. Die Enge zwischen Benbecula und South Uist konnte man bei Niedrigwasser zu Fuß überqueren, und zwischen South Uist und Barra und den kleinen südlichsten Inseln sah es ähnlich wirr aus wie im Sound of Harris. Entweder ging man also durch den Sund südlich von Harris oder umrundete Barra

Head ganz tief im Süden. The Sea of the Hebrides war ein schmales Stück Wasser, das im Little Minch noch enger und im North Minch wieder breiter wurde. Die Empfehlung in allen Karten und allen Handbüchern lautete für Dickschiffe: außen rum. Daran hielt man sich offenbar. Denn wir hatten bisher neben Seglern nur Fischer und Fähren gesehen – immer wieder Caledonian MacBrayne's, die wohl alle Inseln bedienten.

Aber ganz so schlimm – jedenfalls bei stabilem Wetter – konnte es in den schiffbaren Passagen doch nicht gewesen sein. Gerd und Ute hatten sich hier durchgewagt und das hatte ihnen vermutlich Spaß gemacht.

Ich würde den Stanton Channel durch den Sund nehmen, die Passage dicht unter der Küste von Harris, es sei denn, der Wind drehte südlicher. Dann wäre Cope Passage vernünftiger. Callum tat schon klug daran, die Entscheidung erst zu fällen, wenn wir Rodel querab hatten. Am Renish Point müssten wir's wissen.

Ich hatte getan, was vorzubereiten war, und stieg nach oben. Es war wärmer geworden, die Sonne stand hoch, das Licht schmerzte fast schon. Ich zog meine Mütze tiefer in die Stirn und setzte meine Sonnenbrille auf.

Das Land war jetzt gegliedert und zeigte Farben zwischen Hellgrau und tiefem Schwarz, mit weißen Brandungsrändern, braunen Teppichen, in die violette Spuren gewebt schienen, und immer wieder große Flecken Grün. Buschgruppen waren immer noch selten. Und nirgendwo Gebäude.

Auch Rodel, am nördlichen Ufer von Loch Rodel, war von See her kaum zu entdecken. Erst mit dem Glas kam die Kirche durch. Ein viereckiger Turm mit niedriger Spitze hinter Zinnen, ein steingedecktes Dach, braungrau das alles wie die Felsen, in die sich der Ort drückte. Bei Westwind, also fast immer, dürfte dieser Fjord guten Schutz bieten.

„Der Wind ist stetig, geht allenfalls nördlich", meldete sich Callum. „Also sollten wir unter der Küste laufen, den Stanton Channel nehmen."

Ich schlug noch mal im Reed's nach. „Wir werden eine schnelle Passage machen, Callum. Der Strom läuft sechs Stunden mit uns. Also dann, fall ab, Callum, auf 310 Grad am Ruder. Wir lassen Dun-aarin an Backbord."

„Da liegt es", sagte er. Ein eckiger, recht hoher Block, den ich auf der Karte abhakte. Dann folgten auf eineinhalb Seemeilen vier größere Brocken mit Namen, die klangen wie alte Whiskies. Die dazwischengestreuten Felsen waren flach und unauffällig.

Callum bückte sich und deutete nach vorn. „Siehst du die Insel genau voraus? Dubh Sgeir. Der Turm trägt ein rotes und ein schwarzes Band. Nimm das Glas, er ist nur neun Meter hoch."

Wir luvten an, gingen etwas dichter unter Land. Manche der Felsen an Backbord sahen aus wie Holzstämme, die im Wasser trieben. Bei Ostwind und südlichem Licht waren sie leicht zu erkennen, aber ich konnte mir auch leicht häsiges Wetter vorstellen mit westlichen Winden und einem kräftigen Schwell. Dann hätte ich nicht so gerne hier sein mögen.

Wir liefen jetzt rechtweisend 325 Grad. Der rot-schwarz gestreifte Turm war inzwischen schon mit bloßem Auge leicht zu erkennen.

Callum steuerte sicher und prüfte immer wieder unter den Segeln hindurch das Wasser voraus. Das Echolot lief, zeigte aber keine plötzlichen Steigungen oder Stürze.

„Rechts voraus ist Leverburgh!"

Eine Häusergruppe zwischen Felsen am Fuß einer kräftig steigenden Schräge. Unten fast am Wasser eine schmale Straße, über die ein Auto nach Osten zockelte. Die Straße bog hinter dem Ort ab, klomm auf die Schulter des Berges, wo sie in eine breitere mündete.

„Von Lord Leverhulme gegründet!", sagte Callum nur. „Ich erzähl dir später mehr. Das gibt's auch: einen Engländer, der verdammt viel für die Insel getan hat."

Die Karte zeigte einen kleinen Hafen mit einer winzigen Pier. Offene Boote lagen halb auf den steinigen Strand gezogen. Ob hier wohl jemals größere Boote festgemacht hatten?

Mein Handbuch empfahl, rechtweisend 287 zu laufen und

zwei Steinhaufen mit Baken in Deckung zu halten, die backbord auf im Nordzipfel der Insel Ensay lagen.

„Wir müssen mächtig abfallen!“

Witzigerweise stand auf Red Rock im Nordwesten nicht ein roter, sondern ein grüner Turm, unbefeuert. Wir luvten wieder an und hielten ihn auf rechtweisend 330 Grad.

„Wir haben an Backbord voraus ein paar Untiefen, vielleicht Felsen. Siehst du die, Callum?“

„Aye, aye, Sir!“, sagte er nur. Zwei auseinanderliegende flache Felsen gab die See immer wieder mal frei. Als wir sie klar an Backbord passiert hatten, zündete sich Callum eine Zigarette an.

„Das war's“, sagte er. „Wir sollten Red Rock an Steuerbord lassen. Und dann haben wir offenes Wasser.“

Ich fand, es sei an der Zeit für eine Pfeife Tabak.

„Bei unsichtigem Wetter wäre ich nicht so gern hier“, sagte ich.

„Wir sind's öfter mit Radar gefahren. Hier steht bei Westwind wirklich eine ekelhafte See.“

„Ist da drüben in Leverburgh nicht der Hund begraben? Harris ist eh fast menschenleer – und dann hier der tiefe Süden … Wer wohnt denn hier?“

„Fischer und Crofter. Und, wie überall, Weber.“

Nach dem anstrengenden Navigieren und Steuern tat es Callum offensichtlich wohl zu reden.

Der Wohltäter Leverhulme hatte die gesamte Insel Lewis mit Harris nach dem Ersten Weltkrieg gekauft. Und eine Gesellschaft gegründet, die sich um die Entwicklung der Insel kümmerte. William Hesketh Lever, später Lord Leverhulme, hatte 1890 die Firma Lever Brothers gegründet, mit Seife ein Vermögen verdient und aus seinem Unternehmen Unilever gemacht.

„Und dann investierte er 875 000 Pfund Sterling in die Entwicklung der Insel. Er kaufte Fischerboote, errichtete eine Fischfabrik, eine Eisfabrik, ließ Straßen anlegen und Brücken bauen, zog sogar eine Kleinbahnlinie über die Insel. Ein Mann mit Fantasie. Er wollte Flugzeuge einsetzen, die auf See Heringsschwärme ausfindig machen sollten. 1923 musste er aufgeben. Er stiftete 64 000 Acker Land den Bürgern der Stadt Stornoway. Als er sich von der Insel zurückzog, ging's hier bergab. Eintausend gesunde Männer mussten nach Nordamerika auswandern. Ein Aderlass, an dem wir hier immer noch leiden. Der Ort, der jetzt Leverburgh heißt, hieß früher mal Obbe und sollte nach dem Willen des Lords ein gewaltiger Fischereihafen werden. Und wurde wieder ein verschlafenes Dörfchen, das seinen Namen trägt."

Ich merkte Callum an, wie erleichtert er sich fühlte.

Ich ging ans Ruder. Red Rock blieb gut an Steuerbord.

Callum breitete die Karte auf der Bank aus. „Ich schlage vor, wir laufen hier um Toe Head rum, die Halbinsel mit dem gewaltigen Berg. Was hältst du vom Schwimmen? Wir könnten bei dem fabelhaften Wind vor dem Strand von Scarasta ankern und ein bisschen schwimmen. Und dann denke ich, gehen wir noch mal ankerauf und bleiben die Nacht über westlich von Aird Nisabost, dieser kleinen Halbinsel. Und morgen machen wir dann einen ruhigen Schlag nach Great Barnera zu Niall und Katrin. Falls die zu Hause sind."

„Ich könnte sie über Funk erreichen."

Callum schüttelte den Kopf. „Von hier aus geht das nicht. Die Insel blockt alles ab nach Stornoway rüber. Hier ist ein Funkloch – seit es Funk gibt. Aber das macht ja auch nichts. Also, wollen wir?"

Ich wünschte mir manchmal, ich würde Gälisch verstehen. Die Sprache schien Witz zu haben. Denn die Halbinsel, die wir rundeten, sah mit ihrem Berg wirklich aus wie ein riesiger Zeh, und der ursprüngliche Name kam ja aus dem Gälischen.

Wo er am Festland wurzelte, dehnten sich Salzwiesen und ein gewaltiger Sandstrand, der in flache Dünen überging, die in Wiesen ausliefen, die in Heidekraut endeten. Das trennte die gut ausgebaute Straße abrupt von den ansteigenden Bergen.

Um nicht kreuzen zu müssen, liefen wir weit an Toe Head vorbei und dann auf einem langen Schlag nach Südost auf den Strand zu. Im Glas sah ich, dass er menschenleer war, ein einziges Auto war zu erkennen, ein langsam fahrender Lieferwagen. Und irgendwo weiter nördlich standen an der Straße ein paar Häuser.

Feinen Sand gab die Karte als Ankergrund an – und fein war er dann auch. Ich erinnerte mich an eine ähnliche kleinere Buch an der Südküste Menorcas. Blaues Wasser, weißer Sand. Beim Tauchen hatten wir unter dem Sand dicht an dicht Plastiktüten liegen sehen.

Hier war der Grund so sauber wie das Wasser. Wir tauchten. Ich sah mir die *Opa Reimer* von unten an, die wie ein großer Zeppelin in blauem Äther schwebte. Atemlos kam ich hoch und folgte Callum, der schon voraus an den Strand geschwommen war. Der Atlantik war kalt, Golfstrom hin, Golfstrom her. Ich zitterte etwas, als ich auf den harten Sand traf. Der Wind wehte scharf die Bergflanken hinunter und ich lief mich warm.

So etwas wie der Strand von Scarasta wäre weiter südlich, in England, überlaufen gewesen. Dicht an dicht hätten Badende gelegen und an der Uferstraße Bude an Bude gestanden. Hier war das lauteste Geräusch der Schrei einer Möwe, die um eine Windgrasinsel kreiste. Vom Land her wehten vertrocknete Grasballen über den flachen harten Strand.

Ich sah mich um. Blendend weiß der Sand, dann der Strich Brandung, tiefblau die See, auf der tropisch grün die Insel Taransay schwamm, fern wie ein unerfüllter Wunsch. Und über allem stahlblauer Himmel, durch den Sahnewolken trieben. Der Wind trocknete uns schnell.

„Es ist ja unglaublich schön hier!“, rief ich Callum zu.

„Sagst du mir das? Ich kenne schottische Segler aus Glasgow, die sind im Mittelmeer gesegelt, um die Balearen und bei Griechenland. Und kamen schnell zurück. Das haben wir ja in den Hebriden alles selber – und noch viel mehr.“ Er warf eine Handvoll Sand in die Luft, den der Wind davontrieb. „Da drüben ist ein Hotel. Aber selbst, wenn alle Gäste gleichzeitig hier am Strand wären, wären sie kaum zu sehen. – Ein schönes Schiff, nicht wahr?“

Ich stimmte zu. „Sie macht Arbeit. Im Winter habe ich gut zu tun. Aber es lohnt sich.“

Wir schwammen zurück, ich zog an der *Opa Reimer* vorbei nach draußen, das kalte Wasser und die kräftigen Bewegungen taten mir gut.

Als ich an Deck zurückkletterte, hatte Callum sich schon angezogen und frischen Tee gebrüht. Der Pullover wärmte mich, der Tee ebenso und der Smoke vor dem letzten Schlag heute. Wir segelten dicht unter Land auf Aird Nisabost zu. Vier Autos hielten auf der Uferstraße. Leute stiegen aus und winkten. Ich beobachtete sie im Fernglas. Ein Mann fotografierte uns mit einer Kamera mit langer Vorsatzlinse.

„Traigh Nisabost", las ich in der Karte. Es sprach sich wie „Träch" aus, mit einem rauen, harten ch am Ende, und bedeutete „Strand von Nisabost". Doch was Nisabost bedeutete, wusste auch Callum nicht.

Es lag am Südende einer gewaltigen Bucht mit scheinbar grenzenlosem Strand, durch den sich Priele zu schlängeln schienen. Das Handbuch warnte, den Strand zu betreten. Er sei tückisch und halte manchmal kleinere Yachten fest, die trockengefallen waren.

Seemannsgarn?

Auf 57 Grad und 52 Minuten Nord und 6 Grad und 58 Minuten West ließen wir um 18.00 Uhr den Anker fallen.

17.

Über die Standing Stones von Callanish wusste Callum viel zu erzählen und ich gebe zu: Das Geheimnis, das sie immer noch umgibt, wird durch alten Whisky noch tiefer – vor allem, wenn Tabakrauch sich in die Worte mischt.

Wir hockten oben in unseren Düffeljacken. Anderthalb Meilen nördlich von uns lag die Insel Taransay wie ein ungeheurer schwarzer Schatten auf dem Wasser. Sie, die am Nachmittag grün wie eine Tropeninsel gelacht hatte, drohte jetzt dunkel.

„Seltsamerweise finden sich die meisten Steinmonumente in Meeresnähe – frag mich nicht, warum. Oder frag mich doch."

Und dann holte Callum ganz weit aus.

Um sicher navigieren zu können, muss man alles über Tiden und Strömungen kennen. Wann setzen sie ein, wann sind sie stärker, wann gar nicht zu spüren? Für all das nützt das Wissen um Ebbe und Flut wenig, denn das sind kurze Zeitspannen, die man leicht zwischen Sonnenaufgang und Sonnenuntergang einordnen kann. Wann aber kommen im Jahresablauf die Stürme, wann die Kälte, wann die Hitze und die Flauten des Sommers? Ab wann kann man säen, will der Bauer wissen – und wann spätestens muss man geerntet haben?

„Wie kann man Zeit messen ohne Uhr? Stunden sind einfach. Tage auch. Aber dann? Warum haben wir eigentlich vier Jahreszeiten?"

Offenbar war die Einteilung des Jahres in vier Zeiten erst eine späte Erfindung des Menschen. Man kann sehr leicht festhalten, wann es kalt ist und nichts wächst. Der Winter, so Callum, kann bereits Ende Oktober beginnen. Und das erste Grün kommt bereits im Februar, die ersten Früchte erntet man schon im Juni. Also kommt man gut mit drei Jahreszeiten aus – Frühling beginnt am 21. Februar, Sommer am 21. Juni und der Winter am 21. Oktober.

Das musste man erst einmal schlucken. Aber kam es um diese Stunde und an diesem Ort auf Wahrheit oder Unterhaltung an? Ich trank Callum zu.

Wie auch immer, der Mensch musste seine Zeit einteilen. Und da die Altvorderen viel besser als wir beobachten konnten, ehe sie ihre Schlüsse zogen, und vieles auswendig lernten, was wir in Büchern aufheben, wussten sie vermutlich, wann die Tage länger, wann sie kürzer werden, kannten die kürzeste Nacht, kannten den kürzesten Tag. Und andere wichtige Ereignisse. Wenn man dann noch annimmt, dass sie in Gestirnen Götter vermuteten, ist es eigentlich nicht weiter verwunderlich, dass sie wissen wollten, wann die Ereignisse eintraten.

Und so kam es, laut Callum, zu solch riesigen Anlagen vor allem in Nordeuropa am Rand der Meere – von der Bretagne bis zu den Hebriden. Zu Ende der Bronzezeit, also zwischen 3000 und 1500 vor Christus, waren die Hebriden besiedelt worden, und aus dieser Zeit datieren die Steine von Callanish.

„Man kann über sie peilen, wie über einen Kompass. Und es gibt einen klugen Deutschen, der darüber ein ganzes Buch geschrieben hat. Hellmuth hat lange in Breasclete gelebt und die Steine und die Anlage vermessen."

Natürlich kannte Callum ihn. Ich vermute, nicht nur aus langen Erzählabenden wie diesem. Denn immer, wenn ich nachfasste, wusste Callum eine Antwort.

Heute stimmen nicht mehr alle Maße, weil die Erdachse sich verschoben hat. Man hat also alle Maße in ein überaus kompliziertes Computerprogramm gegeben und es dann rückwärts rechnen lassen.

„Zu Mittsommer zum Beispiel kann man ganz genau den Sonnenaufgang und den Sonnenuntergang bestimmen. Oder umgekehrt. Wenn in der warmen Jahreszeit die Sonne über der Fluchtlinie A aufging und am selben Tag über der Fluchtlinie B sank, dann war der längste Tag des Jahres vergangen und die Tage wurden kürzer. So maß man den tiefsten Punkt im Winter. Und die drei anderen, von denen ich eben sprach. Bei manchen dieser Linien weiß man allerdings nicht, was sie bedeuten. Vielleicht geben sie Himmelsrichtungen an, die andere sind, als die, die wir kennen."

Ich würde in dieser Nacht tief und fest schlafen, dank gutem Whisky und langem Segeln. Sonst wäre ich wahrscheinlich in irgendwelche Sternmärchen getorkelt, wäre Stories nachgelaufen, die Callum auch noch auf Lager hatte.

„Es gibt ernst zu nehmende Leute, die meinen, die europäische Kultur stamme aus dem Westen. Aus Atlantis. Einige Atlanter konnten sich retten, als ihr Land versank, und brachten ihr Wissen in die Leere Europas mit. Sie siedelten zuerst an den Küsten und ließen hier ihre Zeitmesser zurück und wanderten dann die Flüsse hinauf."

„Wir haben noch viel See vor uns, Callum, da kann ich mir all deine Stories in Ruhe anhören. Gute Nacht."

„Cadal math dhuit", antwortete er.

18.

„Ciod an uair a th'ann?", meldete sich Callum am nächsten Morgen im Niedergang. Und als ich ihn verständnislos ansah, meinte er grinsend: „Tha gaoth mhór an!"

Der Ost hatte in der Nacht aufgefrischt. Und nach dem Wetter hatte Callum sich auf Gälisch erkundigt und sich die Frage selber beantwortet: „Es bläst sehr!"

Die *Opa Reimer* ruckte an ihrer Kette.

„Wir sollten bald ankerauf gehen!"

Dennoch verzichteten wir nicht auf unser Frühstück. Schließlich hielt es uns den ganzen Tag über satt, von ein paar Crackern oder Riegeln zum Tee mal abgesehen. Groß gegessen wurde erst wieder abends. Wenn Katrin Mennie zu Hause war, würden wir sicher bei ihr eingeladen. Wir könnten aus unserer Speisekiste ja was beisteuern.

Zum Tee förderte Callum eine Dose Kekse auf den Tisch, denn unser Brot war ausgegangen. Eine rechteckige blaue Blechdose, bunt bedruckt. Sie zeigte einen Square Rigger unter Vollzeug in stürmischer See und schwungvoll verkündete ein Schriftzug *Sailor's Delight*, Freude des Seemanns. Callum riss ein Band auf, mit dem die Dose versiegelt war, und wir genossen ziemlich harte, sehr kräftig schmeckende Kekse, die geradezu nach Löffeln voller Orangenmarmelade lechzten.

„Moment mal!" Ich bückte mich und holte unter dem Navigationstisch die Dose hervor, in der in das Öltuch eingewickelt der Revolver lag. „Die gleiche Dose!"

„Ja", sagte Callum, „genauso ist es. Die Dosen gibt es nur in einem einzigen Supermarkt in Stornoway. Sie kommen aus Sheffield und werden speziell für die City Bakery in Stornoway angefertigt. Und die gibt sie nur über den einen Supermarkt ab. Gleichschmeckende Kekse nach demselben Rezept, nur in anderer Form gebacken, gibt es in anderen Dosen in anderen Läden. *Sailor's Delight* nur hier."

Wieder einmal war ich verblüfft. Es gab wohl nichts, was Callum über die Insel nicht wusste. Bis hin zu Blechdosen, ihrer Herkunft und ihrer Verbreitung war ihm nichts unbekannt, was auf Lewis und Harris geschah.

„Heißt das", fragte ich, „dass Gerd die Waffe in Stornoway bekommen hat? Er suchte nach einem passenden Behältnis und leerte die Keksdose. Das heißt", verbesserte ich mich, „er kann sie von jedem Fischer bekommen haben, den er unterwegs getroffen hat. Nein, die Dose bringt uns nicht weiter." Ich legte die schwere Blechbüchse mit dem Revolver unter den Navigationstisch zurück.

Callum schwieg und stellte das benutzte Geschirr zusammen. Dann standen wir an der Karte.

„Wir sollten zwischen Taransay und South Harris durchsegeln, also etwa drei Meilen nach Norden."

„Ja", sagte Callum. „Den Strom können wir hier vergessen!"

„Dann unter North Harris entlang mit ziemlich achterlichem Wind, bis wir gut an Scarp vorbei sind. Zwei Stunden werden wir dazu brauchen. Und dann, denke ich, laufen wir weit draußen, frei von allem Schmutt, parallel zur Küste bis Gallan Head, drei Stunden, schätze ich. Dann setzen wir Kurs auf Old Hill ab und gehen ins East Loch Roag zu Katrin Mennie auf Great Bernera. Das kann ein ziemliches Gegenan bedeuten. Ich rechne mal mit zwei Stunden. Also, in acht, neun Stunden sind wir da."

Natürlich kochte das Wasser für den Tee in der Thermoskanne schon. Als er sie zugeschraubt hatte, schlüpften wir in unsere Düffeljacken und sahen uns draußen um.

Cirrus über dem Land. Die Ostwetterlage würde sich nicht mehr allzu lange halten. Wieder einmal hatten die Wetterfrösche mit ihrer Vorhersage recht, sich nur im Datum geirrt. Der gute Ostwind hatte ursprünglich noch drei Tage durchstehen sollen.

Taransay sah im Morgenlicht leer und abweisend aus, steinkalt. Selbst Schafe am Hang machten es nicht freundlicher.

Unter North Harris mit achterlichem Wind zu segeln, war überaus genussreich. Callum war auch hier ein sicherer Rudergänger. Ich suchte mit dem Glas die Küste ab. Mein Blick blieb an einer Gruppe Leute hängen, die am Strand um einen Haufen Holz herumstanden. Sie trugen so etwas wie Uniform, alle schwere, hohe Schnürschuhe und graubraune Hosen und Pullover – und Mützen wie Callum.

„Sag mal, macht die Navy hier noch Übungen? Oder die Army?"

„No, Sir! Auf Harris läuft nichts mehr. Auf Benbecula gibt es noch eine Raketenabschussstelle, aber die wird nur noch selten benutzt. Soweit ich weiß, üben die Briten bei den Amis in der Wüste."

Er bat trotzdem um das Glas und ich übernahm das Ruder. Den ehemaligen Navy-Mann interessierte die Gruppe Männer mehr als mich. Er sah ziemlich lange hinüber.

„Und?", fragte ich, als er sich setzte und das Glas ins Schwalbennest zurücklegte.

„Abenteuerschulen. Es gibt drei auf der Insel. Die erste hat ein Hauptmann Ridgway gegründet, der mal über den Atlantik gerudert ist. Die zweite ein Großwildjäger aus Indien namens Miller. Und die dritte, die eigentlich viel weiter nördlich operiert, hat ein Mensch namens Kirk Shaunassy vor zwei Jahren aufgemacht. Er hat eigenes Gelände, Land ist ja hier billig zu haben. Er bildet Privatleute zu Freizeitrangern aus. Richtiges Härtetraining offenbar, kein reines Vergnügen. In Shaunassy's Camp gibt's sogar einen Doktor, einen pensionierten Stabsarzt der African Rifles aus Kenia. War mal ein berühmtes Regiment."

„Ich wette, du kennst die Farbe seiner Augen!"

Callum grinste breit. „Blau. Aber warum spottest du? Ich kann mir eben Dinge gut merken."

„Und was machen die da jetzt?"

„Ich habe zwei Gruppen beobachtet. Die eine arbeitet mit Treibholz und versucht, ein Feuer auf dem Strand in Gang zu setzen. Die zweite schaufelt Löcher in den Sand. Einer zog sich sein Unterhemd aus. Die versuchen, Wasser zu filtern. Alles Härtetraining."

„Tja", sagte ich, „wozu das wohl gut sein soll?" Und dann fiel mir ein, dass ich nach meinem ersten Besuch auf Great Bernera auf der Rückfahrt mitten auf der Insel plötzlich von solchen Freizeitrangern gestoppt worden war. Sie hatten Schafe auf die Straße gelegt, wie, wusste der Teufel, und ich hatte halten müssen.

Ich erzählte Callum davon.

„Das kann man leicht lernen. Eine dünne Schnur reicht schon!"

„Du weißt wirklich alles, old man!"

„Na, als Harris Man bestimmt alles über Schafe!"

Was macht eigentlich ein Mensch mit solchen Kenntnissen? Sie waren doch im zivilen Leben zu nichts nütze. Aus feuchtem Holz ein Feuer, Brackwasser durch Sand gefiltert trinkbar machen, Schafe mit einem Trick ruhigstellen – was soll das nützen?

Die raue Küste von Südharris, an der ich sogar Wald- und größere Buschflecken entdeckte, lud offenbar dazu ein. Denn eine halbe Meile weiter nördlich rasten Männer in Schwimmwesten mit Gummirettungsbooten auf den flachen Strand, sprangen ins knietiefe Wasser und rannten, das Boot zwischen sich, den Strand hoch. Ein Mann stand breitbeinig abseits, die Hände in die Hüften gestützt.

Irgendwo in einem abgelegenen Moor würden diese verrückten Freizeitranger vielleicht auch noch Schießen und Messerwerfen üben. Oder mit der Armbrust umzugehen. Oder andere weniger feine Methoden, jemanden aus dem Leben zu befördern.

„Ich halte nichts von solchem sinnlosen Zeug. Es verführt Leute zu falschen Schlüssen. Sie glauben, mit allem fertig werden zu können. Dabei wäre es ganz gut, sich zu bescheiden. Oder rückt jetzt Britanniens Jugend in Urwald, Steppe und Wildnis?"

„Pfadfindertradition", sagte Callum. „Lord Baden Powell, der Gründer der Pfadfinder, war immerhin britischer Armeegeneral im Burenkrieg vor neunzig Jahren."

„Das sind da drüben dann wohl die Ausläufer der Träume vom Empire. Teebeutel und Ranger, irgendwie kriege ich das nicht im Kopf zusammen."

„Lass denen ihren Spleen", lächelte Callum. „Wahrscheinlich macht ihr Deutschen auch was ähnlich Verrücktes."

Mit Scarp querab trafen wir auf eine Atlantikdünung. Der Ozean atmete. Wir luvten an und gingen auf Nordostkurs. Der Rhythmus der Yacht wurde ein anderer.

Sie flog in dem steifen Ost die von Nordwest anrollende Dünung empor und rauschte fröhlich zu Tal. Es wurde feucht. Wir stiegen ins Ölzeug.

An der Kimm sahen wir Dampfer. Wir liefen in spitzem Winkel auf den Dampfertrack zu. Bei Gallan Head würden wir ihn fast berühren.

Ich gab es nach den ersten Beobachtungen auf, die Nationalitäten zu notieren. Es war das übliche bunte Gemisch an Billigflaggen, unter denen für meinen Geschmack viel zu selten mal was Nordeuropäisches auftauchte. Zwei polnische Fischdampfer liefen in den Atlantik und dann sah ich auch einen deutschen Frachter mit nordöstlichem Kurs. Ein großer deutscher Containercarrier marschierte mit hoher Fahrt nach Südwesten. Dem war vermutlich der Ärmelkanal zu eng – oder die Fracht war für jene Gewässer verboten. Natürlich, ich hatte es fast vergessen, draußen konnte ja jeder tun, was er wollte. Wem das Verklappen von Abfällen in der Nordsee zu viel guten Ruf kostete, ließ das Zeug in den Atlantik kippen. Etwas höhere Frachtkosten, aber weniger rufschädigend. Man musste nur weit genug hinausfahren. Dank Radar war man ja schnell allein und wo kein Kläger war, gab es auch keinen Richter.

Ob Gerd so etwas beobachtet hatte? Der Gedanke war schon einiges Nachlaufen wert. Aber dann siegte der Verstand. Nein, zwei Leute gehen auf einer kleinen Yacht nicht auf den Atlantik raus und gefährden sich und das Boot. Man würde sie immer entdecken und dann, wie das Leben so spielt, unterbügeln – wenn man keine Skrupel hatte. Die *Opa Reimer* ohne Radarreflektor war zwar kaum auszumachen, aber woher sollte Gerd wissen, wo das Zeug in den Atlantik gekippt wurde. Sensationen dieser Art waren zwar durchaus nach Gerds Geschmack, aber um zu guten Bildern zu kommen, mietete man ein Flugzeug oder einen Hubschrauber. Nein, mit meiner Yacht war Gerd solch einer Story nicht nachgejagt.

„Was ist mit dem Wind?“, unterbrach Callum meine Gedanken.

„Ich glaub, er kommt nördlicher.“

Die *Opa Reimer* lief nicht mehr so fröhlich wie vorhin. Wir holten die Plünnen dichter, und das Segeln auf Old Hill zu wurde feuchter.

Da tat Tee gut, den Callum wie ich ohne Rum trank. Für einen Köhm war uns der Tag noch zu jung. „When the sun is under the yard-arm“, lautete die alte Navy-Regel aus den Tropen. Kurz vor Sonnenuntergang war nichts gegen einen Schnaps einzuwenden.

Vor der Sonne hingen Schleier, die Sicht nahm deutlich ab und das Licht wurde flacher. Die Küste an Steuerbord war verschwunden, voraus war das Inselgewirr vor Great Bernera erst zu ahnen, flach und unfreundlich. Die See hier oben hat viele Gesichter und sie wechseln schnell.

Ich machte meine Arbeit an der Karte und setzte unseren Kurs gut eine Meile nördlich von Old Hill ab. Das würde den Schlag nach Süden leichter machen. Doch zuerst steuerten wir wieder eine Huk an mit einem schönen gälischen Namen, den Callum auch nicht deuten konnte: Aird Laimishader. Ein kleines, acht Meilen tragendes Feuer, eine fünf Meter hohe Hütte und das alles sechzig Meter über dem Wasser. Ein Ansteuerungspunkt, der auch bei abnehmender Sicht nicht zu verfehlen war. Karte und Handbuch beruhigten uns – bis zum Pier in Dubh Thòb vor Katrins Haus war das Wasser frei von versteckten Felsen oder Untiefen.

„Sie müsste uns aus ihrem Atelier sehen können, wenn sie malt“, sagte Callum. Er suchte die Küste mit dem Glas ab. „Sie ist zu Hause. Rauch steigt aus dem Schornstein.“ Und dann gab er mir das Glas, löste mich an der Pinne ab. „Da siehst du die Standing Stones von Callanish auf 150 Grad!“

Sie waren von See her weniger auffällig als bei Annäherung von Land. Abweisend deuteten sie in den grauen Himmel. Ihre Größe war aus der Ferne kaum einzuschätzen. Warum standen sie so tief im Binnenland? Warum nicht auf einem Kap, weithin sichtbar?

Ich dachte Callums Erklärungen weiter. Wenn die Steine astronomische Standlinien geben, brauchen sie Land ringsum, damit die Peilung über zwei Steine oder einen Stein und eine feste Landmarke laufen kann. Unmittelbar an der Küste wäre das logischerweise nicht möglich. Ein zweiter Vorteil: So weit im Inneren eines Lochs fanden Schiffe sicheren Schutz. Ich konnte mir leicht vorstellen, dass astronomische Daten, die man bei Callanish erhob, überall wichtig waren. Der Tag des Frühlings, die Mittsommernacht wurden vermutlich durch Boten überallhin gemeldet. Gab es dreitausend vor unserer Zeitrechnung schon seegehende Schiffe? Wohl kaum – oder? Wie waren denn die ersten Siedler auf die Inseln gekommen? Mit Einbäumen oder Currachs, Booten aus Ästen und Rinderhäuten, die es heute noch in Irland geben soll? Oder hatte man trotz Steinzeit und fehlendem Eisen eine ähnliche Seemannschaft entwickelt wie die Bewohner der Südsee? Ehe Europa die Südseeinsulaner entdeckte, kannte man dort kein Metall. Man lebte in der Steinzeit, segelte aber bereits um ein Drittel der Welt – von Tahiti nach Hawaii und zurück. Warum sollte man hier oben im Norden nicht auch Anglerboote gebaut, Segel gekannt haben?

„Ankern wir oder gehen wir an die Pier?“ Callum holte mich in die Wirklichkeit zurück.

„Was schlägst du vor?“

„Bei unserem Tiefgang gehen wir nicht an die Pier. Gerd hat hier auch geankert.“

Es erforderte noch einmal große Aufmerksamkeit, die schmale Einfahrt zu finden, die Dubh Thòb verbarg. Wir bargen draußen die Segel, tuchten sie auf und liefen nur unter Motor in die kleine Bucht. Auf der Pier standen eine kleine Bake mit zwei grünen Feuern übereinander und auch Untiefen waren mit kleinen Feuern versehen. Der Anker fiel und hielt. Wir ließen unser Boot zu Wasser.

Offenbar wurde die Pier häufig benutzt. Reste von Tampen lagen herum, Fetzen von Netzen und ein verrosteter Schäkelbolzen. Doch nur Katrins Jolle lag auf dem groben Beton.

Ich sprang an Land und machte die erste Leine fest. Das

Haus von Katrin Mennie lag hoch über uns in fahlrosa Licht. Wir stiegen aus dem Ölzeug, hängten es unter Deck zum Trocknen auf, wechselten die Gummistiefel und hockten uns auf einen Smoke und ein paar Schnäpse in die Kajüte.

„Besanschot an!", sagte ich auf deutsch.

„Splice the main brace", nickte mir Callum zu.

Ins Logbuch trug ich ein: 18.30 Uhr an Dubh Thòb.

19.

Niall MacDougall war beim Abendessen nicht dabei. Wie Katrin sagte, hatte er in Edinburgh zu tun gehabt, war erst am späten Nachmittag in Stornoway gelandet und sicher zu müde gewesen, noch nach Dubh Thòb zu fahren. So saßen wir zu dritt in Katrins großer Küche. Sie hatte ein Hammelstew gekocht nach irischer Art mit Kartoffeln und Karotten, kräftig mit Kümmel gewürzt. Hammel war wohl die falsche Flagge für das zarte Fleisch. Lamm wäre richtiger gewesen. Offenbar hatte sie unseren Hunger richtig eingeschätzt und auch Niall noch erwartet. Denn es blieben in dem hohen eisernen Topf noch etwa zwei Teller übrig – die wir trotz allem Zureden und einem Verdauungsschnaps zwischendurch nicht mehr schafften.

„Tee?“, fragte Katrin.

Dazu passte der irische Whiskey aus Gerds Bordvorräten. Auch Katrin sprach ihm gern zu. Sie drehte sich ihre Zigaretten selber, ließ sich von Callum keine Schneiderware anbieten.

„Übrigens geht es Gerd besser. Ich habe lange mit Ute telefoniert. Sie lässt grüßen.“ Sie sagte das auf Deutsch, entschuldigte sich bei Callum und fragte, wie lange wir bleiben wollten.

„Eigentlich nur bis morgen früh.“

Sie winkte energisch ab. „Niall wollte Sie gern noch sprechen. Wenn er heute nicht kann, wollte er morgen um elf Uhr hier sein, zum Tee. So eilig habt ihr’s doch nicht, oder?“

Callum sah mich an. „Er ist der Skipper!“

„Ein Tag mehr macht den Kohl nicht fett“, willigte ich ein.

Da es weiter nördlich an der Westküste von Lewis keinen Hafen mehr gab, würde unser nächster Schlag sehr lang werden. Die Westküste von Lewis entlang mit dem Absprung am Butt of Lewis, dem nördlichsten Punkt über den North Minch, um Cape Wrath herum in den ersten Hafen an der Nordküste Schottlands, vermutlich in Loch Eriboll.

„Kann man hier Brot kaufen, Obst und Gemüse?“

„In Kirkibost, eine Viertelmeile von hier.“

„Okay, dann bleiben wir noch."
„Sie können hier duschen."

Das taten wir am nächsten Morgen. Ich war ins Dorf getrabt – ein paar weiße, mit grauen Steinen gedeckte Häuser entlang einer schmalen Straße – und kam mit frischen Broten zurück. Der Bäckerwagen hatte sie gerade abgeliefert.

Wenn man sich frisch geduscht an den Tisch setzt, schmeckt ein Frühstück doppelt gut. Und die Morgenmahlzeit in Katrins Küche war anders als bei uns an Bord.

Beim Porridge merkte ich noch nichts. Aber dann gab es gedämpfte Trockenpflaumen. Und statt Speck geräucherte Heringsfilets zum Ei. Sie wechselte die Teller und bot gebratene Lammnieren zu Tomaten an. Beim Toast gaben wir auf. Eine Scheibe mit selbstgekochter Orangenmarmelade war das Ende eines vorzüglichen Essens. Wir halfen abwaschen, und dann sahen wir Nialls Auto anrollen.

„Ich geh mal zu ihm", entschuldigte sich Callum, „Katrin kann dir ja alles über Gerd erzählen."

Das tat sie, während wir in ihr Atelier gingen. Die Fenster reichten nicht ganz bis auf den Boden, offenbar aus Respekt vor den Westwinden. Auf dem knarrenden Holzfußboden lagen ein paar handgewebte Teppiche, bunte exotische Muster, die sie aus Deutschland mitgebracht hatte. Der Hund hatte sich ein rotgetöntes Muster als Liegeplatz ausgesucht.

Am meisten überraschte mich, wie aufgeräumt das Atelier war. An der Wand stand eine Art offener Schrank, in dem sie wohl die fertigen Bilder vor dem Rahmen stehend aufbewahrte. Dann gab es ein großes Möbel mit vielen flachen Schubläden. Auf ihm lagen Steine, graue, kopfgroße, unbehauene Steine.

„Lewis Gneis. Die ältesten Felsen der Welt."

Ihre Palette lag auf einem Hocker. Gläser mit Farben drängelten sich in einem Kasten unter ihm, Pinsel reckten sich aus einer leeren, oben offenen Bierdose.

Die Staffelei stand leer.

„Ich habe die meisten Arbeiten nach Edinburgh verfrachtet. Da läuft eine große Ausstellung während des Festivals. Meine Galerie meinte, sie würden viel verkaufen."

„Sie leben also vom Malen!"

Katrin lächelte. „Ich bin nicht wohlhabend, aber ich lebe gut von meinen Bildern. Die Leute mögen sie."

„Sie haben wunderbare Farben", sagte ich. Was im Haus hing, weil Katrin es nicht verkaufen wollte, zeigte Farben, die ich immer wieder während der letzten Tage auf Harris gesehen hatte. Ich zeigte nach draußen. „Das sind Ihre Farben!"

Sie schüttelte den Kopf. „Die Farben sind nichts. Die finden Sie auch in Tweedstoffen. Das Licht macht es – nur das Licht. Malen hat mit Licht zu tun, mit nichts anderem." Ein kurzes Zögern. „Ich würde gern mal Ihren Kopf zeichnen. Man muss seine Hand üben. Würen Sie mir jetzt mal sitzen? Sie können rauchen und ich kann Ihnen dabei erzählen, was ich von Ute gehört habe."

Ich setzte mich und sah draußen Callum und Niall MacDougall den Pfad zur Pier hinuntergehen. Der alte Mann stützte sich schwer auf seinen Stock. Sein steifes Knie erlaubte ihm nur kurze Spaziergänge auf solchen Wegen.

„Sitzen Sie bitte ganz entspannt. Suchen Sie sich einen Punkt hinter meiner Schulter. Ich brauche etwa dreißig Minuten."

Ich hielt den Kopf, wie sie wünschte, doch aus dem Erzählen wurde nichts.

Sie schwieg lange. „Ihre Augen sind das Schwierigste an Ihrem Kopf. Wenn Sie lachen, kann man in ihnen lesen. Aber dann gibt es Augenblicke, da scheinen Vorhänge zu fallen. Aus – nichts geht mehr. Wenn ich Sie malen wollte, hätte ich Probleme."

Ich hatte eigentlich Spott über meinen Bart erwartet. Doch der einzige Kommentar war: „Der Mund ist in Ordnung!"

Sie schien durch mich hindurchzublicken, als sie hinter der Staffelei stand. Sie benutzte Kreide, und ich hatte gesehen, dass sie ein blaues Papier mit rauer Oberfläche auf ein Brett geheftet und auf die Staffelei gestellt hatte.

„Die Stirn – gut. Etwas zu kleine Ohren … Sind Sie musikalisch?"

„Überhaupt nicht!"

Dann trat sie drei Schritte zurück, stützte das Kinn in ihre rechte Hand, legte den Kopf zur Seite, wischte sich mit der linken Hand über ihre Hose und legte die Kreide auf das Möbel mit den Schubladen.

Sie drehte sich eine Zigarette, riss ein Streichholz an der Ledersohle ihres Stiefels an und setzte sich dann mir gegenüber. Der Hund wechselte seinen Platz, dehnte sich und legte sich zusammengerollt vor ihre Füße.

„Sie wissen, warum Gerd hier auf Harris war und warum er angeschossen wurde?"

Das Thema hatte ich überhaupt nicht mehr erwartet.

Irgendwann würde Gerd mir alles erläutern, hatte ich gedacht, wenn er aus der Intensivstation entlassen worden war. Ich hatte vor, die *Opa Reimer* nach Bensersiel zu bringen und dann umgehend nach Hamburg zu fahren. Callum könnte von dort zurückfliegen.

Also schüttelte ich den Kopf.

„Niall wird's Ihnen gleich sagen."

„Moment mal, was ist denn jetzt los? Warum haben Sie vor ein paar Tagen nichts gesagt?"

Sie drückte die Kippe in einer Blechdose aus, auf die sie einen Deckel drückte. „Können Sie sich das nicht denken? Wir kannten Sie nicht. Sie sagen, Sie sind ein Freund von Gerd und Ute. Nun ja, das ließ sich schnell bestätigen. Aber was für ein Freund sind Sie? Just a friend or a very good friend?"

„Und wie lautet nun Ihr Urteil?" Ich stopfte den Tabak in meiner Pfeife fester und hielt noch einmal ein Hölzchen an den Kopf. Draußen unten am Wasser sah ich Niall und Callum. Niall saß auf einem Betonpfeiler, um den der Festmacher unseres Bootes lief, und Callum hatte irgendwo eine leere Fischkiste gefunden, auf der er hockte.

„Callum findet, Sie sind in Ordnung, davon überzeugt er gerade Niall. Ute legt beide Hände für Sie ins Feuer. Und ich habe Sie gerade eben gezeichnet."

„Ach", sagte ich nur.

Katrin stellte sich vor mich, ich schob den Hocker zurück und nahm die Pfeife aus dem Mund. Sie fasste meine Arme mit beiden Händen und drehte mich zum Licht zurück. Auch der Hund hatte sich erhoben.

„Im Augenblick sagen Ihre Augen wieder gar nichts. Der Vorhang ist unten. Aber das dauert nicht lange. Wenn man jemanden zeichnet, dann entdeckt man den Menschen schnell. Wenn man jemanden malt, hat der kein Geheimnis mehr. Also setzen Sie sich wieder. Gerd ist auf dem Weg der Besserung."

Es musste ein sehr langes Gespräch gewesen sein zwischen Ute und Katrin, denn offenbar hatte sie viel über mich wissen wollen und sich dann ausführlich berichten lassen, wie es Gerd ging.

Noch immer Intensivstation. Aber jetzt war er bei Bewusstsein. Er hatte sogar schon gesprochen. Der Lungenschuss schien komplizierter zu sein als ursprünglich angenommen. Knochensplitter hatten sich in einen Lungenlappen gebohrt. Die Kopfwunde hatte nur den Schädelknochen aufgerissen, irgendeine Ader zum Bluten gebracht, doch das Gehirn selber war nicht verletzt worden.

Gerd würde sicherlich noch einige Wochen im Krankenhaus bleiben. Sobald es sein Gesamtzustand erlaubte, würde man operieren. Ob man einen Teil der Lunge entfernen würde, konnte Katrin nicht sagen.

„Aber jedenfalls ist er bald wieder auf den Beinen", sagte ich. „Und nun bitte den zweiten Teil der Story. Was wollte Gerd hier und warum wurde auf ihn geschossen?"

Katrin erhob sich. „Ich würde die Skizze gern behalten. Wenn Sie mehr Zeit hätten, würde ich Sie gern malen."

Sie fragte nicht, wie mir die Arbeit gefiel. Ich fand mich ähnlich mit zu vielen Schatten um die Augen. Eine gute Arbeit.

„Ich brühe jetzt den Elf-Uhr-Tee. Sehen Sie, Niall und Callum kommen schon."

20.

Der alte MacDougall sah müde aus, sein Hals schien mir hagerer, als ich erinnerte. Er trug hellbraune Halbschuhe mit dicken Stollensohlen, die ihm auf steinigen Wegen wohl besseren Halt gaben. Der Griff seines Spazierstocks glänzte von langem Gebrauch ebenso wie die metallene Spitze. Jetzt lag er quer über seinen Knien, als wir in der Küche vor dem Feuer Tee tranken.

„Sie wollen mir also alles über Gerd und die *Opa Reimer* hier erzählen?“, fragte ich ihn.

„Ja, obwohl wir es nicht müssen“, antwortete er. „Wenn Sie nichts wissen, geht es Ihnen besser. Zumal wir im Augenblick nur Vermutungen haben, zwar ziemlich feste, aber immerhin nur Annahmen. Viel haben wir von Katrin, die ausführlich mit Ute sprach, die wiederum auch nicht alles wusste, doch von Gerd gestern einiges erfuhr. Kein Gericht der Welt würde auf solche Aussagen etwas geben. Doch wir sind kein Gericht, sondern Verfolger. In ein paar Tagen haben wir für all das den Beweis – oder gar nichts in der Hand. Dann können Sie entscheiden, ob Sie uns glauben oder nicht.“

„Mich interessiert nur, wer warum auf Gerd geschossen hat. Ich würde mit dem Mann gerne mal reden, vielleicht nicht nur reden.“

„Das hast du möglicherweise schon!“, nickte Callum.

„Wie bitte?! Also, wer ist es? Red nicht so lange!“

Aber keiner der drei wollte mit einem Namen rausrücken. „Noch nicht“, meinte Katrin. „Hören Sie sich erst mal die Story an. Den ersten Teil habe ich von Ute erfahren – am Telefon.“

Ich zwang mich, ruhig zu bleiben, ließ mir Tee nachschenken und wählte mit Bedacht die größte Pfeife, die ich in der Tasche trug. Das schien mir alles auf einen mächtig langen Bericht rauszulaufen.

Und Katrin begann wie ein gestandener Seemann ihr Garn zu spinnen, unterbrach sich selten, streichelte immer mal wieder den Kopf des Hundes.

Ob ich den Ort Semtin kenne? Woher, bitte? Ich vermutete ihn im Brandenburgischen, in Mecklenburg-Vorpommern.

Kopfschütteln.

Nein, er lag in der westlichen Tschechoslowakei. In einem Waldgebiet. In der Nähe des Ortes ein Fabrikkomplex, weit hin gelagert, die einzelnen Hallen immer wieder durch Waldstreifen getrennt. Eine Sprengstofffabrik, die so angelegt war, dass im Falle einer Explosion immer nur eine Halle betroffen wäre. Der ganze Komplex war weiträumig gesichert. „Und war bis zum Umschwung im Osten natürlich streng geheim!"

Niall nickte dazu nur, Callum sah an mir vorbei nach draußen. Dann stand er auf und warf aus einem Korb zwei Torfsoden in das grauaschige Feuer. Es nieselte, der Rauch wollte sich im Zimmer ausbreiten, etwas mehr Flamme ließ uns hier wieder leichter atmen.

„Die Tschechen haben dort Semtex hergestellt", fuhr Katrin fort, als berichte sie von der Herstellung von Farben für Maler. „Semtex 1 A wird zivil verwendet, zum Beispiel beim Tiefbau."

„Das müssen Sie sich so vorstellen", unterbrach sie Niall, „das explosive Zeug wird mit Latex und Mineralöl vermischt. Sie bekommen dann so etwas wie eine Knetmasse, die sich in handliche Portionen abpacken lässt. Die lassen sich leichter transportieren und vor allen Dingen leicht an den Stellen zum Beispiel im Straßenbau anbringen, wo sie wirken sollen. So ungefähr ist das mit Semtex 1 A."

Katrin war aufgestanden. Sie ging mit den Händen auf dem Rücken vor dem Herd auf und ab. „Die teuflische Variante ist für militärische Zwecke bestimmt. Semtex H heißt das Zeug. Ein Hochleistungssprengstoff. Er kann weder durch Röntgenstrahlen noch durch die Nase von Spürhunden entdeckt werden. Wer immer sich so etwas ausgedacht hat, ist mit dem Teufel im Bunde." Ihre Stimme wurde laut und sie ballte ihre Hände zu Fäusten. Die beiden Männer sahen sie betroffen an. Sie setzte sich. „Es tut mir leid, Captain, aber Sie werden meine Erregung gleich verstehen. Verzeihen Sie bitte."

Callum räusperte sich. „Dies Zeug in den falschen Händen, Skipper, und den Rest kannst du dir denken. Von dem Zeug hat nach glaubwürdigen tschechischen Berichten Libyen vor der Wende in der Tschechoslowakei mehrere Tonnen gekauft – und viel davon weitergegeben."

„An alle möglichen Terrororganisationen!" Niall stützte sich jetzt mit beiden Händen auf seinen Stock. „Du kannst dir vorstellen, was man damit machen kann. Oder?"

Ich hatte von dem Zeug bisher nur mal in Filmen was gesehen, wenn irgendein Superagent sich einen Weg freikämpfte. Dass Waffenhersteller immer Perverseres erfinden, war mir klar. Die kleinen Tretminen in Afghanistan, über die wir auf dem Boot gesprochen hatte, gehörten auch zu diesem Wahnsinn.

Ich spürte mein Messer am Gürtel. Ich lief selten ohne es herum, schmierte meine Butterbrote damit, nahm Fische damit aus, schnitt Wurst, zerteilte Äpfel. Ich benutzte es, um Tampen zu kappen, kürzte Garn mit ihm. Ein friedliches Gerät also. Doch ebenso gut könnte ich jemanden damit töten. Die Klinge war lang genug.

„Natürlich braucht man Sprengstoff für alle möglichen friedlichen Arbeiten. Eine Sache ist erst dann böse, wenn man sie zu bösen Zwecken einsetzt", sagte ich.

Der Stuhl schurrte laut über den Fußboden, als Katrin aufstand. „Nein, mein lieber Husmanns. Sie irren. Manches ist von vorneherein nur zum Wahnsinn gemacht. Ein Sprengstoff, den man riechen und sehen und fühlen kann – meinetwegen, wenn man denn Straßen sprengen muss."

„Oder Hindernisse unter Wasser beseitigen will." Niall streckte die rechte Hand aus, um Katrin zu beruhigen. Sie wich ihm aus. Der Hund folgte ihr nur mit den Augen.

„Aber es gibt keine Rechtfertigung, einen Sprengstoff zu erfinden wie Semtex H. Der hat doch nur einen einzigen Zweck: Menschen zu töten. Wozu sonst muss das Zeug unsichtbar und geruchlos sein?! Wenn man es nicht durch alle Kontrollen durchschmuggeln will …?"

Es ging nun gar nicht mehr um Gerd. Alle drei wussten von

etwas, das mir noch unbekannt war, aber in jedem Satz mitschwang.

„Sie haben recht, Katrin", sagte ich. „Manche Sachen sind von vornherein und ausschließlich auf das Töten von Menschen konstruiert. Mein Messer hier am Gürtel ist etwas anderes."

„Das will ich wohl meinen!", sagte sie und betonte jedes Wort laut. Ihre Augen funkelten vor Zorn. Als sie sich setzte, versuchte sie ein Lächeln. „Ein Freund von mir", sagte sie leise und zog die Schultern hoch, „ist mit der PanAm-Maschine über Lockerbie abgestürzt."

Niall legte ihr die Hand auf den Unterarm. Diesmal wehrte sie nicht ab.

„Es gibt nur Vermutungen, dass ein Pfund Semtex H unterwegs in die Maschine geschmuggelt wurde und sie über Lockerbie explodieren ließ." Callum sagte das so kühl wie ein Fernsehsprecher. „Wenn deine Landsleute uns in Frankfurt freie Hand für eigene Untersuchungen gegeben hätten, hätten wir längst einen hundertprozentigen Beweis."

Ich hatte von dem ganzen Hickhack nur gelesen. Solche Sachen betreffen einen ja nie. Bis sie dann ganz in der Nähe hochgehen. Oder dich einholen – am Rande der See auf Harris.

Es dauerte lange, bis Katrin weitersprach. „Noch eine Tasse Tee? Ich brühe uns noch eine Kanne."

Solche Beschäftigung zu beobachten tat gut.

„Loser Tee!", kommentierte Callum. Niall nickte wie abwesend.

„Um auf Ihren Freund zurückzukommen", sagte er, „so hat er mit der ganzen Angelegenheit natürlich nichts zu tun. Machen Sie sich keine Sorgen um ihn." Er versuchte ein Lächeln.

Die Bemerkung traf. Gerd und Sprengstoff – das war nackter Irrsinn, unvorstellbar.

„Doch, doch", meinte Katrin am Herd. „Ute hat mir das alles ausführlichst erzählt. Gerd hat sehr wohl mit Semtex H zu tun."

„Stop!" Callum stand auf. „Du meinst etwas ganz anderes,

Katrin. Sag so was nicht." Er lächelte mir zu. „Gerd ist Journalist. Und als Journalist hat er sich für die Sache interessiert."

„Das meinte ich auch", sagte Katrin.

„Na ja." Ich atmete tief durch. „Das haben Sie aber schön schief ausgedrückt."

Sie entschuldigte sich, während sie Tee eingoss. „Wir sind alle betroffen, aber er hat damit zu tun, weil er sich als Journalist dafür interessiert hat."

„Sie meinen, er hat die Sache recherchiert?"

„Genau das sagte Ute mir am Telefon. Gerd hat dazu mit einem Fernsehjournalisten aus England zusammengearbeitet, der vor einem Jahr beim Skifahren in der Schweiz tödlich abstürzte. Der hatte offenbar viel Material gesammelt, das Gerd jetzt bearbeitet."

„Über Gaddafi?" Ich kannte nicht jeden Schritt, den Gerd tat. Zwar las und sah ich seine Stories im *Weltbild* und hörte immer wieder auch von Themen, die man nicht bringen wollte. Aber Libyen und Semtex – davon hatte er nie etwas erwähnt. Wir hatten noch zwei Tage vor seiner Hochzeit eine halbe Nacht auf der *Opa Reimer* in Bensersiel gehockt.

„Nicht über Gaddafi!" Niall drehte den schweren Stock in seinen Händen. „Semtex H ist in Spuren in Deutschland, Holland, England und Irland gefunden worden. Zuletzt im *Colour's Club* an der Mall in London. Hunde riechen es zwar nicht, Röntgenstrahlen machen es auch nicht sichtbar – aber an der Stelle der Explosion hinterlässt es typische Spuren. In Lockerbie hat es geschneit, darum fand man nichts. Aber in London, in Mönchengladbach, in Roermond, auf einigen U-Bahnstationen in London, in ausgebrannten Autowracks in Deutschland und Holland vor Kasernen, da fand man mikroskopische Reste. Und immer bekannte sich die IRA zu den Anschlägen, die Irish Republican Army, die unsichtbar gegen alles Englische kämpft, wo es sich militärisch darstellt. Der *Colour's Club* in London nimmt zum Beispiel nur pensionierte Stabsoffiziere auf, und Uniformen sind dort verpönt – außer auf Fotos oder auf Gemälden. Ein spleeniger Club, ich geb das gern zu. Aber was soll eine Bombe dort?"

„Vier Tote, dreizehn Verletzte, darunter drei Frauen aus der Küche. Eine erblindete, die zweite verlor beide Hände, der dritten hat man den Magen entfernen müssen. Das ist die IRA – und nun möchten wir bitte kein Lied mehr und kein Lob mehr über sie hören.“ Katrin sprach schnell, und das tat ihr gut. Ihre Stirn war nicht mehr so gerötet und ihre Hände hatten die gewohnte Ruhe, als sie sich eine Zigarette drehte. „Gaddafi finanziert einige Terrororganisationen in der Welt. Nicht nur arabische. Auch die deutsche Rote Armee Fraktion soll von ihm unterstützt worden sein, direkt oder indirekt. Und die IRA. Die bekam das tschechische Semtex H über Libyen. Und Gerd ging dieser Spur des Todes nach. Nun seid ihr dran, Gentlemen.“

„Sie wissen jetzt viel.“ Niall fing meinen Blick ein. Er hatte gute, tiefblaue Augen. „Wenn Sie wollen, können wir hier aufhören. Segeln Sie mit der *Opa Reimer* heim. Kein Fischzüchter und kein Hummerfischer hat auf Ihren Freund geschossen. Es geht ihm langsam besser, wie ich höre. Wenn Sie in Hamburg sind, können Sie mit ihm reden. Er wird Ihnen sicherlich alles berichten. Wenn wir jetzt weiterreden, kann das für Sie unangenehm werden. Sie stecken dann in einer Sache drin, die – na, sagen wir mal – auch für Sie gefährlich werden könnte. Die Rache sucht sich ihre Opfer breit. Wenn Sie wollen, hören wir also auf.“

„Ich habe Niall vorgeschlagen, Skipper, dass er dich ganz einweihen soll“, sagte Callum. „Nicht, damit du mitmachst. Aber du weißt dann das, was wir rausbekommen haben, kannst aufbrechen und es Gerd weitergeben. Oder du machst selber weiter mit – bis zum Ende. Du entscheidest das, wenn du gehört hast, was wir sagen wollen.“ Callum sah zu Niall, und der nickte. Offenbar hatten die beiden draußen unten an der Pier ausführlich über mich gesprochen, während Katrin mich skizzierte.

„Wer sind Sie, Niall? Warum kümmern Sie sich um die ganze Angelegenheit?“

Der alte Mann schob sein steifes Bein zur Seite. „Nehmen Sie mal an, Skipper, dass ich mich vor allem als ehemaliger

Politiker um die Sache kümmere. Und dann gibt es auch private Gründe. Ich war fünf Jahre in Belfast. Auf britischer Seite, in der Verwaltung."

„Sie wollen mir nicht sagen, was Sie da gemacht haben?"

Niall schüttelte den Kopf. „Vielleicht mal später. Im Augenblick hat es mit Ihrem Freund und unserer Sache nichts zu tun. Oder sagen wir besser, kaum etwas."

Callum und Katrin signalisierten Zustimmung.

„Ich würde gern alles wissen. Wenn ich kann, würde ich den Faden da aufnehmen, wo er Gerd aus der Hand gerissen wurde."

„Okay", sagte Callum. „Dann hör zu!"

21.

„Wir müssen annehmen“, sagte Callum, „dass Gerd bereits wusste, was ich jetzt erzähle, und entsprechend handelte. Was wirklich geschah, haben wir ziemlich sauber rekonstruieren können. Die letzte Sicherheit gab uns Gerds Freundin, die mit Katrin telefonierte.“

Gerd hatte jedem, der im Hafen von Stornoway wissen wollte, was sein Ziel war, klargemacht: die Ostküste von Lewis hoch nach Port of Ness zu segeln und dann rüber ans schottische Festland, rund Cape Wrath. Danach dann die Nordküste entlang und durchs Pentland Firth nach Süden. Treffpunkt Aberdeen. Aberdeen war Utes Basis gewesen, von dort hatte sie ihre Flüge gestartet, um die brennende Ölplattform in der Nordsee zu fotografieren. Da werden wir uns treffen, hatte er gesagt. Gerd hatte dort warten wollen, bis Utes Job getan war.

Nicht jedermann hatte das gut gefunden. Mancher hatte gespottet. Ein Mann fährt seiner Frau hinterher. Das dürfte es doch nicht geben. Umgekehrt wäre es richtig. Nach dem schrecklichen Ende spottete dann niemand mehr – und großes Schweigen senkte sich über Stornoway. Kein Fremder erfuhr, was wirklich geschehen war.

„Und du auch nicht, Skipper.“

Beim Hafenmeister hatte Gerd sich die Kopie des gedruckten Wetterberichts geholt, bei *Sports & Spiels* in der Church Street die Detailkarte für die Ostküste von Lewis. Er hatte am Dienstag, dem 16. Juli um 08.00 Uhr abgelegt, einhand. Die Kinder hatten ihm zugesehen; ein paar Frauen, die Fische in der Halle gekauft hatten, ihm hinterhergewinkt.

Er war unter Motor ausgelaufen, das einzige Boot, das um diese Zeit durch den Hafen gefahren war. Er hatte an der Pinne gestanden, die Leinen aufgeschossen in der Plicht. Die Segel waren klar zum Setzen gewesen – aber das alles ging natürlich nicht im Hafen. Er war bis Chicken Rock unter Motor gelaufen. Hätte natürlich bei dem stäbigen West die Plünnen schon viel früher setzen können, aber er war das sachte angegangen. Keine Eile bei einem Mann, der Urlaub macht und sich erholen wollte. Nach Aberdeen kam man außen rum immer noch rechtzeitig. Und einen Pokal oder Preis für buchstabengetreue Seemannschaft hatte er auch nicht gewinnen wollen.

Westwind, unsichtig, immer wieder ein bisschen Regen dazwischen, aber unter Lee von Lewis ganz sutje zu nehmen. Plünnen hoch bei Chicken Rock. Leute, die auf der Fähre von Ullapool nach Stornoway gekommen waren, hatten später in der Kneipe erzählt, wie behände Gerd das machte.

Und dann war er nach Nordost marschiert, an der Küste der Halbinsel Eye entlang. Danach exakt Nord. Tolsta Head an Backbord, Cellar Head an Backbord, Brag Rock an Backbord und dann, gut zwei Seemeilen entfernt, Port of Ness voraus. Er hatte in dem winzigen Hafen festgemacht, sich trockenfallen lassen, dort einen von den Hafenbummlern getroffen, die mit jedem Skipper reden. Und sich auf den Mann eingelassen. Er war der Geschichte des Menschen gefolgt und sogar mit ihm zurückgesegelt. Rüber nach Skye. War dort eine Nacht geblieben. Und dann ging's zurück nach Lewis, den Mann absetzen.

Wer seine Reise beobachtet hatte, musste wirklich meinen, Gerd Vollmers auf der *Opa Reimer* hatte alle Zeit der Welt gehabt. Er hatte, ehe er endgültig Lewis verließ, sogar eine Story geschrieben, die er voraus nach Hause schickte.

„Ute hat sie fotokopiert", sagte Callum. „Und jetzt ist sie hier bei Katrin Mennie. Nur damit du nicht glaubst, irgendetwas sei erfunden von dem, was ich berichte."

Wahrscheinlich hatte er erst in der letzten Nacht in Port of Ness den Radarreflektor abgebaut. Am Hafen gab es ja keine Häuser, es konnte ihn also bei seinem seltsamen Tun niemand beobachten. Und dann war er ausgelaufen, am Freitag, dem 19. Juli, in einen unfreundlichen, feuchten Nordwest hinein.

„Vermutlich hat er die kleine Fock gesetzt und das Groß schon hier gerefft. Denn so traf man später die *Opa Reimer* treibend. – Warum an diesem Tag? Warum vergammelte er nicht noch mehr Zeit auf Lewis? Ute hatte genug zu tun, den Unfall und seine Folgen auf der Nordsee wahrzunehmen. Das war also für uns zunächst ein Rätsel. Bis wir anfingen, all die Stellen anzurufen, die die See da oben beobachten, also die Männer am Pentland Firth, auf den nördlichen Orkneys, den südlichen Shetlands, die beiden Männer, die den Turm auf Cape Wrath besorgen."

Von Deutschland aus hatte Gerd mit allen schon Verbindung aufgenommen, hatte ihnen erklärt, er arbeite an einer Story über Leuchtturmmänner in extremen Ecken. Ob sie ihm wohl Antworten geben würden.

„Wer täte das nicht?", fragte Callum. „Da hockt man am Ende der Welt und plötzlich meldet sich am Telefon eine Illustrierte. Klar, dass man hilft. Gerd hat die Männer noch von Hamburg aus so ausgequetscht, dass ich sicher bin, aus den Antworten macht er bestimmt eine Reportage."

Den Rest allerdings, sein Versprechen, mit dem Segelboot bei ihnen vorbeizukommen, würde er wohl vorerst nicht einlösen können. Obwohl er sich von Port of Ness auf Lewis noch einmal bei ihnen gemeldet hatte – über Funk natürlich. Sie hatten ihm die Schiffsbewegungen gemeldet, unter anderem natürlich. Wer zuhörte, fand nichts dabei.

Nur wer gewusst hätte, worum es Gerd ging, wäre aufmerksam geworden. Um 21 Uhr hatte die *Amica* von Hamburg kommend Pentland Firth passiert und war die Nordküste entlanggelaufen, Cape Wrath zu runden und den Butt of Lewis, um in ihren Heimathafen zurückzukehren, nach Valetta auf Malta.

Der weitere Teil der Story war Seemannschaft, reine Seemannschaft und nichts als Seemannschaft. Gerd hatte gerechnet. Speed der *Amica*, Wind, Strom, Distanzen. Und der Rest war … „Tja", sagte Callum. „Was war der Rest? So etwas wie der Anfang."

Der englische Journalist, der in der Schweiz ums Leben gekommen war, hatte recherchiert, wie es nur Engländer können. No nonsense und beharrlich. Woher der nun den entscheidenden Hinweis erhalten hatte, müsste man Gerd persönlich fragen. Aber auf alle Fälle erfuhr der deutsche Journalist einiges aus der Denke des Engländers.

„Die sind ja tricky, die Burschen aus London, haben es faustdick hinter den Ohren. Und erreichen damit offensichtlich viel. Englische Journalisten haben doch damals entdeckt, wo und mit wem der französische Präsident seine Ferien verbringt. Und mit wem der englische Minister seine Nächte teilt. Beide bekamen Probleme – der Minister trat zurück, der Präsident wurde mit überwältigender Mehrheit im Amt bestätigt. Das ist das Leben – und das ist Europa. Ute fasste die Denke des Engländers zusammen, und ich würde diese Frau, die so etwas schließen kann, gern mal treffen. Also, Gerds Frau sagte, es gäbe überhaupt nur zwei strategische Möglichkeiten: Täuschung oder Verblüffung. Das kam wörtlich von ihr. Katrin hat es immer wieder bestätigt. Und weil es jetzt um's Ganze ging mit der *Amica*, hat man zweierlei getan. Erst getäuscht und dann verblüfft."

Die Kiste, um die es hier ging, war als Behältnis für Kupferkannen deklariert, kleine Kannen zum Aufbrühen von Kaffee. Die *Amica*, so die Papiere, hatte sie in Portugal aufgenommen und wollte sie auf dem Rückweg nach Malta bringen. Ungewöhnlich, aber gerade noch verständlich. Das Schiff aus Malta war in Hamburg zollamtlich nicht abgefertigt worden, weil es, wie viele andere, nur im Freihafen festmachte.

Nun war also der Kasten auf dem Weg ins Ziel. Doch wo lag das Ziel? Irgendein englischer Hafen?

Gerd hatte an der Ostküste von Lewis gewartet, bis die *Amica* in Pentland Firth gemeldet worden war.

„Wenn Ute mit ihrer Denke recht hätte, müsste jetzt etwas Verblüffendes geschehen. Man kann sich ausmalen, dass die Engländer von Nordirland aus Schiffe beobachten, die ihnen suspekt vorkommen. Das sind mit Sicherheit erst mal alle Levantiner. Speziell Libyer. Wer in diesem Geschäft großangelegten Schmuggels zu Hause ist, kennt die Denke der Gegenseite. Gerd akzeptierte, was Ute ihm erklärt hatte. Die Amica würde die Engländer verblüffen. Sie würde die Ladung an irgendeiner Stelle übergeben, die nahe genug an Nordirland war, doch die kein Engländer für wahrscheinlich halten würde. Und genau das, mein lieber Skipper, geschah. Wir sollten mal versuchen, Ute zu treffen. Du hast Glück, du kennst sie ja schon. – Back to the story."

Irgendwo, wo niemand es annehmen würde, würde die *Amica* ihren Kasten also übergeben. Nun hatte man noch einmal Seemannschaft treiben müssen. Der Kasten sollte nach Nordirland, weil dort im Augenblick der Teufel los war. Da legte man sich nicht irgendwo im Land stille Reserven an. Die englischen Truppen hatten in den letzten sechs Monaten vier große Munitionsdepots der IRA an der Grenze nach Südirland ausgehoben. Also drohte dort Ebbe.

„Ich zitiere immer noch Gerds Gedanken, so wie sie Katrin berichtete, die sie von Ute erfuhr", sagte Callum. „In die Nähe, aber sicher nicht nach Irland."

Südlich des 56. Breitengrads würden die Engländer kaum eine Maus durchlassen, die sich unter exotischer Flagge näherte, ohne sie zu durchsuchen. Ergo: keine exotische Flagge und ergo: Übergabe nördlich. Denn durch den Minch und durch die Hebridensee lief kein fremdes Schiff.

„Du kannst Gerd ja noch mal genau fragen, wie er zu dem Schluss kam. Jedenfalls hielt er sich mit der *Opa Reimer* westlich von Lewis auf. Offensichtlich hat er auch wieder nur Seemannschaft betrieben, indem er rechnete. Die *Amica* lief sechzehn Knoten, nach Auskunft der Männer an der Küste, deren Zeitangaben er nachgerechnet haben musste."

Sie hatte also um acht Uhr abends Cape Wrath runden müssen, um halb elf nachts den Butt of Lewis und dann nach Südwesten marschieren.

Wo würde man so hochbrisantes Zeug verstecken, war Gerds nächste Frage. North Uist, Benbecula, South Uist oder Barra? Wer lebensgefährliches Zeug an Bewachern vorbeibringen wollte, durfte zweierlei nicht tun. Er durfte nicht Zeiten wählen, da besonders aufmerksam gesucht wurde. Also zum Beispiel, wenn levantinische Schiffe an den eigenen Küsten entlangfuhren oder gar die eigenen Häfen anliefen. Und zweitens durfte er nicht Verstecke wählen, deren Besuch ihn verdächtig machte. Also fielen kleine Inseln aus, Felskuppen sowieso.

Und wer würde Ware übernehmen?

Doch ganz offensichtlich jemand, der nicht auffiel!

Fischer fielen nicht auf, die waren ständig unterwegs und überall anzutreffen. Sie schleppten Netze durch die See oder hatten Hummerkörbe zu versorgen oder Lachsfarmen. Konnten also leicht hierhin und dorthin tuckern, ohne dass es besonders auffiel. Das wiederum hieß, auch das Ziel durfte nichts Ungewöhnliches sein. Es ist schon wahr, was Mao seinen Anhängern predigte: Der Fisch fällt im Schwarm am wenigsten auf. Also versteckt man, was niemand finden soll, nicht in abgelegenen Orten, sondern dort, wo jedermann gern hingeht.

„Ich gebe zu", erklärte Callum, „das sind mutige Gedanken. Ein Profi-Verfolger hätte ob der vielen vagen Annahmen nichts getan. Ein Hobby-Verfolger, ein Journalist auf heißer Spur, geht anders ran. Was kann passieren, wenn er sich irrt? Schlimmstenfalls hat er eine gute Story verloren. Beim Profi geht es um mehr – wie man sich denken kann."

Gerd hatte sich also mit der *Opa Reimer* dort oben im North Minch rumgetrieben, war langsam westlichen, später südwestlichen Kurs gelaufen, hatte sich den Schiffahrtslinien genähert und sich ausgerechent, wann die *Amica*, die vor einer Stunde Cape Wrath gerundet hatte, ihn überholen würde.

„Der Treffpunkt, wie man den findet? Indem man zuhört. Die Fischer schwätzen ja ständig auf ihrem Kanal. Es fällt auf, wenn einer sich aus dem allgemeinen Gequassel verabschiedet. Um die lieben Freunde an der Nase herumzuführen, aber doch so zu tun, als helfe man, schwirren immer mal wieder Positionsmeldungen durch den Äther. Six miles north of Sgeir Mhor for pick up. Das fällt wirklich nur dem auf, der auf solch eine Nachricht wartet. Der Fisch – und Gerd. Die Übergabe geschah sechs Meilen nördlich von Sgeir Mhor. Das wenige, was Gerd gestern Ute sagen konnte, deutet darauf hin. Nördlich von diesem Punkt, nicht weit von Loch Roag. Und die Nächte, wie du weißt, sind hell hier oben. Wer sehen will, sieht vieles. Und kann auch manches im Foto festhalten."

Die *Opa Reimer* musste sich dem Treffen genähert haben, ohne entdeckt zu werden. Ohne Radarreflektor war ein Holzschiff in etwas kabbliger See schwer oder kaum auszumachen. Vor allem nicht mit den alten Geräten, die die Fischer benutzten. Und die wohl auch die *Amica* hatte.

Offensichtlich war Gerd genau auf das Treffen zugesegelt. Die *Amica* kannte er aus den Recherchen seines Freundes und wer immer sich ihr näherte, wäre ja leicht zu identifizieren. Alle Fischerboote trugen am Bug groß ihre Registrierung.

„Was exakt geschah, wird man später erfahren. Jedenfalls rauschte Gerd mit der *Opa Reimer* in das Treffen zwischen der *Amica* und der *Seapride*. Und das war sein Ende. Oder fast sein Ende. Wenn es um solchen Scheiß wie Semtex H geht, lässt sich doch niemand von einem einzelnen Mann das Geschäft verderben!"

Irgendjemand hatte geschossen. Vielleicht von Bord der *Amica* aus. Vielleicht war aber auch Macleod der Schütze gewesen. Oder Ruaridh.

„Das werden wir von Gerd noch erfahren. Gerd wurde jedenfalls getroffen und stürzte in die Plicht."

Die *Amica* hatte sich um den Halbtoten nicht gekümmert – logischerweise. Der Fischer war weggetuckert, um seine Ladung an Land zu bringen.

„Weil wir nachgerechnet haben, können wir bestätigen, was Gerd Ute gestern sagte. Es war Macleod mit der *Seapride*, der die Ladung an Land brachte. Und auf dem Rückweg die *Opa Reimer*, die eigentlich längst gesunken sein sollte, noch in der See treibend fand. Andere Fischkutter waren in der Nähe. Er konnte sie also nicht gut übersehen und nahm sie auf den Haken. Der Rest ist bekannt. Die *Seapride* schleppte die *Opa Reimer* in den Hafen von Stornoway."

22.

„Du bist nicht arbeitslos, Callum."
Er nickte.
„Ex-Royal-Navy stimmt aber?"
„Nein", sagte er. „Nicht Ex. Immer noch Royal Navy. Special Operations. Das reicht dir doch sicher erst mal, Heiko?"
Da saß ich also mittendrin. Irgendwo hier auf Lewis lag eine Kiste mit hochbrisantem Sprengstoff, die nach Nordirland weiterbefördert werden sollte. Niall MacDougall, der in Nordirland in der britischen Verwaltung gearbeitet hatte, was nichts und alles sagte, wollte das ebenso verhindern wie Callum, hinter dessen „Special Operations" sich sicherlich mehr verbarg, als der läppische Name vermuten ließ.
„Warum habt ihr mich in die ganze Sache reingezogen?" Ich zog aus der Jackentasche eine zweite Pfeife, die erste war mir beim Zuhören zu heiß geworden. Und zwang mich, ruhig zu rauchen.
„Neugier zuerst", antwortete Niall. „Sie sind auf die deutsche Yacht gekommen. Also haben wir uns gefragt, was Sie von Gerds Arbeit hier wissen. Und dann …"
„Sag's nicht!", unterbrach ihn Katrin. „Was ihr macht, ist eine ganz große Sauerei, das will ich euch mal sagen. Ich war dagegen, Captain. Das Einzige, was ich erreichen konnte, ist Callum und dieses Gespräch. Jetzt können Sie entscheiden, ob Sie weiter mitmachen wollen. Als Lockvogel. Denn genau dazu hat man Sie benutzt. Ich habe drauf bestanden, dass Niall Ihnen einen Mann mitgibt."
Callum nickte. „Ja, das ist richtig. Wir haben einen Job, der seine eigenen Regeln hat. Also kam ich aus dem Süden hoch."
„Und dein Gälisch?"
„Ich bin in Benbecula aufgewachsen."
„Bodyguard", spöttelte ich.
„Du hast doch überall rumgefragt! Sollen wir hinterherlaufen? Du brauchtest einen zweiten Mann für die Heimreise …"
„Okay", sagte ich. „Wer hat auf Gerd geschossen? Macleod

oder einer von der Amica?“

„Ich vermute, einer von dem Frachter. Ein Fischer mit einem Gewehr? Nein, das fällt auf, das ist höchst unwahrscheinlich. Aber wir werden's noch erfahren.“

„Und wo ist das Zeug jetzt? Und wie kommt es von hier nach Nordirland?“

Callum bat um Tee. „Wir wissen noch nicht, wie groß die Kiste ist. Aber wenn ein Fischkutter gebraucht wird, kann sie nicht ganz klein sein. Sonst hätte ja eine kleine Yacht ein Päckchen übernehmen und irgendwo an der irischen Küste an Land bringen können. Also haben wir irgendeine unbekannt große Menge. Wir vermuten, die große Menge soll hier in kleine Mengen aufgeteilt und dann nach Nordirland gebracht werden. In Kisten unter frischem Fisch lässt sich ja vieles leicht an Land bringen. Die *Seapride* wird beobachtet. Wir möchten gern alles über die Verbindungswege wissen.“

„Ihr sucht also nicht nach der Kiste, sondern wartet ab, was weiter geschieht?“

Niall schüttelte den Kopf. „Nein, wir werden nicht abwarten und zusehen. Ich denke, wir wissen, wo das Zeug lagert und werden es uns sofort holen. Und Macleod verhaften – notfalls auf See.“

Wann hatte Callum das alles bloß arrangiert? Oder hatte Niall die Fäden gezogen?

„Wir werden jetzt gehen, Skipper. Kommst du mit?“

„Wohin?“

„Zu Charles und Fiona MacKee! Sie haben da unten am Wasser eine Hütte, die sich gut als Versteck nutzen lässt.“

23.

Eine niedrige, weißgekalkte Hütte lag unten am Wasser. Davor aus grob behauenen Steinen eine Pier. Hier konnte also jederzeit ein Boot festmachen. Die Länge der Pier reichte auch für einen Kutter.

„Macleod ist immer mal wieder hier – der alte Charles ist sein Onkel.“

Niall zögerte keinen Augenblick, welchen Weg er einschlagen sollte. Statt zum Wohnhaus der alten Leute zu gehen, bog er nach links zum Wasser ab. Auch das Strohdach dieser Hütte war mit einem Netz gesichert.

Callum überholte Niall unterwegs.

Die Tür der Hütte war geschlossen.

Graues, verwittertes Holz, die Bretter hatten sich so zusammengezogen, dass Wind und Regen hineinfegen konnten. Ein schmiedeeiserner Riegel, doch kein Schloss.

Callum lehnte sich, als suche er Schutz, gegen die Steinwand, und drückte die Tür auf. Der kleine Raum war dunkel – und vollkommen leer. Callums kleine Taschenlampe leuchtete die Dachlatten ab, huschte über die Mauern, fegte über den harten Steinboden und erlosch.

„Und Katrin ist ganz sicher, dass es die *Seapride* war, die hier festgemacht hat am 20. Juli?“

„Ganz sicher“, sagte Niall.

„Hat Katrin denn gesehen, dass hier etwas ausgeladen wurde?“

Niall schüttelte den Kopf. „Nein, man sieht nur, wer vom Loch hier einläuft. Denn zwischen Katrins Haus und dieser Hütte liegt der Hang da. Der verdeckt alles.“

Callum hatte sich hingekniet und prüfte die Steine der Pier.

„Ist das nicht eine ziemlich vage Vermutung?“, fragte ich Niall. „Über Ute und Katrin erfahren Sie von Gerd, dass die *Seapride* vor Lewis mit der *Amica* zusammengetroffen sei. Ob etwas und was übergeben wurde, hat lediglich Gerd gesehen, wenn überhaupt. Dann läuft die *Seapride* am anderen Morgen hier ein – Katrin beobachtet das Einlaufen, aber mehr nicht. Der Kutter, sagen Sie, kommt öfter hierher. Und nun soll in dieser leeren Hütte, die einem blinden alten Mann und seiner webenden Schwester gehört, eine Kiste hochbrisanter Sprengstoff liegen, auf den die IRA hundertfünfzig Seemeilen südlich von hier dringend wartet? Schotten, protestantische Schotten, sind Handlanger der katholischen IRA, die mit dem Zeug die Protestanten in Nordirland hochgehen lassen will, die sogar noch von Schotten abstammen? Das scheint mir doch alles ein bisschen verrückt. Wo ist denn die Kiste jetzt? Die hat die IRA jetzt mit einem eigenen Schiff abgeholt? Oder?"

Niall starrte über das leicht gerippelte Wasser zwischen den flachen Felsen. „Immerhin ist Ihr Freund angeschossen worden und Sie haben selber mit seiner Frau gesprochen!"

„In der Tat", sagte ich. „In der Tat ist das bisher das einzig Wahre und Greifbare. Gerd ist lebensgefährlich verletzt. Aber hat man ihn wirklich töten wollen? Vielleicht hat er ja doch - mit Absicht, aus Versehen? – einen Hummerkorb geleert, oder einen Lachs mitgenommen. Er hat einen Revolver an Bord. Zwei Patronen fehlen. Hat er zweimal geschossen, als er beim Poachen erwischt wurde? Haben andere da auf ihn geschossen? Die Burschen, die Lachse züchten, sind ziemlich hartgesotten. Callum kann's bestätigen. Warum sollte da nicht mal einer einem bloody German eins verpassen, der sich an seinen Körben zu schaffen macht?"

„Sie müssen uns nicht glauben", sagte Niall nur. „Wir können nichts beweisen." Laut rief er zu Callum runter: „War Katrin oft weg von hier nach dem 20. Juli?"

„Ganz sicher mehrere Male", antwortete Callum. „Keine Chance. Keine Spur auf den Steinen. Wie auch?" Er versuchte ein Lächeln. „Tut mir leid, Skipper. Gehen wir zu Katrin zurück?"

„Warum fragt ihr nicht die alten Leutchen, wann die *Seapride* hier war, ob Macleod hier eine Kiste oder irgendwas Ähnliches gelagert hat und wann er es wieder abgeholt hat?"

Die beiden sahen mich merkwürdig an, mit schräg geneigtem Kopf Niall, mit hochgezogenen Brauen Callum.

„Damit Macleod weiß, dass wir etwas ahnen? Ihn unter Verdacht haben? Lieber Skipper, das war keine gute Frage."

Aus dem Haus der MacKees stieg kein Rauch, Fiona war also wohl nicht zu Hause. Und da kein Hund angeschlagen hatte, konnte der blinde Bruder nicht ahnen, dass wir uns die Hütte angesehen hatten. Schweigend gingen wir den Hang hoch zu Katrin zurück.

„Ich würde gern noch mal mit Ute telefonieren", bat ich sie.

Katrin nickte. Auf dem Herd brodelte ein großer Topf Suppe und frisches Weißbrot lag geschnitten in einem Korb auf dem Tisch. „Der Brief von Ute kam heute an. Mit der Kopie von Gerds Story. Lesen Sie die doch mal. Und dann können Sie Ute gern anrufen."

Das Papier war nur einmal gefaltet, Ute hatte also einen größeren Umschlag benutzt. Gerds Story war noch mit der Hand geschrieben, doch es gab überraschend wenige Korrekturen.

Ja, das war unverkennbar Gerds Tonfall: *Die Geschichte des Alan Maclean von Port of Ness auf Lewis.*

24.

In allen Häfen der Welt, wie groß oder klein sie auch sein mögen, sind Geschichten die wahre Währung, Geschichten, die Männer erzählen.

Ich lag in Port of Ness, jenseits von 58 Grad 30 Nord und 6 Grad 10 West auf Lewis in Schottland. Von hier aus wollte ich mit der *Opa Reimer* über Aberdeen nach Bensersiel zurücksegeln.

Noch um zehn Uhr abends im Juli strahlte der Sand in Port of Ness bei Ebbe weiß. Ich saß nach dem Essen in der Cockpit der schräg und trocken liegenden Yacht bei einem Glas Whisky. Mir war nach Gesellschaft, aber hier oben gab es kein Pub: Eoropie, Stahanish, Knockaird, Five Penny Ness, Lionel, Sheilings of Chithish Mhor, Adabrock, Sgeir Carach, North Dell, Habost – Ortsnamen wie alte Whiskies, doch alle ohne Kneipen. In Cross sollte es nach meiner Karte ein Pub geben, *Cross Inn*, doch eine Stunde Fußweg bis zum nächsten Zapfhahn war nicht nach meinem Geschmack. Offensichtlich war der lange Fußweg auch nicht nach dem Geschmack des Mannes, der hinter einem schwarz-weiß gefleckten Hund über den harten Sand des trockengefallenen Hafens auf die *Opa Reimer* zuhumpelte.

„Schöner Abend", gurrte er.

Ich bestätigte ihm das.

„Wir werden morgen keinen Regen bekommen!"

So beginnen Gespräche im Norden. Auch ich hatte im BBC den Wetterbericht gehört. Etwa zehn Minuten später hockte der Mann sich nach ausführlicher Wetterdiskussion in den Sand, der Hund sprang ihm auf die Schulter, legte sich ihm wie ein Schal um den Hals, und Alan Maclean kletterte die Heckleiter der *Opa Reimer* hoch und setzte sich mir gegenüber in das Cockpit. „Nur auf einen Drink!" Der Hund rollte sich zusammen und schlief ihm zu Füßen ein.

„Früher", sagte Alan Maclean, „früher musste man bis nach Stornoway laufen, 26 Meilen, einen Tag, um etwas zu trinken. Jetzt ist es viel besser, wenn man den Wirt von *Cross Inn* mag. Vierzig Minuten sind's bis dahin – wenn man den Wirt mag."

Er lobte meinen Whisky, legte den Kopf weit zurück und blickte in den blauen Abendhimmel über den Felsen des Hafens. Dies sei ein feiner Whisky, sagte er. Aber es gebe noch einen besseren – er beugte sich flüsternd vor – gar nicht weit von hier. Drüben auf Skye.

Skye war die Insel nächst dem schottischen Festland. Sie lag ein bisschen weit weg von meiner Reiseroute. Aber für einen guten Whisky segelt man schon mal einen Umweg. So ankerte ich am nächsten Morgen in Uig Bay auf Skye und trottete hinter Alan Maclean und seinem Hund her nach Balnaknock, eine knappe Meile bergan in den westlichen Schatten des Beinn Edra.

Nun – der Whisky in Balnaknock war mäßig. Alan spürte meine Kritik, rieb sich die Nase und sagte, es sei vor Jahren ein Mensch namens Kirk bei Cross Point auf Lewis gefunden worden – auf der Straße liegend, mit gespaltenem Schädel.

Das war einen weiteren Whisky wert. So beginnen Geschichten. Und so begann Alan Macleans Geschichte.

Die Constables und der Sergeant aus Stornoway auf Lewis baten die Bezirkregierung in Ortee auf Skye um Hilfe, und so kam Alan Macleans Vater auf die Insel Lewis, Detective Sergeant, erfahrener Aufklärer von Mordfällen, man musste ihn loben. Ein Mann mit Kopf. Wer, fragte er herum, hatte einen Grund, den Kirk zu töten?

Detective Sergeant Maclean fragte dies auch am Sonntag nach dem ersten Gottesdienst in North Dell in der vollbesetzten Kirche. Schweigen. Stille wie glockenlose Inselsonntage. Achtzehn Bankreihen stumme Gesichter.

„Okay", brummte er bitter.

Niemand hatte geantwortet.

„Was passiert dem Mörder?", fragte der Pfarrer, ein weißhäutiger Mensch mit schwarzem Bartschatten und roten Augenrändern, als die Kirche leer war.

„Bis er nicht verurteilt ist, gar nichts. Er wird vernommen."

„Wo?"
„In Portree auf Skye."
„Sperrt man ihn ein?"
„Nur bei dringendem Tatverdacht."
„Wie kommt er nach Portree?"
„Auf unsere Kosten." Maclean kannte seine Gesetze und Vorschriften.

Zwei Stunden nach dem Gottesdienst meldete sich der Täter: ein gewisser Alex Gillespie. Er habe den Kirk ermordet, ihm den Schädel gespalten. Maclean nahm Gillespie, den Mörder, fest. Dessen Motiv überzeugte ihn. Es ging um Torfrechte am Loch Bacavat Cross im Norden von Lewis.

Die Geschichte fing an, mir zu gefallen.

Wir tranken den eigentlich recht mäßigen Whisky aus Balnaknock zügig, wie es sich bei guten Geschichten gehört. Alan schnibbelte Tabak von einem kleinen Quader, den er in der Hosentasche trug, in seine Pfeife, presste ihn fest, hielt drei Streichhölzer nacheinander drüber und begann zu qualmen.

Man hielt sich fern von uns in der Kneipe auf Balnaknock auf Skye, eine Meile bergan von Uig entfernt. Wer so vertraut vor einem Torffeuer saß wie wir, der würde sich gegen jede Störung wehren.

Gillespie, fuhr Alan fort, trug seinen guten schwarzen Anzug, als sie mit dem Postboot von Port Ness nach Stornoway dampften, der Hauptstadt der Insel, und eine Stunde im Blue Anchor warten mussten auf den Bus nach Tarbert im Süden der Insel. Dort übernachteten sie im *Island Hotel*, nahmen am nächsten Tag die Fähre nach Uig auf Skye, und ein Polizeiauto brachte sie von dort nach Portree.

Im Verhör brach Gillespies Geständnis zusammen. Er hatte sich mal mit einem Menschen namens Kirk im *Glenn Cross* oben bei Cairn gestritten – aber ob der gestorben war, mit gespaltenem Schädel …?

Sie ließen Gillespie frei. Der kehrte lächelnd Tage später nach Lewis zurück – mit glänzenden Augen und einem schmuddeligen Anzug.

Macleans Vater, der Detektiv, ließ sich eine Woche lang nicht sehen – vor Scham. Dann tauchte er wieder auf an der Nordspitze der Insel, wo im Nebel der Leuchtturm am Butt of Lewis seine Warnungen über die See brüllte. Er suchte den Pfarrer auf, brauchte Trost.

„Gillespie war's nicht?" Der weißhäutige Pfarrer schenkte dem Detective Sergeant Tee nach.

Der Detektiv hauste bei einer jüngst verwitweten Mrs. Campbell in Lionel. Er lief, vom Pfarrer gestärkt und ermuntert, durch die winzigen Orte, sprach mit den Leuten und war nur an einem interessiert: Wer hatte Kirk wirklich ermordet?

Der Pfarrer musste einen mächtigen Einfluss auf seine Gemeinde haben. Es tauchten auf: Charles MacKee, seine Base Fiona und deren ältester Schwiegersohn Neil.

Diesmal war der Detective Sergeant gewitzter und fragte nach, wie denn der Mord geschehen sei.

Was ihm erzählt wurde, überzeugte ihn. Die drei gaben ihm sogar die Tatwaffe, das Beil. Warum sie sich freiwillig stellten? Der Pfarrer hatte ihnen ins Gewissen geredet.

Das Boot nach Stornoway war schnell. Dort eine Stunde Pause im *Blue Anchor*. Der Bus nach Tarbert brauchte seine Zeit, die Nacht im Hotel war lang, die Fähre nach Uig fuhr zwei Stunden, in Portree auf Skye standen sie am anderen Mittag vor dem Richter. Der nahm dann, einen Tag später, den Detective Sergeant zur Seite. „Seien Sie bitte genauer bei Ihren Recherchen. Die guten Leute haben mit dem Tod des Kirk nichts, aber auch gar nichts zu tun."

In einer Regennacht bei kräftigem Weststurm, der die Fenster klappern ließ, wurde die Tür zu seinem Schlafraum aufgestoßen. Es stand ein Mann dort, groß wie ein Baum, in grüner, wassertriefender Pelerine. „Kommen Sie mit!"

Maclean folgte dem Unbekannten in eine Schafscheune, reetgedecktes Dach bis ins Heidekraut, die Sparren im feuchten Moor verankert.

„We have done it, the MacFarlane brothers!" John, Albert, Jamie, Billy, Whisker und Jeff MacFarlane. „Hier ist ein Stück vom Ohr des Toten, und das ist unser Bericht. Der Hieb erfolgte mit einem Säbel, nicht mit einer Axt, von hinten, nicht von schräg oben vorn.“

Detective Sergeant Maclean war sich diesmal ganz sicher. Der Mann mit der grünen, wassertriefenden Pelerine war dazugestoßen, als damals Kirks Blut auf die Straße sickerte. Der Säbel, eine Waffe der berühmten Lancashire Hussars, wies Flecken wie getrocknetes Blut und eine Scharte auf, die entstehen mochte, wenn Knochen eines inselschottischen Schädels gespalten wurden.

Richter Macpherson in Portree sah sich die sechs MacFarlane-Brüder an, fragte sie aus, verhörte den Zeugen in der Pelerine und machte wieder diese abweisende Gebärde, die Maclean, der Detective Sergeant, nun schon kannte.

„Kehren Sie auf die Insel zurück und helfen Sie uns, den Mörder zu finden“, bat der Richter die sechs verhafteten, jetzt wieder freigelassenen Brüder und den Tatzeugen.

Whisker MacFarlane nahm die Aufforderung sofort an. „Was müssen wir tun?“

Der Richter erklärte es ihm. Detective Sergeant Maclean sprach kein Gälisch. Aber der Mann in der Pelerine und alle sechs MacFarlanes. Wer auf Lewis einen Mörder sucht, muss Gälisch sprechen. Sie nickten alle.

Und dann hatte Whisker einen guten Gedanken: „Es hat“, sagte er, „keinen Sinn, wenn wir alle gleichzeitig suchen. Ich fange also allein an.“

Der Detektiv blieb bei Mrs. Campbell in Lionel und tat nichts. Er rauchte Pfeife, las und ging sonntags in die Kirche.

So begann die nächste Runde der Suche nach Kirks Mörder. Die MacFarlanes waren erfolgreich und der Zeuge auch. Whisker schleppte einen kleinwüchsigen Graeme an, den gewaltige Oberarme auszeichneten. Jeff brachte Hamish nach Portree. Billy fand einen geständnisbereiten Gordon. Jamie trieb eine Maureen auf, ein breithüftiges Weib aus dem Moor bei Airigh a Bhealaich.

Albert zog den Postausträger von Eoropie und John schließlich die Schwester der Haushälterin des weißhäutigen Pfarrers von North Dell nach Portree auf Skye.

Der Mann in der Pelerine kam mit einem graubärtigen Schafscherer zum verhörenden Richter.

Es sei nun wohl, unterbrach sich Alan, an der Zeit, an Bord zurückzukehren. Wir könnten ja, versuchte er meinen Einspruch zu brechen, eine Flasche mitnehmen. Also one for the road und eine Flasche for the ship.

Die Gegend da oben im Nordwesten Schottlands hat ihre Tücken. Man tritt aus der Pub, denkt an nichts Böses, und es kommt Nebel auf wider jede Wettervorhersage. Das Horn am Butt of Lewis brüllte über die weite, weite See. Die Nässe kroch uns unter die Jacken. An Bord wurde mir auch nicht wärmer. Der Whisky gefiel mir nicht mehr. Gegen die Kälte half schließlich nur noch mein Schlafsack. Alan kroch in seinen. Er sprach laut, ich vermute, ein gälisches Gebet, und schlief schnarchend ein. Ich muss ihm schnell gefolgt sein.

Am Morgen war seine Koje leer.

Kein Zeichen, kein Zettel, der Schlafsack aufgerollt. Er hatte am frühen Morgen die Opa Reimer verlassen. Da saß ich nun allein vor meinem Frühstück mit einer unvollendeten Geschichte. Wer hatte Kirk wirklich ermordet und warum? Das Nebelhorn vom Butt of Lewis brüllte noch in meinem Schädel – aus 68 Seemeilen Entfernung!

Ich fand Trost bei meinen Seekarten, suchte mir einen Kurs nach Norden um Cape Wrath und John O'Groats, weil die Strecke entlang der englischen Ostküste zurück nach Bensersiel kürzer und angenehmer als eine Reise durch die Irische See und den Englischen Kanal war. Das gab mir die Chance, noch einmal Stornoway und Port of Ness anzulaufen. Ich hasse Geschichten, die ohne Abschluss in der Luft hängen bleiben.

Der Wirt des *Blue Anchor* in Stornoway, der Kneipe mit der längsten Theke der Welt, ein griesgrämiger Mensch namens Finn Hendry, ließ sich zu einem herben Lächeln verleiten, als ich Alan Maclean erwähnte.

„Der mit dem schwarz-weißen Hund?“

Ich nickte.

„Wissen Sie, seit wann es da oben in Cross eine Kneipe gibt, die *Cross Inn*?“

Ich zuckte mit den Schultern.

„Seit sechzehn Männer und zwei Frauen, die Hälfte der erwachsenen, trinkenden Bevölkerung da oben, auf Regierungskosten nach Portree auf der Insel Skye reisten und fern von zu Haus jeden Abend Whisky tranken."

„Aber Kirk wurde doch ermordet!"

„Wirklich? Wer außer dem Constable und dem Sergeant aus Stornoway und Sergeant Macleod hat den Toten gesehen? Der Pfarrer von North Dell?"

„Sie meinen, der Mord war erfunden?", fragte ich den Wirt vom *Blue Anchor*. „Damit man da oben endlich die Erlaubnis bekommt, eine Kneipe zu eröffnen?"

Das schien mir doch alles ein bisschen weit hergeholt. Kann man dem griesgrämigen Finn Hendry glauben?

Ich lief noch einmal Port of Ness an, auf dem Weg über Nordschottland nach Hause. Wir hatten diesmal Hochwasser. Auf der Hafenmauer parkte ein Auto mit englischem Kennzeichen. Ich bat um Mitnahme zur *Cross Inn*.

Um sechs Uhr trat ich in die Public Bar. Gebogene, verräucherte Balken.

Beim dritten Scotch fragte ich den Wirt, der ein paar Brocken Deutsch aus seiner Militärzeit in Berlin sprach, nach Alan Maclean.

„Der Detektiv hat Mrs. Campbell geheiratet und ist letztes Jahr gestorben."

„Ich meine den Sohn mit dem schwarz-weißen Hund."

„Der kommt nicht hierher."

„Wo trinkt er denn? Die nächste Kneipe ist in Stornoway!"

Der Wirt zapfte mir eine Pinte schwarzes Bier.

„Ach", sagte er dabei, „der Sohn erfindet Geschichten und lässt sich mitnehmen nach Stornoway, nach Uig auf Skye oder wohin immer storyhungrige Leute segeln. Zum Wohl, mein deutscher Freund!"

25.

Ich gab die Seiten nach dem Lesen einzeln an Katrin weiter und so kam es, dass wir beide fast gleichzeitig mit der Story fertig waren und uns schmunzelnd ansahen. Katrin war überrascht, weil sie Gerd als Journalisten, nicht als Geschichtenerzähler kannte.

„Das ist ein amüsantes Garn", sagte sie. „Aber warum hat Gerd die Story hier auf der Insel geschrieben?"

„Offensichtlich, weil er Zeit hatte."

Wer allein auf einem Boot ist, hat oft genug Zeit und nicht immer Lust zum Klönen. Ich wusste, dass Gerd sich auf unseren Reisen Notizen machte, entdeckte manchmal ihre Spuren in den wenigen erfundenen Stories, die er veröffentlicht hatte. Doch eine ganze Story hatte er bisher auf keiner unserer gemeinsamen Reisen geschrieben. Aber wir waren bisher auch keiner so gefährlichen Sache auf der Spur gewesen. Im Golf ging es damals um den gewollten Tod eines einzigen Mannes – zugegeben mit politischem Hintergrund.

Warum hatte Gerd hier auf Lewis, wo es offensichtlich für ihn gefährlich gewesen war, eine Story geschrieben, für die man doch eigentlich Ruhe brauchte? Und warum hatte er sie vorausgeschickt – und warum kam sie jetzt von Ute zurück?

Katrin übersetzte den Inhalt Callum und Niall, und ich sah, wie beide lächelten. Offenbar hatten die Story und ihr Clou auch einen schottischen sense of humour angesprochen.

Gerd war in eine todernste Jagd verwickelt gewesen und hatte eine Story geschrieben, die man lächelnd genießen konnte. Warum das? Hatte er sich entspannen wollen, sich ablenken?

Ich nahm das erste Blatt noch einmal in die Hand. Die Geschichte des Alan Maclean von Port of Ness auf Lewis in Schottland. Seltsam, dass in einer erfundenen Story ein Name auftauchte, der so verdammt viel Ähnlichkeit mit Alex Macleod hatte. Warum hatte Gerd nicht den Namen des Skippers der *Seapride* benutzt? Zufall? Aber auch Zufall, dass ausgerechnet Alex Macleod die *Opa Reimer* gefunden und abgeschleppt hatte? Gerd hatte die Story doch … – ja, natürlich hatte er sie vor den Schüssen geschrieben. Tage vorher. Also Zufall! Und die anderen Namen?

„Kann ich mal einen Zettel haben?“

Katrin riss von ihrem Zeichenblock ein Blatt ab, gab mir einen weichen Bleistift, und ich schrieb die Namen aus der Story untereinander: Alan Maclean, Kirk, der Pfarrer, Alex Gillespie, Charles MacKee, Fiona, Neil, Mrs. Campbell, Sean Macleod, James, Neil. John, Albert, Jamie, Billy, Whisker and Jeff MacFarlane, der Mann in der grünen Pelerine. Richter Macpherson. Ein kleinwüchsiger Graeme, Hamish, Gordon, Maureen, eine ungenannte Frau, der Postträger und die Schwester der Haushälterin des Pfarrers. Finn Hendry. Der Wirt vom *Cross Inn*.

Und dann die Ortsnamen: Port of Ness, Eoropie, Stahanish, Knockaird, Five Penny Ness, Lionel, Sgeir Carach, Adabrock, Shielings of Chithish Mhor, North Dell, Habost, Cross, Skye, Uig Bay, Balnaknock. Cross Point. Portree. Sheilings, Loch Bacavat, Cross, Tarbert. Glen Cross, Cairn, Butt of Lewis, Cape Wrath, John O’Groats.

„Was soll das?”, wollte Katrin wissen.

Natürlich lag der Witz dieser Story darin, dass so viele beharrliche Säufer sich so lange auf Staatskosten herumfahren ließen und sich bei der Gelegenheit ausführlich betranken, bis die Behörden da oben in Cross jemandem die Lizenz für eine Kneipe gaben. Eine gut erfundene Story – aber warum so viele Namen?

Und dann die Ortsnamen! Natürlich wohnt ja jeder irgendwo und bewegt sich auch irgendwohin – aber warum so viele Ortsnamen?

„Haben Sie Karten von der Insel, Katrin?“

Neugierig kam Niall näher und Callum beugte sich über meine Schulter, als ich auf dem Tisch eine Ordnance Survey Karte ausbreitete, die im Maßstab 1 : 50 000 den Norden von Lewis zeigte, vom Butt of Lewis bis hinunter nach Stornoway und Callanish. Ich nahm den Bleistift, legte den Zettel mit den Personen und den Ortsnamen neben die Karte und begann abzuhaken.

Callum sah mir interessiert zu. Niall legte den Zeigefinger auf die Personennamen.

Ich hakte ab, was ich auf der Karte fand.

Und dann machte ich um zwei Ortsnamen Kreise: Sgeir Carach und Sheilings of Chithish Mhor. „Diese Namen passen nicht in die Geschichte. Gerd zählt am Anfang der Story Orte um Port of Ness auf. Unter den wahren Ortsnamen taucht einer auf, den es dort nicht gibt: Sgeir Carach. Und als aus verschiedenen Orten die vermeintlichen Täter vorgestellt werden, taucht wieder ein Ortsname auf, den es dort im Norden nicht gibt: Sheilings of Chithish Mhor. Kann mir einer erklären, warum der ganz präzise erzählende Gerd plötzlich zwei Ortsnamen erfindet?“ Ich sah mich um.

Callum beugte sich über die Karte. Und Katrin schüttelte den Kopf.

„Die beiden Ortsnamen sind nicht erfunden. Sgeir Carach liegt da unten, hinter dem Berg am East Loch Roag. Ihr wart gerade dort – das Haus von Fiona und Charles MacKee liegt eben oberhalb.“

Sie hatte Deutsch gesprochen, und ich übersetzte schnell. Die beiden Männer nickten.

Dann bat Niall mich, ihm die Story vollständig ins Englische zu übersetzen. „Jetzt möchte ich wirklich genau wissen, was Gerd da aufgeschrieben und nach Deutschland vorausgeschickt hat!“

Ich gab mir Mühe, wortgetreu zu übersetzen, fand aber Katrins Hilfe immer mal wieder doch ganz angenehm.

Ich hatte selten so aufmerksame Zuhörer wie Callum und Niall.

Diesmal lachte keiner der beiden, als ich die Story beendete.

Niall war aufgestanden und lehnte sich mit dem Rücken zum Fenster auf seinen Stock. „Sehr gut“, sagte er leise. „Sehr guter Mann, dieser Gerd. Und Sie haben offensichtlich sein Anliegen verstanden. Er hat einen Mann nur unter Verdacht, hat noch keine Beweise. Also setzt er den Namen ein, doch leicht verändert. Jeder, der Fragen wie wir stellt, versteht, was gemeint ist. Alle anderen Leser fühlen sich nur unterhalten. Zwei Orte passen nicht in die Geschichte, wie Sie gemerkt haben. Den einen haben wir, wie Katrin eben sagt, gerade besucht. In der leeren Hütte am Sgeir Charach hätte der Sprengstoff liegen müssen. Er lag nicht dort. Aber Alex Macleod war dort. Der andere nicht passende Ort liegt hier." Er tippte mit dem Finger auf einen Berghang nordöstlich von Seaforth Island im Loch Seaforth. „Da liegen die Sheilings of Chithish Mhor. Sheilings heißt Weide oder Hütte, solche Namen gibt's also auf der Insel zu Dutzenden. Dort am Berg aber nur diese Chithish Mhor!"

„Von See aus zu erreichen – auch mit einem Kutter!"

Callum zog die Karte zu sich herüber. „Gerade eben. Hier oben bei den Narrows ist Schluss. Hier kommt nur ein Kajak oder ein Schlauchboot durch. Aber bis zu den Sheilings hier schafft's ein Kutter. Das heißt ..."

Er hörte einfach auf zu sprechen. Katrin wollte Tee nachgießen, aber die Kanne war leer.

„Haben wir nicht ...?", fragte Callum und sah mich forschend an. „Hast du alles im Logbuch eingetragen, auch Schiffsbegegnungen?"

Ich schüttelte den Kopf. An Küsten Schiffsbegegnungen eintragen – da käme man nie von unten weg. Aber Callum hatte natürlich recht. Wir waren der *Seapride* doch an der Ostküste von Lewis begegnet – vor Tarbert und Scalpay. Gleich am ersten Tag unseres Törns, am Montag, dem 27. Juli.

„Die *Seapride* kam aus Loch Seaforth", sagte ich. „Jedenfalls mit großer Sicherheit."

Niall nickte. „Der Kutter hier und dann dort – obwohl weder hier noch dort Fischgründe sind, Fischfarmen oder Lobsterkörbe. Er war zuerst hier, dann dort. Man könnte also annehmen, er hat die Kiste bewegt, von Sgeir Chranach zum Chithish Mhor."

„Und warum?"

Niall zuckte mit den Schultern, fuhr mit der Spitze seines Stocks einer Linie im Teppich nach. „Das kann ich Ihnen nicht sagen! Aber wir sollten uns die Sheilings dort mal ansehen, Callum. Die Namen, die hier stehen, sind übrigens auch ganz interessant", sagte er. „Abgesehen mal von Alan Maclean. Der steht für Alex Macleod, das wird mir immer klarer. Offenbar war also Gerd sich über die Orte sicher, hatte aber noch Zweifel an der Person des Skippers der *Seapride*. Der ist übrigens politisch ein unbeschriebenes Blatt. Alle anderen sind Anhänger der Scottish National Party. Sie kennen die SNA? Die will Unabhängigkeit von England. So wie es die IRA für Nordirland will. Und wissen Sie, wer Kirk ist? Der Mann, der in der Story angeblich ermordet wurde und dessentwegen die Verhaftungen und die Fahrten begannen? Der Mann, der eine der Abenteuerschulen auf Lewis führt, heißt mit Vornamen Kirk. Kirk Shaunassy. Ich glaube, wir haben zu tun, Commander."

Zum erstenmal hörte ich Callums militärischen Rang.

„Aye, aye, Sir. Ich denke, ich schau mich erst mal alleine um. Du wartest besser hier, Skipper, bis alles vorbei ist. Dann segel ich mit dir nach Hause!"

Und so verschwanden Callum und Niall. Der graue Ford ruckelte über die schräge Straße nach Kirkibost hoch.

26.

Ich weiß nicht, ob ich mich richtig entschieden habe. Katrin jedenfalls hat mich weder gedrängelt noch mir abgeraten. Ich telefonierte mit Ute. Sie bestätigte, was wir aus der Story gelesen hatten. Alle Orte und Personen stünden in dem Text, bei Macleod war er sich in der Tat nicht sicher, darum der veränderte Name in der Geschichte: Das hatte Gerd ihr zugeflüstert, ehe er an seinen Schläuchen wieder eingeschlafen war.

Sie warnte mich. „Das ist nichts für dich, Heiko. Gerds Kollege starb an der Recherche, Gerd hätte es beinahe erwischt. Halt dich raus. Die Wahrheit kommt auch ohne dich ans Licht."

Katrin stimmte dem zu.

Sie war nicht zu bewegen, jedenfalls an diesem Nachmittag nicht, mir zu enthüllen, wer Niall war.

Er war sicherlich in diesen Dingen nicht unerfahren. Callum hatte aus seinem Stall kein Geheimnis gemacht. Zwei Profis waren also angesetzt, herauszufinden, was hinter der Spur des Todes auf Lewis steckte. Warum holte man nicht gleich Unterstützung? Eine Handvoll Ranger, Spezialisten aus der Navy, Marines oder wie immer Elitetruppen in Großbritannien hießen, würden doch jede Sache hier auf Lewis knacken. Wut lenkte meine Gedanken. Katrin sah das sehr viel nüchterner. Und wenn nichts von all dem stimmte? Bisher gab es in der Tat lediglich Indizien. Nicht ein einziges Gramm Semtex H war auf der Insel gefunden worden, geschweige denn eine ganze Kiste.

Ich gab nach einer Pfeife Tabak nach. In der Tat, wie sollte man den Überfall durch Soldaten rechtfertigen? Welcher Politiker wollte sich bodenlos blamieren, wenn nichts gefunden wurde? Nein, englische Klugheit verlangte etwas mehr Sicherheit. Ein alter Mann mit steifem Bein, ein agiler Commander – beide ließen sich leicht hinwegerklären, ein Militäreinsatz nie.

„Also warte ich hier und drehe Däumchen."

„Ich wollte ein Porträt von Ihnen malen!"

Ich lächelte. „Mit Augen hinter Vorhängen! Glauben Sie, ich sitze ruhig hier, während Callum die Burschen jagt, die Gerd erschießen wollten?“

Katrin sah mich lange an. Dann sammelte sie das Geschirr ein, stellte es in die Spülmaschine und begann, die Vorhänge vor die Fenster zu ziehen.

„Ich vermute“, sagte sie, „Sie werden nach Loch Seaforth fahren. Mit meinem Auto, wenn Sie mich mitnehmen!“

Ich schüttelte den Kopf. „Wir nehmen die *Opa Reimer*. Sie brauchen eigentlich nur einen Pullover und Ölzeug und einen Schlafsack. Und alle Ordnance-Survey-Karten, die Sie haben.“

Und so begann unser Törn um den Butt of Lewis herum wieder nach Süden. Es wehte heftig, direkt nach Süden schippernd hätten wir gegenan bolzen müssen. Bei Südwind und fallender Nacht durch das Gewimmel von Felsen und Inselchen an der Südküste – no Sir. Es gab nur einen Kurs: nördlich um die Insel herum. Wir liefen morgens aus, nach einem wenig Mut machenden Wetterbericht.

In East Loch Roag ging's uns noch gut. Erst als Great Bernera hinter uns in Regen und Dunst versank und wir bei Aird Laimishader abfielen, ahnten wir, auf was wir uns eingelassen hatten. Mit Tiumpan Head querab und sechzig Grad am Kompass bei achterlichem Wind und der querlaufenden See wussten wir dann, was uns die nächsten dreißig Meilen erwartete: ein nässender Teufelsritt.

Der Südwest kann einen Riesenanlauf nehmen – und das hatte er auch getan. Er war an Irland vorbeigefegt und lief in ein Tief, das gerade an Island vorbeizog. Das Tief füllte sich schnell auf, aber zunächst hatten wir Dampf auf dem Wasser. Der Wetterbericht hatte gale warning, eine Sturmwarnung, gegeben für die Seegebiete Rockall, Malin, Hebrides und Bailay. BBC warnt ab acht Beaufort, nichts Schlimmes für ein gut gebautes Schiff. In der Tat, mit kleiner Fock und einem Reff im Großsegel ließ sich die *Opa Reimer* gut steuern. Und die dreißig Meilen, etwa vier Stunden, würde ich gut allein durchstehen. Aber die Dünung ... Sie kam aus den Tiefen des Nordatlantiks, war hunderte von Meilen gelaufen und bereitete sich vor, an der Westküste von Lewis zu brechen. Ich hatte Katrin von der gefährlichen Leeküste nichts gesagt. Mein Schiff war stark, ich war ausgeruht, was sollte uns geschehen?

Achterlicher Wind und seitliche Seen in unsichtigem Wetter. Bis ich ganz da war, hatte Katrin in der Cockpit einen, den einzigen, Anfall von Seekrankheit, überwunden. Ihr Gesicht sah klein aus unter einem Tam o'Shanter, einer Mischung zwischen Baskenmütze und Pudelmütze, über den sie die Haube ihrer Öljacke gezogen hatte. Sie saß auf der Backbordbank, stützte sich mit ihren Stiefeln ab und klammerte sich an die Reeling. Ich konnte nicht jede See aussegeln, und wenn ich sah, dass der nächste Eumel uns beehren wollte, brüllte ich ihr eine Warnung zu. Dann zog sie die Schultern hoch und lachte, wenn das Wasser vorbeigeströmt war. Sie trug wie ich ein Handtuch um den Hals.

„Soll ich dich mal ablösen?", fragte sie, als die *Opa Reimer* den langen Hang einer hohen Welle hinunterglitt. Sie hatte sichtlich einige Erfahrung im Segeln. Leinen los und Plünnen hoch im Dubh Thòb hatte gut geklappt.

Sie hatte die stählerne Thermoskanne mit Tee in der Cockpit gelassen. Entweder, weil sie kein Vergnügen darin sah, im Taumeln des Bootes nach unten in die Kajüte zu gehen, oder weil sie als Seglerin wusste, wie schnell eine See in eine offene Luke einsteigen kann, selbst wenn der Rudergänger ungeheuer präzise steuert.

Ich schüttelte den Kopf. Aber eine Zigarette würde mir gut tun. Wenn's richtig weht, macht das Piepschmöken keine Freude, aber eine Zigarette in der hohlen Hand geraucht ist ein Vergnügen. Erst wenn auch das keinen Spaß mehr machte, wurde es wirklich schlimm.

Und ein Tee würde zur Zigarette passen.

Katrin schaffte beides. Sie duckte sich nach einem Schwall Spritzwasser, entzündete mit ihrem Zippo eine filterlose Navy Cut aus einem Päckchen, das sie aus den Bordvorräten entnommen und in ihrer Brusttasche aufbewahrt hatte. Sie gab mir die brennende Zigarette ohne ein Spur von Feuchtigkeit. Und auch der Becher Tee kam ohne Salzzutaten.

Nach einer Stunde hatte ich den Rhythmus der See gelernt. Ich wusste, wie ich anzuluven hatte und wie ich auf den rasenden Ritten schräg nach unten das Groß vorm Schiften bewahrte. Ich fühlte mich gut.

Südwestwind ist auch hier oben wohl immer warm. Ich sah winzige Wasserperlen in Katrins Gesicht. Warum langweilt sie sich nicht, überlegte ich. Miteinander reden konnte man kaum, der Wind riss uns jedes Wort vom Mund. Schon nach ein paar Sätzen tat die Kehle weh. Sie saß jetzt mit dem linken Bein auf der Back und starrte voraus in die anrollenden Wasserberge unter dem grauen, sichtnehmenden Dunst.

Wie oft mochte hier oben solches Wetter herrschen? Mit Radar würden sich natürlich zwei Schiffe finden – aber wie Ware übergeben, wenn die Seen rollten wie heute? Wie hatte die *Amica* die Übergabe geplant? Was macht man mit einer Kiste Sprengstoff, die man auf See übergeben will, wenn zum Zeitpunkt der Übergabe draußen der Teufel los ist? Gab es einen Ausweichpunkt, einen Hafen, den der Frachter unbehelligt anlaufen konnte?

Hier oben gab es nicht allzu viele, die für Frachter geeignet waren. Und dann fällt auch jede fremde Flagge außerhalb der üblichen Routen auf. Es sei denn, ein Hafen liegt weit weg und wird kaum benutzt.

Ich dachte an Gerds Geschichte zurück. Zuerst hatte ich sie nur für gut erfunden gehalten, dann die Hinweise auf das Versteck und die Personen entdeckt. Zeigte die Story noch mehr? Drei, vier Häfen waren erwähnt, Stornoway fiel aus, sicher auch Tarbert: zu viel Betrieb, zu viele Leute, die zusehen konnten. Blieben Port of Ness im Norden von Lewis, das aber für größere Schiffe kaum taugte. Der Hafen fiel trocken, laut Gerds Geschichte. Aber Uig auf Skye? Wenn ich mich recht erinnerte, gab es von dort eine Fährverbindung nach Tarbert. Fähren liefen nur ein-, zweimal am Tag. Was war sonst in Uig los?

Ein Schwall Wasser holte mich zurück. Es lief grün in die Plicht. Katrin lachte. Ich entschuldigte mich.

„Kennst du Uig auf Skye?“, fragte ich brüllend gegen den Wind.

Sie nickte. „Nichts los! Eine Pier, ein paar Schuppen. Leere See!"

Doch das hätte bedeutet, dass ein Frachter in den North Minch und den Little Minch einlaufen müsste. Nein, Port of Ness schien da wahrscheinlicher. Erster Hafen an der Ostküste von Lewis – unbedeutend, auf dem Übersegler nicht verzeichnet, war er vielleicht doch als Fluchthafen ganz gut zu gebrauchen. Wenn möglich, sollten wir ihn uns ansehen. Zwei Stunden noch bis zum Butt of Lewis.

Und plötzlich hörte ich das Nebelhorn. Tiumpan Head hätte sich dreimal alle neunzig Sekunden melden müssen. Doch war dort die miese Sicht kein Grund zum Dröhnen. Hier im Norden hing der Dunst dicker. Lewis meldete sich zweimal in neunzig Sekunden. Genau voraus, ein bisschen auf Steuerbord.

Vom Land war wenig zu sehen, Lewis war eh flach wie ein Brett, das schräg im Wasser lag. Ich dachte an Callums Beschreibung der Sommer und der Winter auf den Hebriden zurück. „Im Sommer fällt der Regen senkrecht, im Winter waagerecht!" Das hatte Gerd auch einmal über die Jahreszeiten in Ostfriesland behauptet. Es regnete zwar gerade nicht, doch Wasser von oben hätte es hier nicht wesentlich unangenehmer werden lassen.

Wenn man ein Ende absieht, macht auch ein tobender Törn Spaß. Wenn wir Lewis rundeten, würde es ruhiger werden.

Katrin saß jetzt und blickte achteraus, das Kinn auf dem angezogenen Knie. Ab und an öffnete sie – mit immer mehr Routine – die Thermoskanne für einen Becher Tee und rauchte schließlich selber eine Zigarette mit, sie mit beiden Händen schützend.

„Was für ein Licht!", sagte sie einmal laut.

Grau. Aber Grau hat viele Farben. Beißendes, fast Weißes voraus im Nordosten. Dunkle jagende Flecken über uns. Zwischen ihnen und dem Mast fegende Schleier, wie Tränen im Blick. Achteraus ein Vorhang, der hinter uns herwehte, als wolle er sich über uns werfen.

Überall zeigte das Wasser die Farbe des Himmels. Vorgestern im Süden so blau wie in den Tropen. Heute weiß gestreift und geädert. Die Seen tiefdunkel in den Tälern, glänzend an den Hängen und durchsichtig an den Kämmen.

Sie heben dich hoch, als wollten sie dich schweben lassen unter weißen Flügeln in irgendeine Unendlichkeit. Und lassen dich doch nicht los. Ziehn von achtern heran, melden sich hüstelnd, rauschen lauter und brummen vorbei, klatschen vor dem Bug zusammen, und in den tiefen Atem des Meeres mischt sich das Locken des Butt of Lewis – zweimal in neunzig Sekunden, wie ein langsamer, einschläfernder Herzschlag.

Wir rundeten das Kap um zwölf Uhr zehn. Ich hatte Katrin erklärt, was sie an der Großschot machen müsste, und riss an der Fockschot.

Es hätte auch schief gehen können. Hier oben kabbelte das Wasser und der Wind stand nicht sauber durch.

Wir schwitzten beide und lachten.

Der neue Kurs lag an: Port of Ness auf Lewis.

27.

Port of Ness war überhaupt nichts. Zwei Meilen südlich vom Butt hätten wir hier ankernd Schutz finden können – und bei hoher Tide, wie mein Echolot zeigte, hätte auch ein Dampfer hier ankern können. Doch nur bei Westwind und für jedermann sichtbar. Wer hätte da irgendetwas von Bord in Empfang nehmen können, ohne dass es alle Bewohner des Nordostzipfels sahen? Eine Yacht hätte sich in den trockenfallenden Hafen nördlich der Bucht schleichen können – wie es Gerd mit der *Opa Reimer* ja wohl getan hatte. Ich sah im Glas weiße und blaue Boote an der Pier dümpeln – hohe Tide, bei Ebbe glänzte hier der Sand.

„Was hast du vor?"

Katrin hatte sich aus dem Ölzeug geschält, atmete befreit und kratzte sich den Hals. Wir liefen jetzt genau Süd und hätten uns eigentlich ganz hoch am Wind voranboxen müssen, wenn nicht eingetreten wäre, was ich mir anhand der Wetterkarte ausgerechnet hatte: Die Insel hatte den Wind westlicher werden lassen. Wir schnurrten also fast mit halbem Wind nach Süden in einer eher ruhigen See. Raus aus dem Ölzeug – und Katrin wärmte unten ein paar Dosen an.

Meine Überlegungen erzählte ich ihr erst, als sie uns aus Pulver einen Espresso brachte, in dem der Löffel stand. Um nicht abzuheben, musste ich mich mit einem alten Scotch aus Gerds Beständen in die Plicht zurückholen – ganz gegen meine Gewohnheit. Auf See trank ich selten und an der Pinne so gut wie nie.

Ich vermutete, dass Niall von Land aus Loch Seaforth und die Sheilings am Chithish Mhor beobachten würde. Laut Katrins Karte waren die Sheilings hier Hütten. Gegenüber den Hütten kroch auf dem inneren Ufer von Loch Seaforth Wald in die Höhe, der wahrscheinlich gute Deckung gab. Er war, wie Katrin meinte, Privatbesitz von Kirk Shaunassy. Eine zarte, blaue Linie, die die Grenzen privater Güter auf der Karte angab, schlang sich um den Wald und kroch in einer schmalen

Schlinge ziemlich tief unten am gegenüberliegenden Ufer entlang. Der Chithish Mhor, an dessen Fuß die Weidehütten lagen, gehörte also nur mit einem Streifen dem Chef der Schule.

Daraus leitete ich meinen Plan ab.

Ich würde nicht in Loch Seaforth einlaufen. Wenn die Annahme stimmte, dass Alex Macleod mit seiner *Seapride* den Sprengstoff von der Westküste der Insel zum Chithish Mhor gebracht hatte, würde bestimmt jemand die Einfahrt bewachen. Bei Rhenigidale an der Einfahrt gab es sogar eine Jugendherberge. Die hatte bestimmt Telefon, also ließ sich leicht beobachten und mitteilen, wer in Loch Seaforth hineinfuhr. Das Objekt einer solchen Meldung wollte ich nicht unbedingt sein.

Mir war klar, dass es in diesem Geschäft keinen Spaß gab.

Wenn am Ende der Spur des Todes immer wieder Menschen durch Sprengstoff zerrissen wurden, dann war man unterwegs gewiss nicht zimperlicher. In dem Augenblick, in dem ich südlich von Kebock Head in einen der schmalen Fjorde einlief, könnte ich Zielscheibe werden. Im Loch Seaforth würde man sicherlich scharf schießen.

Und außerdem könnte ich dort auf Callum oder Niall treffen. Der Commander Special Operations würde eine Sache wie die angenommene sicher vom Wasser her knacken – Niall eher vom Land aus? Ich hielt mich lieber fern von beiden, da ging es mir besser.

„Ich werde in Loch Claidh an Land gehen, am Ende des Fjords mit dem Beiboot. Die *Opa Reimer* bleibt hier vorn hinter der Insel, praktisch unsichtbar. Und dann den Berg hoch. Unten liegen die Hütten am Chithish Mhor. Du bleibst am besten auf der *Opa Reimer*.“

Katrin antwortete lange nicht.

In der mäßigen See bei angenehmem Wind und häsiger Sicht war eine Pfeife gut.

„Und was erwartest du?“, fragte Katrin schließlich.

„Ich will nur wissen, ob das Zeug da ist. Dann segle ich nach Hause. Wenn Gerd wieder auf den Beinen steht, kriegt er von mir das Ende seiner Story. Auf Lewis wird der Tod umgeschlagen. Die Spur des Todes führt von Semtin über Malta und Lewis direkt nach Irland."

„*Eine* Spur!", verbesserte mich Katrin. „Der Stoff für Lockerbie kam in Frankfurt an Bord der PanAm-Maschine. Und es wird noch andere Wege geben."

Sie hatte recht. Wenn Gerd diese Spur gefunden und gelöscht hatte, würden neue getreten. Der Hass kennt alle Wege.

Trotzdem war das kein Grund, diese Spur nicht zu zerstören. Gerd war fast daran gestorben, kurz vor dem Ziel. Ich konnte wenig für ihn tun. Nur ihm sagen, dass er sich nicht geirrt hatte. Wenn er wieder arbeiten würde, würde er hierher zurückkehren und weitermachen. Es sei denn, Niall und Callum und neue Helfer hätten inzwischen klar Schiff gemacht. Damit wäre zwar Gerd seine Story los. Doch ihm kam es bei solchen Themen seit letztem weniger auf die Sensation als auf die Sache an. Manchmal meinte ich, er bewege sich auf den Chefredakteursessel zu oder auf den des Verlegers, wo die Politik des Blattes bestimmt wird – nicht die Themen.

„Ich denke, ich werde nicht allein an Bord bleiben", sagte Katrin. Wenn sie ihren Kopf so hob, sah ihr Kinn sehr hart aus.

„Die *Opa Reimer* ist leicht zu handhaben. Und nach meinem Handbuch ist das Wasser zwischen dem Festland und dem Inselchen Thinngarstaigh von allen Richtungen geschützt, selbst von Norden. Du wirst also dort sehr ruhig liegen!"

Sie stieg nach unten, holte sich die rosarote Karte und studierte sie. „Wenn du allein mit dem Schlauchboot Loch Claidh hochfährst, werde ich an Land gehen und dir am Ufer folgen. Es sieht so aus, als könne man dort gehen. Ich bleib nicht allein an Bord zurück."

Ich wollte irgendetwas über Angsthaben witzeln, aber Katrins funkelnde Augen warnten mich.

„Und wenn ... Was machen wir dann beide da oben?"

„Dasselbe wie du allein!"

Ich schwieg, weil ich selber noch nicht wusste, was ich tun würde. Rauszubekommen, ob der Sprengstoff dort lagerte, war mein Ziel. Das Schlauchboot ein Mittel, Loch Claidh der

Weg. Aber was sollte ich am Chithish Mhor machen? Wie findet man Sprengstoff? Woher weiß man, dass er es ist? Dass er der richtige ist?

Ich hatte ein Messer, die Seenotpistole und Werkzeug an Bord. Da fiel mir der Revolver ein.

„Schau mal unten unter dem Navigationstisch nach, Katrin. Da müsste noch ein Revolver liegen."

Sie nickte und kletterte nach unten. Aus alter Gewohnheit schloss sie die Luke hinter sich.

Es dauerte ein paar Minuten, ehe sie sich wieder sehen ließ. „Hier liegt kein Revolver! Den hat Callum vielleicht mitgenommen!"

Natürlich. Niall und Callum hatten ja gestern unten an der Pier gehockt, und Callum war zwischendurch mal an Bord verschwunden. Da hatte er bestimmt den Revolver an sich genommen.

Nun würde ich mein Ziel ohne Schießeisen erreichen müssen. Mein Messer schien mir ein bisschen schwach, um zum Beispiel eine Tür aufzubrechen. Also bat ich Katrin, mir einen Kuhfuß aus dem Werkzeugschapp unter dem Niedergang hochzureichen.

„Und wann gehen wir an Land?"

„Sobald wir die *Opa Reimer* festgemacht haben hinter Thinngarsteigh im Loch Claidh. Das wird sicher achtzehn Uhr. Dann sollten wir etwas essen und die Dämmerung abwarten. Leg dich hin und schlaf eine Runde, Katrin. Ich komme hier oben allein klar."

Sie verschwand, aber ich hörte sie unten klappern. Sie machte nach dem Essen klar Schiff. Und verschwand dann in einer der Vorschiffskojen.

Ich war mit der *Opa Reimer* östlich von Lewis allein auf dem Wasser mit südlichem Kurs. Die Halbinsel Eye lag querab, südlich von ihr grüßte Stornoway, wo für mich alles begonnen hatte. Ich holte die Nationale ein. Von nun an war die *Opa Reimer* irgendeine Yacht, nichts Besonderes mehr, das mit seinem Schwarz-Rot-Gold hier weithin auffiel. Wenn stimmte, was Niall aus Gerds Geschichte gelesen hatte, dass mehr als zwei Dutzend Leute allein im Norden der Insel Anhänger einer schottischen Unabhängigkeitsbewegung waren und damit Sympathisanten der IRA, die ja für Nordirland auch Unabhängigkeit von England wollte, dann war es besser, niemand erkannte mich. Alex Macleod hatte sicher dafür gesorgt, dass seine Freunde wussten, welches Ziel die *Opa Reimer* damals verfolgt hatte. Und eine *Opa Reimer* immer noch in denselben Gewässern und wieder auf dem gleichen Südkurs wäre verdächtig.

Ich hatte die Fock gewechselt, das Reff ausgeschlagen und die *Opa Reimer* lief, dass mir das Herz hüpfte.

Bei einem solchen Kurs in friedlichem Wasser konnte ich tief entspannen. Ich brachte die Yacht in das richtige Gleichgewicht zwischen Schot und Pinne, stützte beide Ellbogen auf meine Knie und ließ den Kopf hängen. Ein letzter Blick rundum. In dem leichten Dunst im Minch schien die See leer, und ich atmete aus und ließ mich fallen in eine Viertelstunde Tiefe.

Ich tauchte nach genau fünfzehn Minuten wieder auf. Ein Blick aufs Log zeigte zwei Seemeilen Fahrt durchs Wasser mehr. Mit dem verlässlichen Reed's auf den Knien fand ich die richtige Frequenz für eine Radiopeilung: 298,8 Kilohertz.

Das Gezirpe wecke Katrin. Sie kam nach oben, hielt das Gesicht in den Wind und kämmte sich ihr Haar. „Wo sind wir?"

Sie duftete nach Schlaf und Traum und Frau, als sie sich neben mich über die Karte beugte.

„Ungefähr hier", sagte ich. „Scalpay liegt etwa acht Seemeilen, einen Strich an Steuerbord voraus."

Der Wind hatte nördlicher gedreht, wieder einmal hatte der Wetterbericht recht gehabt. Ich konnte westlicher laufen und dichter unter die Küste gehen.

Ein grauer Tag brachte einen grauen Abend. Flach und konturenlos lag wie ein schwarzer Schatten das Land an Steuerbord.

Ich bat Katrin, die Pinne zu übernehmen, und beobachtete sie. Ohne Zweifel hatte sie Segelerfahrung. Sie hielt die *Opa*

Reimer auf Kurs, ohne sich vom Kompass zu Schlangenlinien oder Segelkillen verleiten zu lassen.

Ich machte meine Kartenarbeit. Die Funkpeilung wiederholte ich und rechnete diesmal sehr exakt. Gegenrechnung: Das Kreuz auf der Karte stimmte. Ich setzte die Uhrzeit daneben und begann wieder zu rechnen. Stromversetzung, Wind und dann die Zugaben für den Kompass.

In zehn Minuten müssten wir genau nach Norden laufen auf den Schatten des Landes zu in die Einfahrt nach Loch Claidh. Ein unbefeuertes Wasser mit einigem Unterwasserdreck davor.

Ich hatte hoffentlich richtig gerechnet. Wenn man von See aus im Abenddunst nach einem sonnenlosen Tag eine schattige und bergige Küste anläuft, sehen alle Fjorde gleich aus.

„Klar zum Wenden!“, sagte ich. „Und dann zehn Grad am Kompass. Hoffen wir das Beste!“

28.

Der Anker fasste, auch der zweite. An zwei Eisen lag die *Opa Reimer* zwischen der winzigen Insel Thinngarstaig und dem steil aufsteigenden Festland. Wir hatten weit und breit kein Schiff gesehen. Auch im Glas schien das Loch, das sich nach Nordost dehnte, leer.

Trotzdem setzte ich ein Ankerlicht. Ohne Licht hätte ich Neugier erregt. Mit Ankerlicht war ich eine ganz normale Yacht auf Tour. Es war merkwürdig kühl. Der Wind war eingeschlafen, wir hatten die letzte Meile unter Motor laufen müssen. Über uns ungegliederter, sternenloser Himmel.

„Morgen früh?“, fragte Katrin.

Natürlich nicht. Ich wollte die Nacht nutzen und die Tide, um das Loch hinaufzukommen. Es war halber Mond – aber was hieß das schon bei niedrigen Wolken und Dunst über dem Wasser? Ich würde mein Schlauchboot nach dem Gehör und im suchenden Strahl einer Lampe steuern müssen. Meinem kleinen Bootskompass traute ich nicht sehr, doch auf drei Meilen konnte nicht viel schief gehen. Dann säßen wir am Ende in einer mächtigen Schlucht, in die ein Bach mündete. Und die Kletterei würde beginnen. Bis zu den Hütten waren es noch einmal fünf Meilen durch wegloses Gelände. Wir würden den letzten Schluck Dämmerung nutzen können.

Katrin trug wie ich Stiefel und eine dunkle Jacke. Ihr bunter Tam o'Shanter würde im Dunkeln nicht auffallen. Einen Augenblick überlegte ich, ob wir uns die Gesichter mit Schuhcreme schwärzen sollten. Ich ließ es, weil ich eine Story brauchte, falls wir unterwegs auf jemanden trafen. Es hätte ein Fischer sein können, verspätete Wanderer, Schafhirten. „Wir wollen uns ein bisschen an Land umsehen!“ So etwas glaubt man niemandem, der mit geschwärztem Gesicht rumläuft. Wenn wir uns noch besser tarnen mussten am Chithish Mhor, dann hoffte ich auf Moor. Auch Torf färbt, tropft allerdings leicht von schwitzender Haut.

Doch würden wir schwitzen? Als ich das Boot ins Wasser

gleiten ließ, war mir eher kühl, und auch als ich den Außenborder ansetzte und festschraubte, den Tank entgegennahm und pumpte, wurde mir nicht wärmer.

Als letztes reichte mir Katrin die Paddel und ließ sich dann über die Heckleiter der *Opa Reimer* in das Schlauchboot gleiten. Ich fing sie auf, wir umarmten uns überrascht, sie hockte sich in den Bug und löste die Festmacherleine. Aus einer ihrer Taschen zog sie eine lange, gummierte Taschenlampe.

„Knips noch nichts an!“, sagte ich. „Ich sehe noch genug.“

Beim zweiten Reißen sprang der Motor an. Das Knattern wollte mir den Kopf sprengen. Ich wartete, dass Vogelschwärme sich schreiend aus den dunklen Uferhängen lösten. Doch nichts geschah.

Katrin hockte ruhig im Bug, schoss die Leine auf, und ich legte den Gang ein und drückte die Pinne zur Seite. Das Schlauchboot glitt um die *Opa Reimer* herum, wir duckten uns unter den Ankerleinen, und dann fuhren wir unter dem nördlichen Ufer nach Nordosten.

Ich qualmte eine kleine Pfeife. Auf der Tour den Berg entlang würde ich dazu keine Gelegenheit mehr haben und ganz bestimmt nicht auf der anderen Seite am Berg. Sie wurde zu heiß, und ich klopfte sie aus.

Der Fjord war nur gut eine halbe Meile breit. Sein Wasser lag schwarz und gänzlich unbewegt vor uns. Es roch nach einer Mischung aus Moor und Salz, die die Nase kitzelte und das Atmen leicht machte. In der Karte hatte ich weder Haus noch Hütte eingezeichnet gesehen, auch Straßen und Wege fehlten hier. Erst hinter dem Berg und an der westlichen Seite von Loch Seaforth schlängelte sich eine Asphaltstraße durchs Land. Nördlich von uns schob sich eine kleine Bucht in den Berghang, auch sie leer. Das Handbuch hatte sie als guten Ankergrund ausgewiesen. Der Strahl von Katrins Taschenlampe fand nur schwarzglänzende Uferstreifen, die schnell in steile Berghänge übergingen.

Die Berghänge rückten näher, stumpfer glänzte das Wasser, das Echo des Motors schmerzte mehr. Ich ließ das Boot langsamer laufen. Der Geruch nach Torf und Moor nahm zu. In der dichter werdenden Dämmerung hingen an Steuerbord plötzlich glänzende Fäden in den Bergen, ich zählte vier Sturzbäche und bat Katrin, die Lampe anzuknipsen und das Wasser voraus abzusuchen. Der Kegel blieb auf einem glänzenden Band hängen, einem Bach, der das Ende des Fjords bezeichnete. Hier fiel Süßwasser in die See. Ich hatte mit Sumpf gerechnet, aber als wir uns ganz langsam näherten, blieb das Wasser im Scheinwerferstrahl klar und der Bug rieb sich an einem rundgeschliffenen Felsen. Katrin erhob sich und kroch an Land, die Leine in der Hand. Wie eine Keule schlug ihr Laternenstrahl durch das Dunkel. Berghänge dicht am Ufer eines Baches, alles steil ansteigend.

Wir zogen das Boot so weit an Land, wie es ging. Hier würde zwar Tide wirken, doch wir hatten Stillwasser und danach ablaufendes Wasser. Der Tidenhub betrug nach dem Handbuch ganze sechzig Zentimeter, wir würden also das Boot jederzeit wieder zu Wasser kriegen. Ich legte die Festmacherleine um einen Fels, der aus dem Heidekraut leuchtete – aus alter Gewohnheit.

Und dann begannen wir um neun Uhr unseren Aufstieg. Wir folgten dem Bach.

Von links und rechts mündeten unzählige kleine Wasser in das größere, das zu Tal lief. Lewis war für die von Westen heranziehenden Wolken das erste Hindernis. Sie regneten sich ab und die Insel lebte im Norden vom Torf, der sich in Jahrtausenden aus Pflanzen gebildet hatte, die der Wind stürzte und der Regen vermodern ließ. Wir hielten uns eng am Bach mit den kieselrund geschliffenen Steinen. Jeder Schritt nach rechts führt in Sumpf. Es war gut, dass wir auf Gummistiefel verzichtet hatten und Lederschuhe trugen, gepolsterte Schuhe mit weichen Rändern und harten Sohlen und Stollen. Ich hatte meine in der Backskiste entdeckt, hatte ganz vergessen, dass ich solche Treter überhaupt besaß. Jetzt taten sie mir wohl.

Jeder von uns folgte seiner Lampe. Ich führte, ging nicht sehr schnell und war überrascht, wie leicht Katrin das Steigen fiel. Mir wurde warm, und als das Rauschen des Bachs neben uns plötzlich leiser wurde und der Himmel sich weitete, die

Bergwände zurücktraten, ließ ich meine Lampe schweifen. Heidekraut, sanft ansteigend. Weit rechts, hinter dem Ende der Lichtkeule, ein Berg. Ich zog die Karte aus der Jackentasche. Das musste der Carn Ban sein, 486 Meter hoch.

Weit hinter ihm hob sich noch einmal das Land, doch näher bei uns fiel es langsam zum östlichen Ufer von Loch Seaforth ab. Wir hielten uns auf der Höhe der Bachquelle am Berghang, bis ich vor uns im fallenden Gelände Chithish Mhor entdeckte, einen breiten Kegel mit sanften Schultern. Westlich von ihm lag die Weide mit den Hütten.

„Pause?“, fragte ich leise.

Katrin schüttelte nur den Kopf.

Heide und Felsen unter dem letzten Dämmer eines fallenden Abends. Noch konnten wir unsere Taschenlampen einsetzen. Aber wenn wir abstiegen, um Chithish Mhor exakt zu treffen, würde uns ein Beobachter von der nördlichen Seite des Loch Seaforth leicht entdecken. Und damit war zu rechnen. In Abenteuercamps gehen Leute ja nicht mit den Hühnern zu Bett, sondern lernen, auf alles und jedes zu achten.

Noch immer ungegliederter sternenloser Himmel. Und das letzte Licht des Sonnenuntergangs erlosch. Ich hatte keinen Kompass mitgenommen, misstraute diesen tragbaren Winzlingen und versuchte mir einzuprägen, wie ich mitten in der Nacht in Heide- und Felsgelände, das nach Westen abfiel, einen sauberen Nordkurs hielt. Da sah ich weit weg einen winzigen Lichtpunkt.

Meine Taschenlampe war viel zu hell so nahe an meiner Karte, aber wenn wir uns nicht verraten wollten, mussten wir das starke Reflektieren vom Papier ertragen. Da drüben lag Shaunassys Waldgelände, und vielleicht gab das Licht, das ich sah, heimkehrenden Abenteurern Trost und Richtung. Uns half es jedenfalls auch. Daneben, östlich der Peilung, erhob sich Chithish Mhor. Und an seinem Fuß, über dem Wasser, lagen die Hütten. Und irgendwo da musste dieser Sprengstoff versteckt sein. Oder wir alle hatten uns geirrt, Gerds Geschichte völlig falsch verstanden.

Westlich von der Lichtpeilung voraus schien der Himmel

plötzlich heller. Wir hatten Seaforth Island, das wie ein riesiges Ei im Loch Seaforth ruhte, hinter uns gelassen. Auf der anderen Seite lagen Ardvourlie und Alan's Lodge. „Gehöfte und ein Hotel!“, flüsterte mir Katrin zu. In dieser Stille schien Flüstern richtig – doch dann mussten wir beide lachen. Wer sollte uns hier, Meilen von jeder Behausung entfernt, hören?

Mein Schritt quietschte plötzlich – Sumpf. Ich knipste die Lampe an und wischte mit dem Strahl nach Westen und Osten. Bergan schien mir das Heidekraut am festesten. Ich ging ein paar Schritt bergauf, tastete mit der Lampe den Boden ab, fand einen Felsen und sprang. Drüben federte mich die Heide ab.

Meine Lampe fuhr den Weg zurück zum Wasser ab, blieb vor Katrin hängen, zeigte ihr die Richtung. Katrin sprang, und ich fing sie auf.

„Ich schätze, noch einen Kilometer!“

Sie blieb leicht atmend an meiner Schulter. Dann knipsten wir die Lampen aus, ich gab Katrin meine linke Hand, und so begann unser Weg zu den Hütten, wo der Sprengstoff lagerte.

Lagern sollte.

29.

Drei Hütten am Wasser, am Steilufer hinter dem Drahtzaun, der wohl gegen Kaninchen unten aus dichten und oben aus grobgewebten Maschen bestand. Er hing so tief durch, dass es leicht war, ihn zu überklettern. Das Schild *Trespassers will be prosecuted*, das hier den Eintritt verbot, lag mit der Schrift nach unten in kurzgefressener Heide. Hier hatten Schafe geweidet. Im Lichtkegel sah ich ihre Schietkügelchen und Schietzapfen.

Die Hütten lagen im Dreieck, unbeleuchtet, unbewohnt sicherlich auch. Denn über den Berg führte kein Weg und unten am Wasser sah ich keinen Anleger, nicht einmal ein Pfad führte die zwanzig Meter vom Wasser neben einem Bachstummel empor. Die Reetdächer, die sie offensichtlich mal bedeckt hatten, waren verweht. Es roch nach Moder und ich meinte, das Pfeifen und Rascheln von Ratten zu hören. Der schnelle, suchende Strahl fand nichts als Schutt, Steinschutt, Holzreste und ein paar Glassplitter, in denen sich das Licht brach. Auf diesem bunten Hügel wucherten feste grüne, gut erkennbare Pflanzen. Ganz offensichtlich kein Versteck, das kürzlich angelegt worden war.

Ich spürte neben mir Katrin atmen. Wir gingen gebückt zu dem am weitesten unten gelegenen Hausrest.

Dank des Lichts, das zwar ziemlich spärlich, aber weisend genug von Ardvourlie herüberschien, brauchten wir unsere Taschenlampen nicht anzuknipsen. Die Hausruinen schimmerten weiß. Auch hier nichts, dichtes Heidekraut wucherte von Innenwand zu Innenwand. Der Rest einer Tür knarrte in den Angeln, als ich wieder nach draußen kam.

Auch das letzte Häuschen zeigte nichts. Moorgras und Heide in der Ruine. Ich versuchte mit dem Kuhfuß durch den Bewuchs zu stoßen. Überall Fels, nichts Hölzernes gab nach, kein Blech ein Echo.

Durch die Tür, deren Blatt längst verrottet war, sahen wir nach draußen auf das Wasser und das Licht am anderen Ufer, knapp eine halbe Meile entfernt. Mir schien bei Alan's Lodge ein Licht zu blinken. Über Ardvourlie glänzte der Himmel heller. Ich sah nach oben, durch die paar Sparren, die noch vom Dach übriggeblieben waren und den Himmel in bizarre Flächen teilten. Der Dunst hatte sich gehoben, es wehte kräftiger, mir schien, als trieben Wolken deutlich gegeneinander abgesetzt. Wahrscheinlich würden wir bald Sterne sehen. Und Mondlicht. Wir hatten halben Mond, den nur der Dunst und die Wolken bisher verdeckten.

Ich spürte Katrin neben mir.

„Hier ist nichts", sagte ich.

Sie lehnte den Kopf an meine Schulter. „Was wollen wir tun?"

Eigentlich blieb nur der Weg zurück. Denn wir konnten wohl schlecht in der Nacht mit Taschenlampen den Berghang absuchen, das Privatland von Kirk Shaunassy. Wie lange sollten wir auf Mondlicht warten?

„Wir laufen zurück", sagte ich. „Wenn wir Mondlicht kriegen, sieht man uns. Und das wäre mitten in der Nacht nicht gut."

„Gerd hat sich also geirrt!" Das klang aus Katrins Mund bedauernd.

„Oder es liegt hier irgendwo anders. Der Uferstreifen ist breit. Wir können ihn uns ja morgen im Tageslicht von der anderen Seite mal genauer ansehen."

30.

Das taten wir als Touristen.

Die See war an diesem Morgen ruhig. Ein paar Möwen zirkelten über Thinngarstaigh, als ich mich in einem schmalen Bach zu waschen versuchte. Unten auf einem Felsen hockte ein Kormoran. Er flog erschrocken auf, als ich die Leiter an Bord kletterte, und trieb zur See hin davon. Stille, die in den Ohren dröhnte, nur das Schlabbern der Wellen am Rumpf machte uns klar, dass wir nicht schliefen.

Ich zeigte Katrin auf der Karte, was ich vorhatte.

Die *Opa Reimer* sollte bleiben, wo sie war. Sie ankerte so gut wie unsichtbar hinter dem Inselchen. Wir würden mit dem Schlauchboot Loch Claidh queren und dann die Küste entlang über den Eingang von Loch Seaforth hinweg nach Rhenigidale tuckern. Wenn es hier noch die Jugendherberge gab, die Katrins Karte zeigte, dann gab es unten am Wasser bestimmt eine Stelle, wo wir das Boot an Land ziehen und sichern konnten. Gäste der Herberge würden sicher mal dort unten baden wollen. Und wo eine Herberge war, gab es auch einen Weg. Eine kaum erkennbare, gestrichelte Linie führte von Rhenigidale eine Meile die Küste entlang, bog dann zu einem Inlandsee und führte weiter nach Norden, wo sie nach zwei Meilen auf die Landstraße nach Ardvourlie und Alan's Lodge führte, die vier Meilen entfernt westlich von Seaforth Island, eben südlich vom Wald lagen. Knapp hinter Alan's Lodge würden wir die Hütten und den Chithish Mhor gut mit dem Glas absuchen können, ohne aufzufallen.

„Und warum tuckern wir nicht mit dem Boot die ganze Strecke nach Alan's Lodge?", fragte Katrin und fand selber die Antwort. Ein Schlauchboot würde im Loch Seaforth genau so auffallen wie eine Yacht. Wenn wir uns unverdächtig umschauen wollten, mussten wir laufen, fünf Meilen über Pfade, bis wir auf die asphaltierte Straße trafen. Dort könnten wir versuchen, ein Auto anzuhalten, das uns bis Alan's Lodge mitnahm. Denn noch einmal fünf Meilen, hieße insgesamt zwanzig Meilen hin- und zurückzulaufen. Ich war kein sehr geübter Marschierer. Sechsunddreißig Kilometer schienen mir eine gewaltige Leistung.

So fuhren wir los – nur Fernglas und Karte bei uns – und natürlich mein Messer. Auf den Kuhfuß musste ich verzichten. Er passte schließlich nicht zu harmlosen Wanderern.

Im Loch Claidh stand eine leicht kabbelnde See, die Tide drängte gegen den Wind.

So dicht unter die Felsen hatte ich mich mit der *Opa Reimer* nie getraut. Mit dem Schlauchboot konnte ich die Felsen fast streifen. Katrin kniete im Bug und starrte voraus ins Wasser. Nur gelegentlich hob sie die Hand und gab einen Kurs an, der einer Untiefe auswich. Muscheln klebten an dem schwarzgrünen Uferrand, den die Tide bedeckte und immer wieder freigab. Über dem Streifen begann braungrau der Fels, zerrissen und gespalten, vielfach ausgewaschen. Über mir auf den Simsen sah ich Kormorane und vor den hohen Felsen wirbelten Möwen.

Bei Westwind war das Wasser bis auf eine lächerliche Dünung sanft zu uns. Wenn der Wind allerdings umsprang, würde die Heimfahrt nass werden.

Im Fahrtwind sprachen wir nicht miteinander.

Die Einfahrt zum Loch Seaforth zeigte noch unruhigeres Wasser als Loch Claidh. Der Wind hatte hier eine doppelt so lange Strecke, um von den Bergen in die See zu fallen. Wir drifteten trotz Gegensteuern südlich ab und ließen Rhenigidale Island nördlich von uns, ein pfenniggroßes Inselchen.

„Da!“, rief mir Katrin zu, „genau querab rechts!“

Da lag ein Haus fünfzig Meter über dem Wasser. Ich nahm das Glas. An einem Mast eine Flagge, die der Fallwind steif auswehte. Ich erkannte das Zeichen und die Buchstaben SYHA, Scottish Youth Hostel Association. Und unten ein Anleger, an dem ein Holzboot lag, eine Netzboje im Heck.

Von oben kamen zwei junge Männer in Kniehosen und roten Strümpfen nach unten, als wir uns näherten. Sie sprachen untereinander Deutsch, hielten uns aber für Engländer oder Schotten. Wir dankten für die Hilfe beim Herausheben des

Boots und fragten nach dem Weg.

Er war leicht zu finden, ein gelbes Dreieck folgte als Wanderzeichen der schmalen Spur durch die runden Felsen im kurzen Heidekraut.

Erst oben, als der Pfad etwas breiter wurde, konnten wir nebeneinander gehen, auf die Nordspitze des Inlandsees zu, der vor uns glänzte.

„Wie erreichen wir Niall oder Callum, falls wir etwas entdecken?“, fragte ich Katrin.

„Ich habe Nialls Telefonnummer. Aber vielleicht ist er gar nicht zu Hause, sondern mit Callum unterwegs – mit dem gleichen Ziel wie wir.“

„Du müsstest mir mal erzählen, wer Niall ist. Ein alter Mann mit steifem Bein, der Sprengstoff sucht, weil er mal in Nordirland gearbeitet hat? Mir fehlen ein paar Stücke in dem Teppich.“

Eigentlich überraschte mich nichts von dem, was Katrin erzählte. Gelesen hat man das immer schon mal.

Niall MacDougall war ein Name, den er angenommen hatte, als er aus Nordirland zurückkam und eine Weile verschwand. Vielleicht hat man an seinem Gesicht etwas verändert. Nichts ändern konnte man an seinem Knie. Ein gezielter Schuss hatte es in Irland zerstört. Das Bein blieb steif – aber es gab im vereinigten Königreich tausende von Männern mit einem steifen Bein.

Doch nur wenige verdankten zerschmetterte Knie einer irischen Kugel. Die IRA, erklärte Katrin, pflegt Männer beim ersten Vergehen ins Knie zu schießen. Beim zweiten ins zweite. Und erst beim dritten Mal wird der Mann getötet. Auf diese Weise schreckt man Verräter ab.

Niall, oder wie immer er damals hieß, war Engländer. Er kam in die Verwaltung nach Nordirland – und suchte seinen eigenen Weg.

„Man kann doch nicht in der Verwaltung einer Provinz arbeiten und sich, sagen wir, um die Stromversorgung oder die Müllentfernung kümmern, während sich in den abgelegeneren Straßen die Menschen umbringen, sobald sie den Stacheldraht überwinden können, der sie trennt. Warst du mal dort, Captain?“

Ich schüttelte den Kopf. Ich kannte Nordirland nur aus Wochenschau und Fernsehberichten und natürlich aus Fotos im *Weltbild*, Gerds Hamburger Illustrierter.

„Friedlich sieht das alles aus, wie aus dem Ferienprospekt. Geh nur nicht in die falschen Ecken nach Belfast oder nach Kesh oder Newry. Soldaten mit kugelsicheren Westen und Schnellfeuergewehren, neuerdings sogar mit Stahlhelmen. Nie einzeln, immer mindestens zwei Mann oder vier, die die Straßen patroullieren. Und das im Zwanzigsten Jahrhundert mitten im kultivierten Nordeuropa. Da kann man doch nicht einfach die Hände in den Schoß legen!“ Wieder einmal zuckte Katrin hilflos mit den Schultern. „Tur mir leid“, sagte sie. „Zurück zu Niall.“

Der hatte Gruppen junger Leute zusammengebracht, Computerkurse eingerichtet, die ihm zwei internationale Unternehmen finanzierten. Die waren interessiert, in Nordirland zu produzieren, und brauchten Ruhe. Offenbar hatte sich die Sache gut angelassen. Abendkurse für junge Leute – Katholiken und Protestanten. Computer beten weder so noch so. Und wer mit ihnen arbeitet, sollte einen klaren Kopf behalten.

Offenbar hatte Niall auch Kontakte zur IRA gehabt, denn die hielten still. Wohl weil sie geahnt hatten, dass eine Computerfirma Arbeitsplätze bringt – aber auch nach Schottland ausweichen kann.

„Es sah gut aus!“

Und dann war wieder der Wahnsinn explodiert. In irgendeinem Grenzdorf war ein Bus ausgebrannt – vier Tote. Sie hatten alle zu einem von Nialls Kursen fahren wollen.

„Die IRA?“, fragte ich.

„Nein! Diesmal waren es wohl die Ulster Freedom Fighters, die Nordirland bei England halten wollen. Und genauso brutal vorgehen wie die IRA.“

Der Rest verlor sich im Gewirr von Hass und Blut. Niall war ins Knie geschossen worden, die IRA hatte gewarnt.

In England hatte man ihn behandelt und ihn ausquetscht.

Er wusste natürlich einiges und hatte gegen Verhörspezialisten keine Chance.

„Du meinst, die Engländer haben ihn gefoltert?"

„Ganz bestimmt nicht!" Sie schüttelte energisch den Kopf. „Das macht man doch anders. Man fragt geduldig und immer wieder und immer wieder. Ein Knie heilt nur langsam, und die Übungen, die das lahme Bein trainieren, dauern auch. Und dann hat wohl Niall auch eingesehen, dass man auf sanfte Weise mit Leuten nicht umgehen kann, die mit Pistolenschüssen ins Knie warnen. Er verschwand irgendwo in der Verwaltung, vielleicht sogar in den ehemaligen Kolonien, und kam nach seiner Pensionierung nach Lewis und lebt in Five Penny Borve als Niall MacDougall."

„Bis dann Callum kam!"

„Ja", nickte Karin. „Niall hat ihn gerufen."

Ich hatte meine Peilungen. Zwei Mann liefen einer Story nach, die bisher nur auf dem Papier existierte und als einzigen Zeugen einen stummen Mann auf der Intensivstation der Universitätsklinik in Hamburg hatte.

Und ich tat das Gleiche – mit Katrins Hilfe.

Vor uns glänzte jetzt die Asphaltstraße, die nach Norden nach Ardvourlie führte, von Tarbert aus.

Hier musste wohl früh eine Fähre angekommen sein, denn in nicht allzu großen Abständen rollten Autos nach Norden.

Wir hatten Glück. Ein französischer Wagen hielt und nahm uns mit. Das Ehepaar fuhr weiter nach Stornoway. Wir stiegen an einer Steinbrücke vor Ardvourlie aus, sie überspannte ein Flüsschen, das nicht allzu tiefes, sehr klares Wasser führte. Früher war man hier wahrscheinlich zu Fuß oder per Wagen durch eine Furt gekommen, diese Brücke hatte sicher Lord Leverhulme bauen lassen.

Telegrafenmasten folgten der Straße. Den Asphalt teilte ein immer wieder unterbrochener weißer Farbstreifen. Mit wie viel Verkehr rechnete man hier? Rechts neben der Straße wuchs dichtes, niedriges Heidekraut, links versuchte Gras sein Glück. Doch größere Schotterflächen waren erfolgreicher, und immer wieder Büschel blühender Disteln.

Wir hatten nun endlich so etwas wie einen geformten Himmel. Flache Wolken trieben langsam nach Osten und ihre Schatten zogen über die steindurchsetzte Wiese zum Ufer, über das Wasser und drüben auf die dunkle Insel Seaforth Island. Die Telegrafenmasten mit ihren zwei kümmerlichen Drähten endeten vor einem graubraunen Steinhaus am Ufer. Es sah aus, als habe jemand mehrere schlanke, hohe Häuser zu einem einzigen Bauwerk zusammengequetscht und quer davor einen Schuppen gestellt, den er mit Steinplatten deckte. Unbewegtes Wasser, glänzend die rundgeschliffenen Ufer, Tangreste.

„Das dürfte Alan's Lodge sein!"

Der Weg nach unten war ungepflastert, nicht asphaltiert, aber leicht zu erkennen. Reifenspuren folgten den Telegrafenpfählen. Schräg in der Erde steckten kurze, weiße Pfähle, deren Sinn ich nicht erkannte. Ihre Spitzen waren geborsten. Unten am Wasser eine kleine, mit Beton gegossene Pier.

Rauch stieg aus einem der gelben Schornsteine. Ein paar Fuß hoch, und dann trieb ihn der Wind auf die Insel im Loch zu. Ich sah die drei Hütten am anderen Ufer, kleine weiße Flecken an der Flanke des Chithish Mhor. Und unten, vielleicht fünfzig Schritte über dem Wasser und einem Anleger, eine neue Hütte. Sie war in der Karte nicht eingezeichnet. Von oben, von den drei Ruinen aus, war sie gestern nicht zu sehen gewesen. Ihre Farbe trug von Wind und Regen kaum Spuren. Ein schwarzes, niedriges Türchen.

Ich setzte das Glas ab.

„Wir fragen mal, ob wir hier eine Tasse Tee bekommen und uns ein Boot leihen können."

Ein einziger Baum mit einer kugeligen Krone neigte sich vor der Lodge zum Wasser hin.

Auch die Tür zeigte zum Wasser und knarrte, als wir sie öffneten. Ein gefliester Flur, eine tiefhängende Lampe aus Hirschgeweih. Es roch nach Küche und Bier. Im Inneren bellte ein Hund.

Schritte, und dann stand eine weißhaarige Frau vor mir, trocknete ihre Hände an einer grünen Schürze ab. „Was kann ich für Sie tun? Wir sind leider ausgebucht."

Alan's Lodge nahm also Gäste auf.
„Können wir eine Tasse Tee haben?"
Sie sah auf eine Uhr über der Eingangstür, zögerte, deutete nach links. „Es ist spät, aber ich mache Ihnen einen Tee."
Die Uhr zeigte elf Uhr dreißig. Wir saßen in einem Raum, den eine kleine Bar schmückte, mit einer Reihe Whiskyflaschen vor einem riesigen Spiegel. Ein Eimer für Eis stand auf der Theke zwischen braungelben Frotteetüchern, die für ein Bier aus Newcastle warben. Zigaretten in einem Ständer und an der Wand Fotografien, gerahmt und signiert.
Ich sah die Gesichter von Männern, die alle lächelten. Die meisten trugen Wollmützen und Rollkragenpullover.
Und immer wieder las ich – in vielen Handschriften: *To Kirk*, oder *Commander Kirk*. Als die Dame uns den Tee brachte, nicht aus Beuteln gebrüht, bestätigte sie: „Hier hat Kirk Shaunassy seine Abenteuerschule."
„Und wo sind seine Schüler?"
„Die Männer sind heute oben in Lewis. Arbeiten an Steilwänden."
„Was müsste ich tun, um an einem Abenteuerlehrgang teilzunehmen?"
Die Dame sah uns zweifelnd an. „Er nimmt in seine Kurse keine Frauen. Und niemanden über dreißig."
„Auch wenn er gut bezahlt?"
Sie hob die Schultern. „Geld ist nicht alles. Er will Spaß an der Sache haben. Zwei Pfund zehn Pennies bitte!"
Das erschien mir für einen kleinen Topf Tee reichlich viel.
„Kann man hier ein Boot bekommen?"
„Was haben Sie vor?"
„Ich würde gern nach drüben auf Seaforth Island paddeln oder rudern. Der Blick von da oben muss doch traumhaft sein."
Die Dame antwortete ohne Zögern. „Ein Ruderboot kostet fünfzehn Pfund am Tag. Wir verleihen nur tageweise."
Katrin wollte wohl ablehnen, aber ich war schneller.
„Okay", sagte ich. „Wo finde ich das Boot?"
„Und fünfzig Pfund Pfand!"
Ich hatte so viel Bargeld nicht mitgenommen. Auch Katrin

zeigte ein ziemlich leeres Portemonnaie.

„Ich lasse Ihnen meine Kreditkarten hier", schlug ich vor. Sie hob die leeren Tassen auf das Tablett. „Einverstanden."

Erst als ich ihr die drei bunten Karten gegeben hatte, erfuhr ich, dass unten am Pier die Boote lägen, ein paar Riemen in jedem.

Es waren leichte Aluminiumboote, die Riemen aus Kunststoff hingen in Dollen aus Messing.

Katrin stieg ins Heck, ich löste die Festmacherleine und schob die Riemen weit genug raus, um leicht rudern zu können.

„Warum das?", fragte Katrin. „Was willst du auf der Insel?"

Die Insel interessierte mich kaum. Doch vom Gipfel könnte ich den nordöstlichen Arm und den langen Arm nach Süden zu absuchen. Gab es hier Anlegestellen für einen Kutter? Wo könnte der Sprengstoff lagern, den die *Seapride* hierhergebracht hatte?

Ich kam ins Schwitzen auf dem Weg zur Insel. Schließlich war ich Segler und nicht Ruderknecht. In einer flachen Bucht gegenüber Alan's Lodge fanden wir weißen Sand. Ich trieb das Aluminiumboot so weit auf den Strand, wie ich schaffte, und sprang vom Bug aus an Land. Katrin folgte.

Der Gipfel von Seaforth Island wuchs dunkel aus dem Fjord. Er lag links auf der eirunden Insel, nach rechts und Süden fiel die Schulter sachter ab.

Der Aufstieg war leichter als gestern Abend der Weg durch die Heide am anderen Ufer. Wir hatten unsere Anoraks unten im Boot gelassen. Hier oben wehte es kühler, aber das war mir nach dem Rudern sehr angenehm.

Leere Felsen, soweit ich mit dem Glas auch suchte. Nirgendwo eine Pier, kein Anleger, keine Hütte, kein Haus. Außer Alan's Lodge auf dem westlichen Ufer und weiter südlich ein paar weiße Häuserchen hinter der Steinbrücke: Ardvourlie. Drüben, nördlich von uns, dichter Wald. Tannen mit Unterholz. Der Drahtzaun, den wir gestern Nacht schon drüben kennen gelernt hatten, grenzte ihn ab.

Nichts am anderen Ufer – außer den drei verfallenen Hütten, und unter ihnen die neue, reetgedeckte.

„Weißt du was, wir rudern mal hin“, sagte ich.

„Das ist eine Meile hin und eine zurück! Und was versprichst du dir davon?“

„Wenn ich gestern die Hütte da unten entdeckt hätte, wäre ich gestern Nacht dorthin abgestiegen. Kommst du mit?“

„Meinst du, ich warte hier und dreh Däumchen?“

Wenn die Dame aus Alan's Lodge die Wahrheit gesagt hatte, waren die Männer mit Kirk Shaunassy oben in Lewis – also weit weg. Das Rudern auf Loch Seaforth war nirgendwo verboten. Und ob unten am Wasser Schilder das Betreten verboten, würde ich sehen, wenn ich da war. Und selbst wenn – wer sollte mich hindern? Heute stand offensichtlich Felsklettern auf dem Programm der abenteuerlustigen Männer.

Ich hielt mich unter dem westlichen Ufer, und Alan's Lodge verschwand schnell hinter einer braungrauen Bergflanke. Der Wind fiel erst weiter weg in der Mitte des Lochs aufs Wasser und würde uns beim Queren weiter oben helfen. Ich meinte zu spüren, wie uns die Tide schob.

Ich zog auch den Troyer aus, und mir war wirklich warm, als wir drüben das Ufer unter den drei Hütten erreichten. Ich schaute mich verblüfft um.

Keine Pier, aber ein steil abfallender Fels, lang genug für einen längsseitsgehenden Kutter. Und mannshoch im Fels zwei Ringe in der Mauer. Ganz rechts hing eine Jakobsleiter bis ins Wasser.

Ich warf den Festmacher um die unterste Sprosse.

„Bleibst du hier?“

„Püh!“, war die einzige Antwort.

Glatter Fels, dann eine schmale Schicht Erde, Gras, Sand, Geröll, Heide und zehn Schritte von mir die Hütte.

Ich wartete nicht auf Katrin.

Die niedrige schwarze Tür war mit einem schweren Vorhängeschloss gesichert. Es glänzte schwarz. Eine Hütte, drei mal drei Meter, kaum höher als ich: Das war alles. Fensterlos, das Reetdach mit einem Netz und Steinen gesichert.

Katrin kam nach. „Ich schließ mal eben auf!“, sagte sie.

„Wie bitte?“

31.

Ganz langsam stieß ich die Klinge zwischen zwei Bretter der Kiste. Sie war dichter als üblich mit Stahlbändern gesichert, und die Schrift, durch Schablonen aufgepinselt, sah verwaschen aus. Portugiesisch. Die Abkürzungen konnte ich erraten, Lisboa und Valetta waren deutlicher lesbar. Das lange Wort konnte „Kupferkännchen" heißen. Aber Kupferkännchen in einer Kiste von hundertfünfzig Zentimeter Länge und etwa einem Meter Höhe und Breite hätte ich hochwuchten können. Die Kiste vor uns in dem Hüttchen war viel schwerer. Ich konnte sie mit aller Kraft nicht bewegen.

Mein Messer fand keinen Widerstand. Als ich es herauszog und an der blanken Schneide roch, entdeckte ich mit der Nase nichts. Ich feuchtete die Fingerspitze an. Säuerlich – war das der Geschmack des Todes? Wie schmeckt Semtex H, das Röntgenstrahlen nicht entdecken und Hunde nicht riechen können? Säuerlich, wie alte Buttermilch?

Eine Holzkiste von dem tödlichen Zeug aus der Tschechoslowakei lagerte nach Umwegen über Tripolis, Valetta und anderen Häfen, die die *Amica* angelaufen haben mochte, und nach einem Umlademanöver auf hoher See, das beinahe Gerds Leben gekostet hatte, also hier im Loch Seaforth auf Lewis, zehn Meter über dem Wasser.

Mir war kühl – nicht nur von dem kräftigen Wind da draußen.

Katrin kroch als Erste aus der Hütte, witterte wie ein Hund, blieb hocken, ließ mich raus und schloss hinter mir die Tür ab.

„Ein primitives Schloss", sagte sie. „Jedes Lädchen auf der Insel führt so etwas. Ist denen nichts Besseres eingefallen?"

Wer waren die? Die Hütte lag wie die anderen auf Shaunassys Land. Wusste er allein oder andere mit ihm von der Sache?

„Wir müssen zurück!", sagte Katrin.

Wir ließen uns die Jakobsleiter hinunter in das Aluminiumboot, und ich ruderte wieder quer über das Loch und folgte dem nördlichen Ufer nach Westen. Wenn uns jemand fragte, wollten wir sagen, wir wären oben bei der Enge gewesen hinter dem Waldstück. Dort rennt bei Ebbe das anlaufende Wasser mit sieben Knoten durch Felsen. Stillwasser dauert ganze fünf Minuten. So was lohnt schon das Anschauen.

Wir schwiegen, aber unsere Gedanken drehten sich um das Gleiche: Wie erreichten wir möglichst schnell Niall oder Callum? Wen sonst sollten wir anrufen? Hector Feacham, den Hafenmeister von Stornoway? Martin Copperton-Smythe, den versoffenen Detektiv? Der würde sich sicher nicht mal mehr an mich und die *Opa Reimer* erinnern. Und was sollten wir sagen? Hören Sie mal, Officer, da unten am Loch Seaforth liegt in einer Hütte eine Holzkiste, einsfünfzig auf einen Meter, voll mit Semtex H. Semtex H? Ja. Nie gehört. Also, ein Sprengstoff, den kein Hund riechen kann, den kein Röntgenstrahl entdecken kann. Für Terrorakte bestens geeignet. Wahrscheinlich soll das Zeug von hier nach Nordirland weiter.

Ich konnte mir die beiden Männer gut vorstellen. Der Hafenmeister würde auf die Uhr sehen und irgendwas von Feierabend murmeln und sagen, melden Sie sich morgen noch mal. Copperton-Smythe würde sich den Hinterkopf kratzen. Nie gehört. Ich frag mal in Portee nach. Wo kann ich Sie erreichen?

Ich lächelte und Katrin hob die Augenbrauen.

„Wenn wir nun Niall und Callum nicht finden?“, fragte ich.

„Wir werden sie schon irgendwann erreichen.“

„Und in der Zwischenzeit?“

„Oh, Skipper“, sagte sie, „was machen wir in der Zwischenzeit? Wir beobachten, was hier geschieht.“

Ich spürte, was ich geleistet hatte. Meine Oberarme schienen zu zittern, als ich das Aluminiumboot am Steg von Alan’s Lodge festmachte. Katrin nahm Pullover und Anorak und reichte mir die Hand, als ich aus dem Boot kletterte.

„Wo waren Sie?“, fragte die alte Dame, als wir uns bei ihr meldeten.

„Erst auf der Insel und dann oben im Loch bei der Enge mit dem schnellen Strom.“

Sie musterte mich ungläubig. „So weit oben? Nun ja."

Sie gab mir die Kreditkarten zurück und drängte uns zur Tür. Durch das Haus wehte streng der Geruch von Kohl und Fleisch. Du meine Güte, wir hatten die Zeit vergessen. Ich sah auf meine Armbanduhr. Es war vier Uhr nachmittags.

In Ardvourlie, hinter der Brücke, hatte ich eine rote Telefonbox gesehen.

Wir gingen zügig, aber ohne verdächtige Eile die festgefahrene Spur vom See zur Straße hoch.

Und dann sahen wir sie.

Vier Landrover bogen von Norden kommend nach links ab, auf unsere Spur zu. Ihr Ziel war offensichtlich Alan's Lodge. Der erste Wagen wurde beim Näherkommen langsamer und hielt zehn Meter vor uns. Ein Mann sprang heraus.

Er war kleiner als ich, trug ein Barett, einen Kampfanzug und Springerstiefel. Ein hartes Gesicht, eine Narbe quer über das Kinn – die Spur eines Messers? Er hakte die linke Hand lässig in seinen Ledergürtel. Die andere ließ er baumeln. Ich sah, dass er rechts eine Pistolentasche trug.

„Sie waren da unten?"

„Ja. Aber ich bin zu alt für Ihre Abenteuerschule, wie mir die freundliche Dame erzählte."

Er musterte erst mich, dann Katrin.

„Sie sind Kirk Shaunassy?"

Kurzes Nicken, dann drehte er sich um, stieg in den Landrover neben den Fahrer. „Dies ist privates Land. Kommen Sie bitte nur nach Anmeldung oder wenn Sie eingeladen sind!"

Er hob die Hand über das Dach des Wagens und die vier Landrover rollten an uns vorbei.

In jedem hockten Männer in braungrünen Uniformen, Wollmützen auf den Schädeln. Sie trugen Springerstiefel wie Shaunassy. Zwischen den Männern auf den Rücksitzen sah ich Leinen, ordentlich aufgeschossene Leinen und kleine Wurfanker. Es stimmte also offensichtlich, was die Dame gesagt hatte: Die Männer vom Abenteuerkurs hatten im Norden der Insel Felsenklettern geübt.

Um diese Zeit war die Straße leer.

In der Telefonzelle surrte eine Fliege.

Wir holten unser Kleingeld aus den Taschen und dann wählte Katrin Nialls Nummer.

Sie konnte in ihrem Gesicht nichts verbergen. Mit der Unterlippe zwischen den Zähnen drehte sie mir das Gesicht zu, zog die Wollmütze vom Kopf und schüttelte ihr Haar aus. „Es meldet sich niemand."

„Und Callum?"

„Keine Ahnung, wo der wohnt. Als ich ihn kennen lernte, hauste er bei Niall."

Wir drehten den Rücken in den Wind. Was tun? Von hier hatte man einen guten Blick nach Alan's Lodge, der Insel und den Hütten drüben. Die kleine neue Hütte und der unauffällige Anleger waren im Glas noch gut zu erkennen. Wir konnten also hier warten, alles beobachten und hoffen, dass wir Niall und Callum irgendwann erreichen würden. Zum Boot zurückzukehren hätte geheißen, der Sache ihren Lauf zu lassen. Wenn wir uns beeilten, würden wir in drei Stunden in Rhenigidale sein. Dort hätte man sicher Telefon, aber in drei Stunden konnten ein Boot, eine Yacht, ein Kutter leicht Loch Seaforth bis zum Anleger rauf- und runterfahren und wer weiß was mit der Kiste machen. In Rhenigidale die Einfahrt zu bewachen, schien mir nur mäßig sinnvoll. Schließlich könnte man den Inhalt der Kiste in kleinere Einheiten aufteilen und über Land weiterbefördern. Warum eigentlich nicht?

Wieviel Sprengstoff müsste wohl jeder der fünfzehn Männer transportieren, die da mit Shaunassy Abenteuer spielten, damit die Kiste leer wurde? Angenommen, sie war sechs Zentner schwer. Dreihundert Kilo durch fünfzehn macht zwanzig Kilo pro Mann. Ein schwerer Koffer voll.

Fünfzehn Mann unterwegs nach Hause in Zügen und Bahnen, auf Fährschiffen und in Flugzeugen – jeder mit einem Koffer voll von diesem todbringenden Zeug.

Es gab gar keine andere Wahl für mich. Ich musste hier bleiben. Wenn das da drüben Semtex H war, dann durfte ich es keinen Augenblick unbeobachtet lassen. Also die Nacht über hier bleiben?

Die Brücke bot ein gutes Versteck. Wir würden uns hinter das steinerne Brückengeländer abgewandt von Alan's Lodge legen und mit dem Glas das Gebäude, das Ufer, das Loch – also alles – beobachten können. Jedenfalls bis etwa elf Uhr, wenn auch die letzte Helligkeit vom Himmel geschlichen war. Das wären immerhin noch sieben Stunden. Und in dieser Zeit müsste doch Niall nach Hause zurückkehren. Katrin teilte meine Gedanken. „Ich geh mal nach Ardvourlie und versuche, einen Laden zu finden. Mein Magen knurrt nicht so laut wie deiner, aber in den nächsten Stunden wird es schlimmer."

Sie ging langsam, einen Stock in der Hand wie jeder x-beliebige Wanderer, die Straße entlang nach Süden, nach Ardvourlie.

Ich rollte mir zwei Steine zusammen, die mir als Sitz dienten, legte das Fernglas auf das steinerne Geländer und zündete mir die erste Pfeife an.

Es müsste mit dem Teufel zugehen, wenn man mich von Alan's Lodge aus beobachten konnte.

Da waren Autos schon eher eine Überraschung. Aus Norden kamen zuerst ein japanischer Wagen mit einer Offenbacher Nummer und einem abgeschabten D als Kennzeichen. Er rollte langsam über die Brücke. Die Insassen, Fahrer einschließlich, schauten alle zum Wasser hin. Nach dem deutschen Besucher rollte ein Franzose nach Süden, noch einer – beides französische Automodelle. Aus dem Süden kam ein Engländer mit einem alten Ford. Und dann ein Mann offensichtlich auf dem Weg zu seinen Schafen. Vom Rücksitz her blökte es durch's offene Fenster.

Zwischendurch wählte ich immer wieder Nialls Nummer an – vergeblich. Niemand nahm ab.

Katrin kam mit Schokoriegeln, einem Paket Sandwiches und Coladosen. Bier hatte man ihr nicht verkaufen wollen. „Die Kneipen sind noch nicht geöffnet. In diesem ordentlichen Land darf Bier in Läden nur zu den Zeiten verkauft werden, wenn es auch in Kneipen verkauft werden kann."

Wo könnte Niall sein? Wir spielten uns die Gedanken zu. Hatte er Kontakt zur Polizei aufgenommen? Oder waren Callum und er jetzt unterwegs hierher? Oder schon auf dem Rückweg? Allein? Mit Verstärkung? Was hatten die beiden vor?

Was tat man, wenn da sechs Zentner Sprengstoff lagen? Holte man ihn sich und verhaftete ein, zwei Leute, denen man kaum etwas beweisen konnte? Oder blieb man nahe an der Sache und beobachtete, wie es weiterging? Wohin führte die Spur des Todes? Wer brachte das Zeug außer Landes und weiter?

Alles war denkbar, alles hatte seine Logik.

Gegen acht Uhr schien mir plötzlich sogar der Gedanke vernünftig, von hier abzuhauen, das ganze Unternehmen abzubrechen. In dieser Kiste könnte ja auch irgendwas anderes als Sprengstoff gewesen sein. Vielleicht gab es Ton, der säuerlich schmeckte, Knetstoffe, die man zu Kinderartikeln weiterverarbeitete. Nüchtern und müde musste ich feststellen, dass wir ganz schön weit auf der Insel gekommen waren – immer hinter Vermutungen her.

Katrin strich mir über die Stirn. „Vorhang unten“, sagte sie. Und als ich nickte: „Ich versuch’s noch mal!“

Um zwanzig Uhr fünfundvierzig erreichte sie Niall MacDougall.

Seine Antwort war kurz. „Bleibt, wo ihr seid. Beobachtet alles, wir kommen zu euch!“

32.

Wir hätten im Windschatten des Brückengeländers bei Ardvourlie in Ruhe warten können.

Doch als ich wieder mit dem Glas die Gegend absuchte, sah ich um Punkt neun Uhr drüben am Alan's Lodge die Männer zum Bootssteg laufen. Fünfzehn Mann und als letzter in der Tarnuniform Kirk Shaunassy. Sie stiegen je zu viert in die Aluminiumboote und begannen nach Nordosten zu rudern, in Kiellinie hintereinander. Was hatten sie vor?

„Wir verlieren sie aus dem Blick. Du bleibst hier. Ich versuche, ungesehen zu Alan's Lodge zu kommen oder weiter nördlich ans Ufer. Wir müssen wissen, was die Burschen machen."

Sie nickte.

„Du hast die Taschenlampe?"

Sie zögerte, als wollte sie mir etwas geben, lächelte unbeholfen und legte nur ihre Hand an mein Gesicht. „Pass auf dich auf, Skipper!"

Ich nahm nicht an, dass Shaunassy auf seiner nächtlichen Bootstour nach Nordosten die Brücke von Ardvourlie und das Land zwischen ihr und Alan's Lodge genau beobachtete. In der Dämmerung wäre ich von Loch Seaforth aus auch schwer zu entdecken gewesen. Ich trug dunkle Kleidung. Trotzdem hielt ich an der ersten Moorpfütze an und strich mir Nase und Wangen mit feuchtem Torf dunkel an.

Die Boote verschwanden hinter einem Vorsprung. Ich begann zu laufen, auf der Wagenspur nach Alan's Lodge zu.

Das ganze Manöver musste gar nichts heißen. Nördlich von Alan's Lodge lag der Wald, Shaunassys Wald. Es wäre doch gut möglich, dass man dort eine Nachtübung machte. Sich im Dunkeln ungehört durch dichtes Holz zu bewegen, war genauso sinnvoll oder sinnlos, wie mit Wurfankern und Seilen Felswände zu erklettern. Was waren das für Männer, die dafür ihren Urlaub opferten und eine Menge Geld bezahlten?

Shaunassy nahm nur Männer unter dreißig an. Also wohl nur Typen, die gern Soldat geworden wären, wenn es in diesem Land noch die allgemeine Wehrpflicht gegeben hätte.

Ich machte einen Bogen um Alan's Lodge, um besser den nordöstlichen Arm von Loch Seaforth zu beobachten. Im Schatten der Berge waren natürlich die Boote kaum auszumachen, doch ich sah Spuren im Wasser. Wenn vier vollbesetzte Boote in Kiellinie rudern, ziehen sie auf dem Wasser eine Spur wie ein Motorboot.

Diese Spur bog nach Osten ab.

Nach Osten auf die Hütten zu. Oder genau auf den versteckten Anleger und die Hütte zu. Sechzehn Mann unterwegs zu sechs Zentner Sprengstoff.

Hierbleiben, abwarten?

Genau wie gestern Nacht Katrin und ich, konnten auch die Männer über die Berge verschwinden. Loch Erisort, Loch Shell, Loch Claidh – alle waren nach einem kurzen Fußmarsch erreichbar. Und dann gab es die Straße nach Tarbert und Stornoway zu zwei Häfen, einem Flugplatz. Natürlich würde ich keinen der Männer verfolgen können, aber ich sollte wenigstens wissen, was mit dem Sprengstoff geschah.

Ich suchte vor Alan's Lodge den Steg ab. Da lag unser Aluminiumboot. Wir hatten es auf die Pier gehoben, nicht nur angebunden.

Das Gebäude lag dunkel. Die alte Dame hockte vielleicht vor dem Fernseher oder schlief schon. Der Steg war weit genug weg, dass der Hund, den ich im Haus gehört hatte, mich nicht wittern würde. Ich würde das Boot nehmen und noch einmal zu den Hütten hinüberrudern. Schon jetzt spürte ich meine Oberarme …

Die Kämme der fernen, westlichen Berge glänzten scharf. Also Mondlicht heute Nacht. Nicht gut, aber nicht zu ändern.

Das glänzende Boot war leicht, die Riemen hatten wir in den Dollen gelassen, es rutschte leise ins Wasser. Ich stieg über eine eiserne Leiter rein und pullte weg. Den Bug auf die Hütten gerichtet, machte ich eine Peilung nach achtern. Die äußerste Hauskante und die Brücke, in deren Schatten Katrin wartete, hielt ich in Deckung.

Und die Knechtsarbeit begann wieder. Zuerst war es nur

der Bizeps, der schmerzte, dann zog es im Rücken. Ich schnaufte. Eingerosteter Körper, nichts Rechtes mehr gewöhnt. Nur die Hände hart genug. Blasen musste ich nicht befürchten.

Noch im Schatten der Berge legte ich eine Pause ein und sah mich um. Das Hüttchen über dem unauffälligen Anleger lag im Mondlicht, der steile Fels war frei. Die Männer waren also wohl, wie ich vermutet hatte, im Wald verschwunden zu ihrer Nachtübung.

Auf der Landstraße rollte ein Auto nach Süden. Irgendwo hörte ich das Tuckern eines Diesels, wahrscheinlich zog jemand seinen Traktor am Abend gemächlich über die Asphaltstraße nach Norden.

Nun ruderte ich im Mondlicht und legte an Tempo zu. Falls Shaunassy und seine Männer noch am Waldrand waren, würden sie mich jetzt sehen können. Ich spürte meine Arme längst nicht mehr. Das leise Quietschen der Riemen in den Dollen kam als Echo zurück. Ich drehte und dotzte gegen die Jakobsleiter. Sie lag im Schatten, das Mondlicht beschien den unauffälligen Anleger nicht. Ich belegte die Festmacherleine ganz kurz und kletterte nach oben, ließ mich in das harte Kraut fallen.

Mondschein auf der Heide, kühler Wind aus Nordwest, Nachtvögel weit weg. Dieseltuckern auf der anderen Seite und immer wieder mal ein Auto. Ich nahm mein Glas und suchte drüben das Ufer am Waldrand ab.

Da entdeckte ich sie. Alle vier Boote waren an einem Baumstumpf festgemacht und zerrten nebeneinander an ihren Leinen wie Pferde an einer Stange.

Ich war also allein auf diesem Ufer – Gott sei Dank!

Ich drehte mich um und kroch langsam bergauf. Die südliche Wand des Hüttchens würde mich vor jedem Blick vom anderen Ufer schützen. Ich würde also in Ruhe abwarten, was die Männer vorhatten. Wenn sie nach Alan's Lodge zurückkehrten, würde ich warten. Männer, die einen Tag in den Felsen geübt haben und eine Nacht durch einen Wald kriechen, fallen wie tot ins Bett.

Ich selber spürte die Müdigkeit auch. Gestern der Marsch

über die Berge hierher, heute nach kurzer Nacht der Schlag mit dem Schlauchboot nach Rhenigidale, der lange Fußmarsch, zweimal das Pullen des Bootes – es tat gut, im Windschatten der Hütte zu liegen und sich die Pfeife zu stopfen.

Unten auf der anderen Seite, wo die Telefonbox stehen musste, verglühte ein Scheinwerferlicht. Mein Fernglas schaffte kein helles Bild mehr.

Die Berge schienen im Mondlicht flacher zu werden. Das Loch stiller und friedlicher.

Ein Smoke tat gut.

Ich riss ein Holz an, stopfte nach, hielt das Hölzchen wieder über den Tabak, zog und blies, und dann qualmte die Pfeife. Als ich aufsah, sprang mich Licht an. Und etwas Mattglänzendes drückte mein Kinn hoch.

„Hands up!“, sagte eine Stimme. „Hände über dem Kopf falten, Mister Heiko Husmanns.“

Fünfzehn Mann um mich herum. Kirk Shaunassy in ihrer Mitte. Sie mussten mich nicht fesseln. Im Dunkeln, das wusste ich, zeigten sicher genügend Waffen auf mich. Eine Taschenlampe leuchtete mich von schräg vorn an. Als ich die rechte Hand lockerte, um meine Pfeife aus dem Mund zu nehmen, war der Gewehrlauf wieder unter meinem Kinn.

„Sie müssen sich merken, was wir Ihnen sagen, Mister Husmanns“, spöttelte Shaunassy. „Sie haben auch vergessen, dass dies privates Land ist. Stellen Sie sich vor, Sie verunglücken, weil Sie so vergesslich sind.“

Damit war klar, was mit mir geschehen würde.

Wer lange genug lebt und lange genug zur See geht, den streift der Tod immer mal wieder. Aber meistens weiß man das erst hinterher. Diesmal wusste ich's vorher. Wie würde ich sterben müssen? Sie würden mich nicht erschießen, ein Schuss wäre weit durch die Nacht zu hören.

„Sie und Ihre Iren haben sicher ein paar Tricks auf Lager, wie Sie mich loswerden!“

„Hört ihr das, Männer? Unser deutscher Freund kennt euch. Iren, sehr gut. Warum also nicht. Guten Abend und freundliche Grüße!“

Jetzt ist es so weit, dachte ich.

„Liam, was schlägst du vor?"

„Versenken. Mit einem Tampen umwickeln, Stein ran, versenken."

„Peter?"

„Moor ist besser. Das Loch kann man abfischen, hier in den Mooren findet dich nie einer."

„Patrick?"

„Auf See über Bord gehen lassen. Dann ist der Mann ertrunken."

Kirk Shaunassy lachte. „Eine gute Idee, aber wo kriegen wir ein Boot her?"

„Macleod!"

„No. Den lassen wir vorerst aus dem Spiel!"

„Der Deutsche hat doch selber eine Yacht."

„Richtig. Wo liegt die, Mr. Husmanns?"

Der Gewehrlauf hob wieder mein Kinn. Ich wollte nicht den Helden spielen.

„Im Loch Claidh", sagte ich. „Hinter Thinngarstaigh."

Und dann redeten die Männer leise und schnell Gälisch miteinander, ein etwas weicheres, als ich bisher gehört hatte.

„Wir haben heute Nacht Mondlicht und werden dort hinmarschieren. Sie werden die Yacht auf die offene See bringen. Wir kommen dann schon allein zurück. Wo ist die Frau?"

Das kam wie ein Blitz hinterher.

„Drüben", sagte ich. „Sie wartet, dass ich zurückkomme. Sie weiß, dass ich hierhergerudert bin. Sie wird durchschauen, was Sie vorhaben."

„Wird sie nicht!", sagte Shaunassy nur. „Sie wird auch einen Unfall haben."

Wieder etwas Gälisches.

„Ich will Ihnen noch etwas auf den Weg geben, Husmanns. Geben Sie Ihre Kreditkarten nicht als Pfand ab, wenn Sie unentdeckt bleiben wollen. Und folgen Sie den Befehlen der Männer besser. Die haben hier viel gelernt. Vor allem, wie man einen Mann gefügig macht."

„Sie meinen, wie man ihn ins Knie schießt!"

„Nein, nicht doch. Sie haben doch nichts verraten. Sie sind nur verdammt überflüssig. Wie Ihr Freund von der *Opa Reimer*, dem Sie bald folgen werden!“

Der Gewehrlauf deutete im Licht der Taschenlampe nach oben.

Ich stand auf. Meine Knie schmerzten. Ich hob die Schultern und drehte den Kopf.

Unten, knapp zehn Schritte von mir, stand Niall MacDougall im Mondlicht über der Anlegestelle auf seinen Stock gestützt.

„Kirk Shaunassy“, rief er laut, „ich denke, du solltest besser aufgeben!“

Das Licht erlosch und ich ließ mich fallen. Und rollte den Abhang hinunter.

Niall stand gegen das Mondlicht.

„Okay“, sagte er. „Schießt, wenn ihr wollt. Weit kommt ihr nicht. Callum startet gerade mit seinen Männern.“

Ich klammerte mich in die Heide. Unter mir fiel der Anleger steil ab. Mein Boot hing an der Leiter. Und ein schwarzes Schlauchboot. Und oben, auf der letzten Stufe der Jakobsleiter, lag Katrin über den Rand der Heide gebeugt. Sie hielt mit beiden Händen einen Revolver.

„Katrin!“, schrie ich.

Da fiel der erste Schuss. Und ich bin heute noch überrascht, wie leise er klang. Kein Echo, keine aufstiebenden Vogelschwärme. Niall fiel stumm vornüber.

Der zweite Schuss explodierte neben meinem Ohr. Katrin ballerte drauflos, zweimal, dreimal.

Und dann kam die gewaltige Faust aus dem Blitz und fegte mich davon und wirbelte mich herum. Ich schlug hart auf und versank. Und wehrte mich gegen das Wasser, bis mir die Ohren dröhnten und es rot vor meinen Augen explodierte. Ich stieß mich nach oben.

Wasser, das salzige Wasser des Loch Seaforth, in dem ein Schlauchboot trieb mit einem Außenborder. Eine Lampe huschte über das Wasser.

„Skipper!“

Ich hatte keine Kraft mehr, mich allein über die glatten Wülste ins Boot zu ziehen. Katrin zerrte an mir und dann rutschte ich schließlich in ihren Schoß.

„Oh Gott“, weinte sie, „wie ist das bloß passiert?!“

Ich hatte Glück gehabt, reines Glück, weil ich so nah am Rand gelegen hatte und durch die erste Druckwelle weggeschleudert worden war.

Das Boot trieb auf dem dunklen Wasser. Und dann erfasste uns von oben Lärm und ein harter Lichtkegel. Eine Lautsprecherstimme. Callum! „Kommt rüber nach Alan's Lodge. Da ist alles unter Kontrolle!“

Ich versuchte, den Motor zu starten. Es gelang mir beim dritten Mal.

Und dann sah ich, was die Special Operations der Royal Navy bedeuteten.

Der erste Hubschrauber hielt sich weit oben und warf eine Blendbombe. Die Welt um uns rum sah aus wie aus Gips mit schwarzen Schatten. Der zweite hielt sich über dem Loch und ließ den Scheinwerfer, der uns eben noch gehalten hatte, oben über das gleiten, was bis eben noch Ruinen und Hütte gewesen waren. Der dritte landete weiter weg.

Callum erzählte später, dass seine Männer nichts mehr zu tun fanden. Die drei Häuserruinen und das neugebaute Hüttchen waren wie vom Erdboden verschwunden. Ein flacher Krater zeigte, wo das Hüttchen mit dem Semtex H gestanden hatte. Von den sechzehn Männern fand man Reste. Sie waren nicht mehr zu identifizieren und wurden in Belfast still beigesetzt, zusammen mit Shaunassy.

Nialls Leiche trieb im Wasser des Lochs. Ein Herzschuss eines Iren hatte ihn getötet. Man begrub ihn in Five Penny Borve auf dem Friedhof, von dem man über die See blicken kann zu den Standing Stones von Callanish.

„Du hättest nicht schießen sollen, Katrin. Du hast wahrscheinlich das Zeug in die Luft gejagt.“

33.

Wir lagen hinter Pagensand mit der *Akela*, einer breiten, gemütlichen, zwölf Meter langen Yacht, die unter lohfarbenen Segeln die Elbe herabgekommen war von Hamburg. Gerd hatte zum ersten Mal wieder gesteuert.

„Sutje“, spöttelte er, und Ute achtete darauf, dass er nie länger als zehn Minuten an der Pinne stand. Katrin und ich konnten das Schiff gut alleine meistern, wir hatten ja auf dem langen Heimweg mit der *Opa Reimer* Gelegenheit genug gehabt, uns aneinander zu gewöhnen.

Eine grüne, friedliche, flache Insel. Weit weg von uns ankerten zwei andere Yachten, die auch von Hamburg runtergekommen waren, aber hier wohl nur das auflaufende Wasser abwarteten. Wir hatten die Persenning über die Plicht geschlagen und genossen Kaffee nach dem Essen, das Ute an Bord gebracht hatte – zur Feier des Tages: Gerds erstem Törn nach dem Krankenhaus.

Er sah bleich aus, aber sein Haar war nachgewachsen und von der Wunde am Schädel nichts mehr zu sehen. Sie hatten ihm ein Stück Lunge rausgeschnitten.

„Ein hoher Preis für eine Story“, sagte ich. Die beiden Frauen nickten. „Du wirst aufhören mit solchen Geschichten – oder?“

„Bestimmt“, sagte Ute. „Lohnt eine Geschichte diesen Einsatz? In Nordirland bomben sie weiter. Und in London werden die Bahnhöfe bewacht wie die Kronjuwelen. Was hat dein Einsatz gebracht? Und deiner, und deiner?“ Sie sah Gerd, Katrin und mich zweifelnd an.

„Wenigstens werden auf Lewis nicht weiter Männer trainiert, die die IRA ausgewählt hat“, sagte ich. „Es wird keinen zweiten Shaunassy geben.“

„Dort jedenfalls nicht!“, sagte Katrin leise.

Es war gut, dass ich sie mitgenommen hatte auf den langen Törn nach Hause.

In der Nacht nach dem Revolverschuss hatte sie hemmungslos geweint. Ich hatte sie gehalten wie ein Kind. Callum war gekommen, hatte sie umarmt. Nichts hatte geholfen. Leergeweint und völlig erschöpft war sie zusammengebrochen. Ich hatte sie in ihr Haus zurückgefahren. Zwei von Callums Männern hatten die *Opa Reimer* durch den Harris Sund in die Bucht von Dubh Thòb gesegelt. Dann waren Reporter gekommen. Nach dem zweiten waren wir davongesegelt – außen rum in die Nordsee und nach Bensersiel. Wir hatten gesprochen und geschwiegen über diese Nacht am Loch Seaforth, immer wieder und wieder – und wussten, es gab keine Antwort auf Katrins Frage. Warum habe ich sechzehn Männer getötet? Natürlich hatte sie die Männer nicht getötet. Sondern der Sprengstoff, sechs Zentner Semtex H.

Aber ihre verzweifelten und wütenden Schüsse, als Niall fiel, hatten das Zeug in die Luft gehen lassen.

Wahrscheinlich wäre mit normaler Revolvermunition Semtex H nicht explodiert. Doch die High-Speed-Geschosse waren ein kräftiger Zünder gewesen, als sie in die Kiste eingeschlagen hatten.

Katrin hatte niemanden treffen wollen. Der Revolver, den sie unter dem Navigationstisch der *Opa Reimer* gefunden und heimlich mitgenommen hatte, hatte nur abschrecken sollen. Als ob sich Kirk Shaunassys Leute hätten abschrecken lassen! Sie hatten Maschinenpistolen getragen, ebenfalls tschechischer Herkunft, wie der Sprengstoff, die sich leicht zusammenklappen ließen. Der einzige Überlebende, der die Aluminiumboote zur Täuschung an den Waldrand quer über Loch Seaforth gezerrt hatte, hatte inzwischen erzählt, dass die Männer praktisch nie ohne diese Dinger rumliefen. Sie hatten sie am Körper unter den Anoraks verborgen. Die, die mich damals zu Übungszwecken bei den Schafen gestoppt hatten, waren also auch bewaffnet gewesen.

Wäre die Hütte nach dem Revolverschuss nicht in die Luft geflogen, hätte es noch mehr Tote gegeben.

Callums Leute, die aus dem Hubschrauber sprangen, zwanzig Mann unter einem bärtigen Leutnant, hatten alles mögliche an todbringenden Sachen mit sich geschleppt – deutlich sichtbar Handgranaten. Pardon hätte keiner gegeben. Niall hatte, von Shaunassy oder einem seiner Leute erschossen, am Rand des Abhangs gelegen, über den mich die Druckwelle geworfen hatte. Angesichts seines Todes war sicher niemand besonders milde gestimmt gewesen.

Aber wie auch immer die Argumente liefen auf den langen Wachen über die Nordsee – Katrin, die die Gewalt hasste, hatte geschossen. Niemand konnte sie darüber trösten.

„Hat Niall den Shaunassy von früher gekannt?"

Darauf wusste jetzt keiner eine Antwort. Ich hätte Callum fragen sollen. Also blieben uns nur Vermutungen. Niall hatte Kirk gekannt, irgendwo waren die sich in Nordirland begegnet. Und jetzt hatte Niall nach einem Anlass gesucht, den anderen festnehmen zu lassen. Callum war dazugeholt worden, um erst mal zu sondieren.

„Und da tauchtest du auf, Gerd. Wie kamst du an die Story?"

„Nachrichten sind eine Ware. Und jede Ware hat ihren Preis. Dieser war hoch", begann er seinen Bericht.

Waren werden gehandelt, Nachrichten werden gehandelt. Eine Story für *Weltbild*? Mit jeder Post kamen Angebote, immer wieder hing einer am Telefon und bot DAS Thema an. Fernschreiber, neuerdings auch Faxe – Waren, Waren, Waren.

„Die richtige rauszufinden, das ist die Kunst!"

Sie hatten in einem Hotelzimmer in Hamburg verhandelt. Die Sache hatte Gerd viel zu abenteuerlich geklungen: Sprengstoff aus der Tschechoslowakei nach Libyen? „Ich mach Sie mit dem Schipper bekannt, der das Zeug die Donau runter und nach Konstanza brachte!" – „Ich will den technischen Leiter des Werks sprechen!" – „Reicht sein Stellvertreter?" – Es reichte, die Story versprach heiß zu werden.

Und dann hat man natürlich seine alten Beziehungen aus der BAOR, der British Army of the Rhine. Vage Hinweise. Kaum Bestätigungen.

Der Informant war deutlicher geworden, als er das zweite Drittel der vereinbarten Summe bekommen hatte. „Auf Lewis gibt es eine Gruppe schottischer Nationalisten, die mit den Iren gegen die Engländer sympathisieren. Hier ist die Liste."

Sie war kein Geheimnis. Die Insel-Gazette hatte mal eine

Anzeige veröffentlicht, die alle Mitglieder der Scottish National Party auf Lewis unterzeichnet hatten. Man braucht ein gutes Archiv – das hilft bei Recherchen.

„Aber von Konstanza nach Lewis und weiter zur IRA ist ein weiter Weg“, hakte ich nach.

Bis Tripolis war er einfach. Rumänische Frachter liefen immer wieder Nordafrika an. Das Zeug kam also ungehindert zu Gaddafi. Und wurde dort umgepackt und verteilt.

„Eine perverse Denke, England zu schädigen, indem man es in Unruhe versetzt durch Bomben der IRA. Der Wüstenmensch gab das Zeug übrigens kostenlos ab.“

Malta liegt siebzig, achtzig Seemeilen von Libyen entfernt. Eine Kiste ist also schnell auf einen Frachter gebracht, der Valetta auf Malta verlässt.

„Von der Kiste hat mir der Engländer noch erzählt. Dass es die *Amica* war, die immer wieder das Zeug mitnahm, habe ich für ein paar hundert Pfund auf Malta erfahren.“

„Und du warst damit einverstanden, auf eurer Hochzeitsreise mit der *Opa Reimer* der Story nachzufahren?“, fragte Katrin Ute.

Gerd lächelte verlegen.

Er war erst spät mit der Story rausgerückt, erst auf den Scillies. Irland hatte eh angelegen. Die beiden hatten sich umgehört, im Süden und im Norden. Natürlich gibt es da keine Hinweise zu kaufen. Doch ein Gefühl für Wahrscheinlichkeiten hat man als Reporter schon – oder man ist es nicht lange.

Ute hatte in Belfast den Revolver gekauft und ihn in den Kettenkasten gelegt. Übrigens mit vier Schuss. Offenbar hatte jemand ihn benutzt und schnell los werden wollen und Geld gebraucht.

„Er liegt jetzt im Loch Seaforth.“

Als die Hütte in die Luft geflogen war, war Katrin, die sich über den Bootsrand gelehnt hatte, vom Luftdruck nach unten gedrückt worden. Sie hatte sich an der Jakobsleiter festgehalten und den Revolver verloren.

„Ich hab’s Gerd gesagt, ehe wir nach Schottland kamen.“

Utes Denke war einfach: Wenn Gerd weiterforschen würde und man in Not kam, konnte man sich wehren.

„Irrtum", sagte Katrin entschieden.

Wir schwiegen.

Dann war alles schneller gekommen als erwartet.

Die Ölplattform in der Nordsee war in die Luft geflogen. Ute war sofort losgejagt, um zu fotografieren. Und Gerd hatte sie gelassen. Vielleicht hatte auch da die IRA ihre Finger im Spiel gehabt.

„Und – hatte sie?"

Gerd schüttelte den Kopf. „Wahrscheinlich nicht. Es war offenbar ein ganz normaler Unfall."

Die *Amica* hatte derweilen ihren Nordeuropatörn gemacht – wie zwei-, dreimal im Jahr. Anfang Juli hatte sie Stettin verlassen, Stopp in Bergen, und dann hatte Malta angelegen, via Schottland.

Gerd hatte auf Lewis gewartet.

„Wie kamst du zu Macleod und diesem Kirk Shaunassy?", wollte ich wissen. „Du hast alle Namen und die beiden Verstecke in deiner Geschichte erwähnt. Macleod hast du in Maclean verändert. Wie kamst du darauf?"

Gerd hüstelte. Katrin drückte ihre Zigarette aus. Er nahm Utes Hände zwischen seine.

„Ich habe von Anfang an gewusst, dass da was los war. Darum übrigens auch zwei Übersegler. Der eine hielt fest, wo wir wirklich waren. Auf dem anderen wollte ich fiktive Punkte eintragen zur Irreführung neugieriger Leute. Das habe ich nicht mehr geschafft. Die Karte blieb leer. Ich habe fünftausend Pfund bezahlt für die Story – an meinen englischen Freund. Der beim Skilaufen verunglückt ist. Zufall? Vermutlich nicht. Für das Geld hatte ich fast die ganze Story und fast alle Namen. Also brauchte ich nur noch allem nachzusegeln. Ich wollte dich einweihen, Ute, als es so weit war, aber da …"

„… da flog ich nach Aberdeen", ergänzte Ute.

„Ja. Und ich war mir noch nicht ganz sicher, ob wirklich alle Namen stimmten. Also habe ich mir zuerst Ridgway angeschaut. Der ist mal über den Atlantik gerudert. Ein spleeniger Typ, aber sonst in Ordnung. Der Großwildjäger aus Indien ist auch gut. Shaunassy hatte seine Schule erst vor zwei

Jahren aufgemacht, niemand konnte über ihn viel erzählen. Er soll Ire gewesen sein."

„Er war Ire, laut Callum."

Gerd nickte. „Ich erfuhr nur, dass er alles daran gesetzt hatte, Alan's Lodge, das Wäldchen und das Land drüben am Chithish Mhor zu bekommen. Die Angabe meines verunglückten Informanten, dass dort ein Umschlagplatz sein könnte, wurde also wahrscheinlich. Ein ganz normaler Fischkutter kann Loch Seaforth befahren – bis weit hinter Chithish Mhor."

Mit dem blinden Charles MacKee hatte Gerd seine Probleme. Natürlich gab es da unten am Wasser auch eine Hütte, am Sgeir Carach. Aber ein Blinder als Glied in einer Kette des Todes?

„An dem Abend, als wir bei dir waren, Katrin, lief Alex Macleod mit der *Seapride* in die Bucht ein, erinnert ihr euch?"

„Er kommt öfter mal, wenn er vor der Südwestecke fischt", sagte Katrin.

„Ich habe dich gefragt, wer er ist, und du hast erzählt. Der Neffe des Blinden. Also ein Sehender mit einem Kutter, der weit im Atlantik, aber auch in jedem Loch fischen konnte! Ich blieb ihm auf den Fersen."

„Und die Story – wann hast du die geschrieben und warum?", wollte ich wissen.

„Beim Warten!"

Es war, wie ich vermutet hatte: Weil der Beweis für Alex Macleods wichtige Rolle noch gefehlt hatte, hatte Gerd den Namen in Alan Maclean geändert. So etwas tat er öfter im *Weltbild*, um Informanten zu schonen. Ein Sternchen am Fuß der Seite gab dann allerdings die Änderung an. Hier fehlte der Hinweis – logischerweise. Aber als Freund liest man eben auch zwischen den Zeilen.

„Und warum überhaupt eine Geschichte statt eines nüchternen Berichts?"

Da konnte man nun trefflich streiten. Eine Story, so Gerd, ist was für Kundige, einen Bericht kann jeder Dumme verstehen. Falls man den Reporter und seine Notizen ausgeschaltet hätte, hätte eine Geschichte eine Chance gehabt. Etwas Erfundenes lässt man liegen.

Gott sei Dank war es zu dieser Entscheidung nicht gekommen.

„Und was geschieht mit den Leuten von der *Seapride*?"

Das Letzte, was Gerd gehört hatte, war, dass Macleod und Ruaridh wieder auf freiem Fuß waren. Der Termin für eine Gerichtsverhandlung war noch nicht angesetzt worden. Sie waren des illegalen Besitzes von Sprengstoff angeklagt. Und ein paar anderer schmutziger Sachen.

Nicht jedoch wegen verbotenen Waffenbesitzes.

„Also hat man von der *Amica* auf dich geschossen, Gerd?"

„Ja", sagte er.

Er hatte die Übergabe von weit weg aus einem Regenschauer beobachtet. Die *Amica* hatte Lee gemacht, und in dem einigermaßen ruhigen Wasser war die *Seapride* längsseits gekommen. Der Frachter hatte die Kiste am Ladebaum rübergeschwenkt. Es war schnell gegangen. Gerd hatte mit der *Opa Reimer* abdrehen wollen. Er hatte gesehen, was er wissen wollte.

Da war die *Amica* ihm nachgelaufen, war mit hoher Fahrt von achtern gekommen. Keine Chance für die *Opa Reimer*. Als Gerd über Funk hatte Hilfe rufen wollen, war der erste Schuss gefallen. Die Anlage war hinüber gewesen. Als er in die Cockpit gekrochen war, um eine Seenotrakete hochzujagen, war er getroffen worden, einmal, zweimal. „Die Schüsse kamen von der *Amica*."

Wir schwiegen.

Drüben am Ufer von Pagensand fuhr der Wind durch das Schilf. Enten quakten und ruderten am Rand des Wassers. Von der nächsten Yacht wehten Musikfetzen herüber.

Nach einer ganzen Weile sagte Gerd: „Ich denke, ich werde mal nach Malta fliegen und herausbekommen, wer der Schütze von der *Amica* war." Seine Augen funkelten.

Ute löste ihre Hände aus seinen. „Das wirst du bestimmt nicht, mein Lieber!"

ENDE

Dieter Bromund, 1938 in Bromberg geboren, lebte von 1945 bis 1953 in Grefenmoor, Kreis Stade. Nach Studium der Anglistik und Germanistik war er 25 Jahre lang als Marketing-, Werbe- und PR-Berater tätig. Lebt seit 1990 vom Schreiben und Übersetzen in Dreieich bei Frankfurt am Main. Liebt See und Westwind, altmodische Segler, Inseln und seit den Schultagen das Schreiben. Aktuelle Zwischenbilanz: über 20 eigene Bücher, 18 aus dem Englischen übersetzte Bücher und zahlreiche Funkfeatures und Hörspiele.

Neueste Veröffentlichungen: „Die Geschichte des Alan Macleod von Port of Ness auf Lewis in Schottland" (in: „Mordlichter", Leda 2001, nominiert für den Glauser-Preis für die beste Krimi-Kurzgeschichte), „Die Frau aus der Brandung" (Leda 2002), „Die wandernden Sände" (Leda 2002, nominiert für den Glauser-Preis für den besten Kriminalroman, NA 2006); „Kein Schnaps für den Zaren" (2003), „Metzgers Testament" (Leda 2005) und „Die Heiligen des Störtebeker" (Kinderkrimi ab 9; Leda 2003).

Dieter Bromund
Metzgers Testament
Ostfrieslandkrimi
Premium-Format
978-3-934927-57-5
256 Seiten
10,90 Euro

Dieter Bromund
Kein Schnaps für den Zaren
Inselkrimi
Premium-Format
978-3-934927-38-4
176 Seiten;9,90 Euro

Dieter Bromund
Die wandernden Sände
Inselkrimi – TB
978-934927-80-3
256 Seiten
8,90 Euro

Dieter Bromund
Die Frau aus der Brandung
Inselkrimi
978-934927-25-4
92 Seiten
4,90 Euro

Dieter Bromund
Mann mit Messer
Strandkorbkrimi 2

978-3-939689-01-0
32 Seiten
2,50 Euro

Dieter Bromund
Die Heiligen des Störtebeker
Kinderkrimi (ab 9)
978-934927-37-7
176 Seiten
4,90 Euro

Peter Gerdes
Der siebte Schlüssel
Ostfrieslandkrimi
Taschenbuch
978-3-934927-99-5
320 Seiten; 9,90 Euro

Peter Gerdes
Solo für Sopran
Inselkrimi
ISBN 3-934927-63-7
208 Seiten
9,90 Euro

Peter Gerdes
Ebbe und Blut
Ostfrieslandkrimi
Taschenbuch
978-3-934927-56-8
224 Seiten, 8,90 Euro

Peter Gerdes
Stahnke und der Spökenkieker
Kriminalstories
978-3-934927-40-7
176 Seiten; 9,90 Euro

Peter Gerdes
Der Tod läuft mit
Ostfrieslandkrimi
Taschenbuch
978-3-934927-86-5
192 Seiten; 8,90 Euro

Peter Gerdes
Fürchte die Dunkelheit
Kriminalroman
Premium-Format
978-3-934927-60-5
272 Seiten;11,90 Euro

Bernd Flessner
Die Gordum-Verschwörung
Ostfrieslandkrimi – TB
978-3-934927-87-2
208 Seiten; 8,90 Euro

Bernd Flessner
Greetsieler Glockenspiel
Ostfrieslandkrimi – TB
978-3-934927-93-3
208 Seiten; 8,90 Euro

Bernd Flessner
Knochenbrecher
Ostfrieslandkrimi
978-3-934927-88-9
208 Seiten
8,90 Euro

Ulrich Hefner
Die Wiege des Windes
Inselkrimi
978-3-934927-69-8
336 Seiten; 9,90 Euro

Ulrich Hefner
Trevisan und der Tote am Kai
978-3-934927-97-1
8,90 Euro

Ulrich Hefner
Der Tod kommt in Schwarz-Lila
978-3-939689-04-1
392 Seiten; 9,90 Euro

Regula Venske
Juist married
oder Wohin mit der Schwiegermutter?
Inselkrimi
978--934927-85-8
224 S.; 8,90 Euro

Tatjana Kruse
Wie klaut man eine Insel?
Ein Borkumkrimi
Inselkrimi
978-3-934927-96-4
176 Seiten; 8,90 Euro

Christiane Franke
Blutrote Tränen
OstFrieslandkrimi

978-3-934927-94-0
192 Seiten;
8,90 Euro

Regine Kölpin
Krähenflüstern
OstFrieslandkrimi
978-3-934927-95-7
224 Seiten
8,90 Euro

Andreas Scheepker
Morgen kommt der Weihnachtsmann
Ostfrieslandkrimi
978-3-934927-84-1
272 Seiten; 9,90 Euro

Andreas Scheepker
Tote brauchen keine Bücher
Ostfrieslandkrimi
978-3-934927-47-6
176 Seiten; 9,90 Euro

Peter Gerdes (Hrsg):
Mordkompott
Kriminelles zwischen
Klütje und Kluntje
978-3-934927-01-8
240 Seiten; 12,70 Euro

Buttler/Ehlers (Hrsg):
Tee mit Schuss
Kriminelles zwischen
Blatt und Tasse
978-3-934927-89-6
240 Seiten; 12,70 Euro

H. & P. Gerdes (Hrsg):
Flossen höher
Kriminelles zwischen
Fisch und Pfanne
978-3-934927-34-6
240 Seiten; 12,70 Euro

Peter Gerdes (Hrsg):
Mordlichter
Anthologie zu den 2.
Ostfries. Krimitagen
978-3-934927-12-4
240 Seiten; 12,70 Euro

Peter Gerdes (Hrsg.)
Fiese Friesen
Kriminelles zwischen
Deich und Moor
978-3-934927-58-0
256 Seiten; 12,70 Euro

Peter Gerdes (Hrsg):
Inselkrimis
Kriminelles zwischen
Strand und Düne
978-3-934927-59-9
240 Seiten; 12,70 Euro

Martin Kleen:
Psychiatrie
Kriminalroman
978-3-939689-92-6
ca 224 S.; 8,90 Euro

Martin Kleen:
Anästhesie
Kriminalroman
978-3-939689-05-8
ca 224 S.; 8,90 Euro

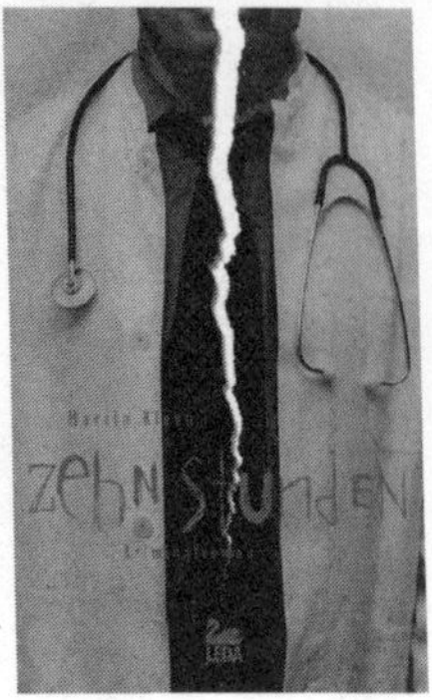

Martin Kleen:
Zehn Stunden
Kriminalroman
978-3-934927-64-3
208 Seiten; 9,90 Euro

Martin Kleen:
SuperHertha

978-3-934927-72-8
416 Seiten; 9,90 Euro

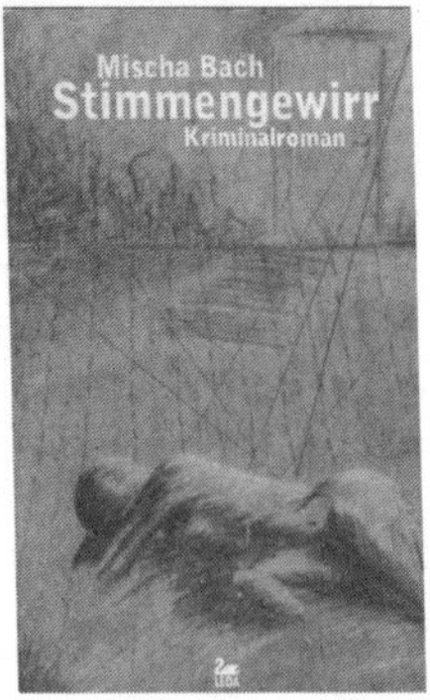

Mischa Bach:
Stimmengewirr
Kriminalroman
978-3-934927-79-7
9,90 Euro

Wolfgang Burger
Der Mord des
Hippokrates
978-3-934927-36-0
9,90 Euro